UM INVERNO EM LISBOA

UM INVERNO EM LISBOA
Antonio Muñoz Molina

Tradução
EDUARDO BRANDÃO

Martins Fontes
São Paulo 1997

*Esta obra foi publicada originalmente em espanhol com
o título EL INVIERNO EN LISBOA, por Seix Barral,
Barcelona, em 1987
Copyright © Antonio Muñoz Molina, 1987
Copyright © Livraria Martins Fontes Editora Ltda.,
São Paulo, 1997, para a presente edição*

1ª edição
agosto de 1997

Tradução
EDUARDO BRANDÃO

Revisão gráfica
Renato Alberto Colombo Jr.
Produção gráfica
Geraldo Alves
Paginação/Fotolitos
Studio 3 Desenvolvimento Editorial
Capa
Suzana Laub

**Dados Internacionais de Catalogação na Publicação (CIP)
(Câmara Brasileira do Livro, SP, Brasil)**

Muñoz Molina, Antonio
  Um inverno em Lisboa / Antonio Muñoz Molina ; tradução
Eduardo Brandão. – São Paulo : Martins Fontes, 1997.

  Título original: El invierno en Lisboa.
  ISBN 85-336-0732-6

  1. Romance espanhol I. Título.

97-3584   CDD-863.6

Índices para catálogo sistemático:
1. Romances : Século 20 : Literatura espanhola 863.6
2. Século 20 : Romances : Literatura espanhola 863.6

Todos os direitos para o Brasil reservados à
Livraria Martins Fontes Editora Ltda.
*Rua Conselheiro Ramalho, 330/340
01325-000 São Paulo SP Brasil
Tel. (011) 239.3677 Fax (011) 605.6867
e-mail: info@martinsfontes.com
http://www.martinsfontes.com*

*Para Andrés Soria Olmedo
e Guadalupe Ruiz*

"Existe um momento nas separações em que a pessoa amada já não está conosco."
FLAUBERT, *A educação sentimental*

Antonio Muñoz Molina nasceu em Úbeda (Jaén) em janeiro de 1956. Estudou jornalismo em Madri e se formou em História da Arte na Universidade de Granada, cidade onde reside desde 1974. Reuniu seus artigos jornalísticos em *Diario del Nautilus* (1985) e *El Robinson urbano* (reeditado em 1993). Publicou o livro de contos *Las otras vidas* (1988) e o ensaio *Córdoba de los Omeyas* (Planeta, 1991). Seu primeiro romance, *Beatus Ille* (1986), ganhou o prêmio Ícaro. O segundo, *Um inverno em Lisboa* (1987), recebeu o prêmio da Crítica e o prêmio Nacional de Literatura, ambos em 1988. O terceiro, Beltenebros (1989), inspirou o filme de mesmo título dirigido por Pilar Miró. Com *El jinete polaco* ganhou o prêmio Planeta em 1991 e novamente o prêmio Nacional de Literatura em 1992. Publicou também *Los misterios de Madrid* (1992), *El dueño del secreto* e *Ardor guerrero*.

EDUARDO BRANDÃO é o autor desta tradução. Carioca, nascido em 1946, foi jornalista do *Correio da Manhã* e iniciou sua carreira como tradutor em 1970, na França, onde viveu cerca de dez anos, fazendo traduções técnico-científicas (do português e espanhol para o francês e vice-versa). A partir de 84 vem se dedicando mais à tradução de textos literários, campo propício para a sua linguagem fluente e seu estilo refinado.

Capítulo I

Haviam passado quase dois anos desde a última vez que eu vira Santiago Biralbo, mas quando voltei a me encontrar com ele, à meia-noite, no bar do Metropolitano, houve em nosso cumprimento mútuo a mesma falta de ênfase que se tivéssemos estado bebendo juntos na noite anterior, não em Madri, mas em San Sebastián, no bar de Floro Bloom, onde ele estivera tocando durante uma longa temporada.

Agora tocava no Metropolitano, com um baixista negro e um baterista francês muito nervoso e jovem que parecia nórdico, a quem chamavam Buby. O grupo tinha por nome *Giacomo Dolphin Trio*: então eu ignorava que Biralbo tinha mudado de nome e que Giacomo Dolphin não era um pseudônimo sonoro para seu ofício de pianista, mas o nome que agora trazia em seu passaporte. Antes de vê-lo, quase o reconheci por seu modo de tocar piano. Fazia-o como se pusesse na música o mínimo possível de esforço, como se o que estivesse tocando não tivesse muito a ver com ele. Eu estava sentado no balcão do bar, de costas para os músicos e, quando ouvi que o piano insinuava muito distantemente as notas de uma canção cujo título não fui capaz de recordar, tive um brusco pressentimento, talvez a abstrata sensação de passado que algumas vezes percebi na música, e quando me virei ainda não sabia que o que estava reconhecendo era uma noite perdida no Lady Bird, em San Sebastián, onde há tanto tempo não volto. O piano quase deixou de se ouvir, retirando-se atrás do som do baixo e da bateria, e então, ao percorrer sem propósito os rostos dos freqüentadores e dos músicos, tão vagos entre a fumaça, vi o perfil de Biralbo, que tocava com os olhos semicerrados e com um cigarro nos lábios.

Reconheci-o imediatamente, mas não posso dizer que não havia mudado. Talvez houvesse, só que numa direção totalmente previsível. Usava uma camisa escura e uma gravata preta, e o tempo havia acrescentado a seu rosto uma sumária dignidade vertical. Mais tarde me dei conta de que sempre havia notado nele essa qualidade imutável dos que vivem, embora sem saber, em conformidade com um destino que provavelmente lhes foi traçado na adolescência. Depois dos trinta, quando todo o mundo descamba para uma decadência mais ignóbil que a velhice, eles se aferram a uma estranha juventude a um tempo inflamada e serena, numa espécie de tranqüila e receosa coragem. O olhar foi a mudança mais indubitável que notei aquela noite em Biralbo, mas aquele firme olhar de indiferença ou ironia era o de um adolescente fortalecido pelo conhecimento. Aprendi que por isso era tão difícil sustentá-lo.

Por pouco mais de meia hora bebi cerveja escura gelada e fiquei observando-o. Tocava sem se inclinar sobre o teclado, ao contrário, erguendo a cabeça, para que a fumaça do cigarro não lhe entrasse nos olhos. Tocava olhando para o público e fazendo rápidos sinais para os outros músicos, e suas mãos se moviam numa velocidade que parecia excluir a premeditação ou a técnica, como se obedecessem unicamente a um acaso que, um segundo depois, no ar onde as notas soavam, se organizasse por si mesmo numa melodia, assim como a fumaça de um cigarro adquire formas de volutas azuis.

Em todo caso, era como se nada daquilo dissesse respeito ao pensamento ou à atenção de Biralbo. Observei que olhava muito para uma garçonete loura de uniforme, que servia as mesas, e em certo momento trocou com ela um sorriso. Fez-lhe um sinal: pouco depois, a garçonete deixou um uísque na tampa do piano. Sua forma de tocar também tinha mudado com o tempo. Não entendo muito de música e quase nunca me interessei por ela, mas ouvindo Biralbo no Lady Bird tinha notado com certo alívio que a música pode não ser indecifrável e contar histórias. Naquela noite, enquanto eu o ouvia no Metropolitano, intuía de maneira muito vaga que Biralbo tocava melhor do que dois anos antes, mas depois de olhá-lo por poucos minutos deixei de ouvir o piano para me interessar pelas mudanças que tinham se produzido em seus gestos menores: tocava ereto, por exemplo, e não se debruçando sobre o teclado como outrora, quando às vezes tocava apenas com a mão esquerda para com a outra tomar a bebida ou deixar o cigarro no cinzeiro. Vi também seu sorriso, não o mesmo que trocava de vez em quando com a garçonete loura. Sorria para o contrabaixista ou para si mesmo com uma brusca felicidade que ignorava o mundo, como um cego é capaz de sorrir, certo de que ninguém vai averiguar ou compartilhar a causa de seu regozijo. Olhando para o contrabaixista pensei que aquela maneira de sorrir é mais freqüente nos negros e é cheia de desafio e orgulho. O abuso da solidão e da cerveja gelada me levava a visões arbitrárias: pensei também que o baterista nórdico, tão absorto em seu mundo, pertencia a outra linhagem e que entre Biralbo e o contrabaixista havia uma espécie de cumplicidade racial.

Quando acabaram de tocar, não pararam para agradecer os aplausos. O baterista ficou imóvel e um pouco perdido, como quem entra num lugar com luz demais, mas Biralbo e o contrabaixista abandonaram rapidamente o palco conversando em inglês, rindo entre si com evidente alívio, como se ao toque da sirene cessassem um trabalho prolongado e frívolo. Cumprimentando fugazmente alguns conhecidos, Biralbo veio em minha direção, embora em nenhum momento tivesse dado mostra de me ver enquanto tocava. Talvez antes mesmo que eu o visse já sabia que eu estava no bar e suponho que tinha me examinado tão longamente quanto eu o examinara, observando minhas expressões, calculando com exatidão mais adivinhadora que a minha o que o tempo fizera comigo. Lembrei-me de que, em San Sebastián – várias vezes eu o vira andando sozinho pelas ruas –, Biralbo sempre se movia de maneira esquiva, como que fugindo de alguém. Algo disso transparecia então em sua forma de tocar piano. Agora, enquanto eu o via vir em minha direção entre os freqüentadores do Metropolitano, achei que ele tinha ficado mais lento ou mais sagaz, como se ocupasse um lugar duradouro no espaço. Cumprimentamo-nos sem efusão: sempre havia sido assim. Nossa amizade fora descontínua e noturna, fundada muito mais na semelhança de preferências alcoólicas – a cerveja, o vinho branco, o gim inglês, o *bourbon* – do que em qualquer tipo de impudor confidencial, no qual nunca ou quase nunca incorremos. Grandes bebedores, ambos desconfiávamos dos exageros do entusiasmo e da amizade que trazem consigo a bebida e a noite:

somente uma vez, quase de madrugada sob a influência de quatro imprudentes *dry* martinis, Biralbo tinha me falado de seu amor por uma moça que eu conhecia muito superficialmente – Lucrecia – e de uma viagem com ela de que acabava de voltar. Nós dois bebemos demais aquela noite. No dia seguinte, quando me levantei, verifiquei que não estava de ressaca, mas ainda bêbado, e que tinha esquecido tudo o que Biralbo me contara. Lembrava-me unicamente da cidade onde deveria ter acabado aquela viagem tão rapidamente iniciada e concluída: Lisboa.

No começo não fizemos muitas perguntas nem explicamos grande coisa sobre nossa vida em Madri. A garçonete loura aproximou-se de nós. Seu uniforme branco e preto recendia levemente a amido; seus cabelos, a xampu. Sempre agradeço nas mulheres esses cheiros simples. Biralbo brincou com ela e acariciou-lhe a mão enquanto pedia um uísque, eu insisti na cerveja. Ao cabo de um momento falamos de San Sebastián, e o passado, impertinente como um hóspede, instalou-se entre nós.

– Lembra-se de Floro Bloom? – perguntou Biralbo. – Teve de fechar o Lady Bird. Voltou para sua cidade, recuperou uma namorada que tivera aos quinze anos, herdou a terra do pai. Há pouco recebi uma carta dele. Agora tem um filho e é agricultor. Aos sábados à noite enche a cara na taberna de um cunhado.

Sem que nisso intervenha sua distância no tempo, há lembranças fáceis e lembranças difíceis, e para mim a do Lady Bird quase escapava. Comparado com as luzes brancas, com os espelhos, com as mesas de mármore e as paredes lisas do Metropolitano, que imitava, suponho, a sala de refeições de um hotel interiorano, o Lady Bird, aquele porão de arcos de tijolo e rosada penumbra, pareceu-me na lembrança um exagerado anacronismo, um lugar onde era improvável que eu tivesse estado algum dia. Ficava perto do mar e, quando se saía de lá, a música se apagava e ouvia-se o estrépito das ondas contra o Peine de los Vientos. Então lembrei: veio a mim a sensação da espuma brilhando na escuridão e da brisa salgada, e soube que aquela noite de penitência e *dry* martinis terminara no Lady Bird e fora a última vez que eu estivera com Santiago Biralbo.

– Mas um músico sabe que o passado não existe – disse ele de repente, como se repelisse um pensamento enunciado por mim. – Os que pintam ou escrevem não fazem mais que acumular passado sobre seus ombros, palavras ou quadros. Um músico está sempre no vazio. Sua música deixa de existir no exato instante em que terminou de tocá-la. É o puro presente.

– Mas restam os discos. – Eu não estava muito certo de entendê-lo, menos ainda do que eu próprio dizia, mas a cerveja me animava a discordar. Ele me fitou com curiosidade e disse sorrindo:

– Gravei alguns com Billy Swann. Os discos não são nada. Se são alguma coisa, quando não estão mortos, e quase todos estão, é presente salvo. O mesmo acontece com as fotografias. Com o tempo não há nenhuma que não seja a de um desconhecido. Por isso não gosto de guardá-las.

Meses depois soube que guardava algumas, sim, mas entendi que esse achado não desmentia sua reprovação do passado. Antes a confirmava, de uma maneira oblíqua e talvez vingativa, como o infortúnio ou a dor confirmam a vontade de estar vivo, como o silêncio, ele teria dito, confirma a verdade da música.

Ouvi-o dizer algo parecido uma certa vez em San Sebastián, mas agora já não estava tão inclinado a essas afirmações enfáticas. Então, quando tocava no Lady Bird, sua relação com a música se assemelhava a de um apaixonado que se entrega a uma paixão superior a ele: a uma mulher que às vezes o solicita e às vezes o desdenha sem que ele possa se explicar por que lhe é oferecida ou negada a felicidade. Com certa freqüência eu notara então em Biralbo, em seu olhar ou em suas expressões, em sua maneira de andar, uma propensão ao patético, mais intensa porque agora, no Metropolitano, se revelava ausente, excluída da sua música, já invisível em seus atos. Agora olhava sempre nos olhos e tinha perdido o costume de vigiar de esguelha as portas que se abriam. Suponho que eu tenha enrubescido quando a garçonete loura se deu conta de que eu olhava para ela. Pensei: Biralbo vai para a cama com ela, e me lembrei de Lucrecia, de uma vez que a vi sozinha no Paseo Marítimo e que me perguntou por ele. Chuviscava, Lucrecia estava com os cabelos presos e molhados e me pediu um cigarro. Seu aspecto era o de alguém que, muito a contragosto, abdica temporariamente de um orgulho excessivo. Trocamos umas palavras, ela me disse até logo e pegou o cigarro.

– Eu me livrei da chantagem da felicidade – disse Biralbo após um breve silêncio, olhando para a garçonete, que nos dava as costas. Desde que começamos a beber no balcão do Metropolitano eu esperei que falasse de Lucrecia. Soube que, agora, sem dizer seu nome, estava me falando dela. Continuou: – Da felicidade e da perfeição. São superstições católicas. Vêm com o catecismo e as canções do rádio.

Respondi que não estava entendendo: vi-o olhar para mim e sorrir no comprido espelho do outro lado do balcão, entre as filas de garrafas reluzentes atenuadas pela fumaça, pela sonolência do álcool.

– Claro que está. Tenho certeza de que você acordou uma manhã e percebeu que não precisava mais da felicidade nem do amor para estar razoavelmente vivo.

É um alívio, é tão fácil como estender a mão e desligar o rádio.

— Acho que a pessoa se resigna — alarmei-me, e não continuei a beber. Temia que, se continuasse, fosse começar a contar minha vida a Biralbo.

— Não se resigna, não — replicou, em voz tão baixa que quase não se notava nela a ira. — Essa é outra superstição católica. A pessoa aprende e despreza.

Era o que tinha acontecido com ele, o que o tinha mudado até afinar suas pupilas com o brilho da coragem e do conhecimento, de uma frieza semelhante à dos lugares vazios em que se nota poderosamente uma presença oculta. Naqueles dois anos ele havia aprendido algo, talvez uma só coisa verdadeira e temível que continha inteiras sua vida e sua música, havia aprendido ao mesmo tempo a desprezar e escolher e a tocar piano com a soltura e a ironia de um negro. Por isso eu não o conhecia mais: ninguém, nem Lucrecia, o teria reconhecido, nem precisava ter mudado de nome e morar num hotel.

Deviam ser duas da madrugada quando saímos para a rua, silenciosos e com frio, oscilando com uma certa indignidade de beberrões tardios. Enquanto o acompanhava até seu hotel — estava na Gran Vía, não muito longe do Metropolitano —, foi me explicando que tinha finalmente conseguido viver apenas da música. Ganhava a vida de maneira irregular e um pouco errante, tocando quase sempre nos clubes de Madri, algumas vezes nos de Barcelona, viajando de quando em quando a Copenhague ou Berlim, não com tanta freqüência como quando Billy Swann estava vivo. "Mas não dá para ser sublime sem interrupção e viver apenas da sua música", falou Biralbo, usando uma citação que provinha dos velhos tempos: também tocava algumas vezes em sessões de estúdio, em discos imperdoáveis nos quais por sorte não constava seu nome. "Pagam bem", disse-me, "e quando você sai de lá se esquece do que tocou." Se eu ouvisse um piano numa daquelas canções de rádio, era provável que fosse ele que estivesse tocando: ao dizer isso sorriu como se estivesse se desculpando diante de si mesmo. Mas não era verdade, pensei, ele nunca mais iria se desculpar de nada, diante de ninguém. Na Gran Vía, junto do brilho gelado das vidraças da Telefônica, afastou-se um pouco de mim para comprar cigarro num quiosque da rua. Quando o vi voltar, alto e oscilante, as mãos enfiadas nos bolsos de seu grande sobretudo aberto e com a gola erguida, entendi que havia nele a intensa sugestão de caráter que os portadores de uma história sempre têm, como os portadores de um revólver. Não estou fazendo uma inútil comparação literária: ele tinha uma história e portava um revólver.

Capítulo II

Num daqueles dias comprei um disco de Billy Swann em que Biralbo tocava. Disse que sou meio impermeável à música. Mas naquelas canções havia algo que me importava muito e que eu quase chegava a apreender cada vez que as ouvia mas sempre me escapava. Li um livro – encontrei-o no hotel de Biralbo, entre seus papéis e suas fotografias – em que se diz que Billy Swann foi um dos maiores trompetistas deste século. Naquele disco parecia que tinha sido o último, que nunca ninguém mais tinha tocado trompete no mundo, que estava sozinho com sua voz e sua música no meio de um deserto ou de uma cidade abandonada. De vez em quando, num par de canções, ouvia-se sua voz, e era a voz de uma assombração ou de um morto. Depois dele soava muito reservadamente o piano de Biralbo, G. Dolphin nos créditos da capa. Duas das canções eram suas, nomes de lugares que me pareceram ao mesmo tempo nomes de mulheres: *Burma, Lisboa.* Com aquela lucidez proporcionada pelo álcool que se bebe sozinho, perguntei-me como seria amar uma mulher que se chamasse Burma, como brilhariam seus cabelos e seus olhos no escuro. Interrompi a música, peguei o impermeável e o guarda-chuva e fui me encontrar com Biralbo.

A recepção de seu hotel era como o vestíbulo de um desses cinemas antigos que parecem templos desertados. Perguntei por Biralbo e me disseram que ninguém com esse nome estava registrado ali. Descrevi-o, disse o número de seu quarto, trezentos e sete, garanti que o ocupava havia um mês. O recepcionista, que exibia uma tênue mancha de gordura em torno da gola do uniforme com galões, compôs uma expressão de desconfiança ou de cumplicidade e replicou: "Mas o senhor está falando do senhor Dolphin." Quase culposamente assenti, ligaram para seu quarto, mas ele não estava. Um mensageiro que não tardaria a completar quarenta anos disse-me que o tinha visto no salão social. Acrescentou com reverência que o senhor Dolphin sempre se fazia servir ali o café e os licores.

Encontrei Biralbo recostado num sofá de couro duvidoso e notórios remendos, assistindo a um programa de tevê. Diante dele fumegavam um cigarro e uma xícara de café. Estava com o sobretudo posto: parecia esperar a chegada de um trem. As janelas daquele lugar deserto davam para um pátio interno, e as cortinas levemente sujas exageravam a penumbra. O entardecer de dezembro se apressava nelas, era como se a noite se atribuísse ali, naquele vão sombrio, reconquistas parciais. Nada disso parecia concernir a Biralbo, que me recebeu com o sorriso de hospitalidade que outros usam unicamente na sala de jantar de sua casa. Havia nas paredes maus quadros de cenas de caçada e, no fundo, sob um desses murais abstratos que tendemos a tomar por ofensa pessoal, distingui um piano de armário. Fiquei sabendo mais tarde que Biralbo, como hóspede fiel, tinha alcançado o modesto privilégio de ensaiar nele de manhã. Corria entre os empregados a estimulante suspeita de que o senhor Dolphin era um músico célebre.

Disse-me que gostava de se hospedar em hotéis de categoria intermediária. Amava, com perverso e inalterável amor de homem sozinho, o carpete bege dos corredores, as portas fechadas, o sucessivo exagero dos números dos quartos, os elevadores quase nunca compartilhados com ninguém, nos quais porém encontrava sinais de hóspedes tão desconhecidos e solitários quanto ele, queimaduras de cigarros no chão, riscos ou iniciais no alumínio da porta automática, aquele cheiro de ar cansado pela respiração de gente invisível. Costumava voltar do trabalho e das bebericações noturnas quando já estava bem próximo o amanhecer, e até em pleno dia, quando a noite, como às vezes acontece, se prolongava insensatamente além de si mesma: disse-me que apreciava principalmente aquela hora estranha da manhã em que parecia ser o único habitante dos corredores e do hotel inteiro, o barulho dos aspiradores atrás das portas entreabertas, a solidão, sempre, a sensação como que de proprietário despojado que o enaltecia quando caminhava para seu quarto girando a chave pesada, apalpando seu peso no bolso como uma coronha de revólver. Num hotel, disse-me, ninguém nos engana, ninguém tampouco tem álibi algum para se enganar sobre sua própria vida.

— Mas Lucrecia não aprovaria que eu morasse num hotel como este — disse-me, não sei se naquela tarde; talvez tenha sido a primeira vez que pronunciou diante de mim o nome de Lucrecia. — Ela acreditava nos lugares. Acreditava nas casas antigas com aparadores e quadros, e nos cafés com espelhos. Suponho que ficaria entusiasmada com o Metropolitano. Você se lembra do

Viena, em San Sebastián? Era o tipo de lugar em que ela gostava de marcar encontro com os amigos. Achava que há lugares poéticos de antemão e outros que não o são.

Falou de Lucrecia com ironia e distância, daquela maneira que algumas vezes se escolhe para falar de si mesmo, para cultivar um passado. Perguntei por ela: disse que não sabia onde estava, e chamou o garçom para pedir outro café. O garçom veio e se afastou com a reserva dos seres que suportam com melancolia o dom da invisibilidade. Na televisão sucedia em preto-e-branco um concurso de alguma coisa. Biralbo olhava para o aparelho de vez em quando como quem começa a se familiarizar com as vantagens de uma tolerância infinita. Não estava mais gordo: era maior ou mais alto e o sobretudo e a imobilidade o aumentavam.

Visitei-o muitas tardes naquele salão, e minha memória tende a resumi-las todas numa só, demorada e opaca. Não sei se foi na primeira que me disse para subir com ele até seu quarto. Queria me dar uma coisa para que eu guardasse.

Quando entramos, acendeu a luz, embora ainda não fosse noite, e eu abri as cortinas do balcão. Lá embaixo, do outro lado da rua, na esquina da Telefônica, começavam a se reunir homens de pele escura e anoraque abotoado até o pescoço e mulheres sozinhas e pintadas que passeavam devagar ou paravam como que esperando alguém que já devia ter chegado, pessoas lívidas que nunca avançavam e nunca deixavam de se movimentar. Biralbo examinou a rua por um momento e fechou as cortinas. No quarto havia uma luz insuficiente e fosca. Do armário, onde oscilavam os cabides vazios, tirou uma mala grande que colocou em cima da cama. Atrás das cortinas ouviam-se ruidosamente os automóveis e a chuva, que começou a aumentar com violência bem perto de nós, na marquise onde ainda não estava aceso o luminoso do hotel. Eu sentia o cheiro do inverno e da umidade da noite anunciada e me lembrei sem nostalgia de San Sebastián, mas a nostalgia não é a pior chantagem da distância. Numa noite assim, já muito tarde, quase de madrugada, Biralbo e eu, exaltados ou absorvidos pelo gim, caminhávamos sem dignidade e sem guarda-chuvas sob uma chuva tranqüila e como que tocada de misericórdia, com cheiro de alga e de sal, assídua como uma carícia, como as conhecidas ruas da cidade que pisávamos. Ele parou, levantando o rosto para a chuva, sob os galhos horizontais e nus dos tamarineiros, e me disse: "Eu devia ser negro, tocar piano como Thelonius Monk, ter nascido em Memphis, Tennessee, estar beijando agora mesmo Lucrecia, estar morto."

Agora eu o via inclinado sobre a cama, procurando alguma coisa entre as roupas dobradas e arrumadas na maleta, e de repente pensei – via sua cara absorta no espelho do armário – que era de fato outro homem e que eu não tinha certeza de que fosse melhor. Isso durou apenas um instante. Logo se virou para mim, mostrando-me um maço de cartas atado com um elástico. Eram envelopes compridos, com as listras azuis e vermelhas do correio aéreo, selos muito pequenos e exóticos e uma letra feminina inclinada que havia traçado com tinta violeta o nome de Santiago Biralbo e seu endereço em San Sebastián. No canto superior esquerdo, uma só inicial: L. Calculei que devia haver ali umas vinte ou vinte e cinco cartas. Biralbo disse que aquela correspondência tinha durado dois anos e que para tão abruptamente como se Lucrecia tivesse morrido ou nunca houvesse existido.

Mas ele é que tivera naquele tempo a sensação de não existir. Era como se fosse se deteriorando, disse-me, como se o desgastasse o atrito do ar, o trato com as pessoas, a ausência. Entendera então a lentidão do tempo nos lugares fechados onde ninguém entra, a tenacidade do óxido que leva séculos para desfigurar um quadro ou transformar em pó uma estátua de pedra. Mas essas coisas ele me disse um ou dois meses depois da minha primeira visita. Também estávamos em seu quarto, ele tinha o revólver ao alcance da mão e se levantava a cada poucos minutos para observar a rua além das cortinas em que se refletia a luz azul do luminoso aceso em cima da marquise. Ligara para o Metropolitano para dizer que estava doente. Sentado na cama, junto do abajur da mesa de cabeceira, tinha carregado e engatilhado o revólver com gestos secos e fluidos, fumando enquanto o fazia, não me falando do homem imóvel que esperava ver do outro lado da rua, mas sim da duração do tempo quando nada acontece, quando alguém consome a vida na espera de uma carta, de um telefonema.

– Leve isto – disse-me na primeira noite, sem olhar para o maço, enquanto o estendia para mim, olhando-me nos olhos. – Guarde as cartas num lugar seguro, embora seja provável que eu não as peça de volta.

Assomou à sacada, alto e tranqüilo entre as abas de seu sobretudo escuro, abrindo levemente a cortina. O anoitecer e o brilho úmido da chuva sobre o asfalto e as carrocerias dos automóveis submergiam a cidade numa luz de desamparo. Guardei as cartas no bolso e disse que tinha de ir embora. Com ar de cansaço, Biralbo se afastou da sacada e foi sentar-se na cama, apalpando o sobretudo, procurando algo na mesa de cabeceira, seus cigarros, que não encontrou. Lembro que fumava sempre cigarros americanos curtos sem filtro. Ofereci-lhe um dos meus. Tirou o filtro, apertando-o entre os polegares e os indicadores, e estendeu-se na cama. O quarto não era muito grande, e eu me sentia incomodado, de pé junto da porta, sem me resolver a repetir que ia embora. Provavelmente ele não me tinha ouvido da primeira vez. Agora fumava com os olhos semicerrados. Abriu-os para assinalar-me com um gesto a única poltrona do quarto. Lembrei-me daquela sua canção, *Lisboa*: quando a escutava, eu o imaginava exatamente assim, deitado num quarto de hotel, fumando devagar na penumbra translúcida. Perguntei-lhe se afinal havia estado em Lisboa. Pôs-se a rir, dobrando o travesseiro sob a cabeça.

– Claro – respondeu. – No momento adequado. Chegamos aos lugares quando não têm mais importância para nós.

– Viu Lucrecia lá?

– Como é que você sabe?

Ergueu o corpo completamente, esmagou o cigarro no cinzeiro. Eu dei de ombros, mais assombrado que ele por ter adivinhado.

– Ouvi a canção, *Lisboa*. Ela me fez lembrar aquela viagem que vocês iniciaram juntos.

– Aquela viagem – repetiu. – Foi então que a compus.

– Mas você me disse que não tinham chegado a Lisboa.

– Claro que não. Por isso fiz essa canção. Você nunca sonha que se perde numa cidade onde nunca esteve?

Quis lhe perguntar se Lucrecia tinha continuado a viagem sozinha, mas não me atrevi, era indubitável que ele não desejava continuar falando daquilo. Consultou o relógio e fingiu surpreender-se com o adiantado da hora, disse que seus músicos estariam esperando-o no Metropolitano.

Não me convidou a ir com ele. Na rua nos despedimos apressadamente, ele virou-se, erguendo a gola do sobretudo e em poucos passos já parecia estar muito longe. Ao chegar em casa, servi-me um drinque e pus o disco de Billy Swann. Quando alguém bebe sozinho, comporta-se como o camareiro de um fantasma. Em silêncio, dita-se ordens e obedece a elas com a vaga precisão de um criado sonâmbulo: o copo, as pedras de gelo, a dose justa de gim ou uísque, o prudente descanso em cima da mesa de vidro, para que não apareça alguém e descubra a reprovável mancha circular não tirada pela flanela úmida. Estendi-me no sofá, apoiando o copo largo na barriga, e escutei pela quarta ou quinta vez aquela música. O maço de cartas estava em cima da mesa, entre o cinzeiro e a garrafa de gim. A primeira canção, *Burma*, era cheia de escuridão e de uma tensão muito semelhante ao medo, sustentada até o limite. Burma, Burma, Burma, repetia como um augúrio ou um salmo a voz lúgubre de Billy Swann, e depois o som lento e agudo de seu trompete se prolongava até se quebrar em notas cruas que desatavam ao mesmo tempo o terror e a desordem. Constantemente a música me incitava à revelação de uma lembrança, ruas abandonadas na noite, um brilho de refletores do outro lado das esquinas, sobre fachadas com colunas e entulho de demolições, homens que fugiam e se perseguiam alongados por suas sombras, com revólveres e chapéus enterrados na cabeça e grandes sobretudos como o de Biralbo.

Mas essa lembrança que a solidão e a música agravaram não pertence à minha vida, estou certo, e sim a um filme que talvez tenha visto na minha infância e cujo título nunca virei a saber. Veio de novo a mim porque naquela música havia perseguição e terror, e todas as coisas que eu vislumbrava nela ou em mim mesmo estavam contidas nessa primeira palavra, *Burma*, na lentidão de augúrio com que Billy Swann a pronunciava: Burma ou Birmânia, não o país que você vê nos mapas ou nos dicionários, mas uma dura sonoridade ou algum conjuro: eu repetia suas duas sílabas e encontrava nelas, sob as batidas de tambor que as acentuavam na música, outras palavras anteriores de um idioma rudemente confiado às inscrições em pedra e às tábuas de argila: palavras obscuras demais para serem decifradas sem profanação.

A música tinha cessado. Quando me levantei para pôr o disco de novo, percebi sem surpresa que tinha um pouco de vertigem e estava bêbado. Em cima da mesa, junto da garrafa de gim, o maço de cartas tinha aquele ar de paciência imóvel dos objetos esquecidos. Desfiz o nó que o atava, e quando me arrependi as cartas já se desordenavam em minhas mãos. Sem abri-las fiquei olhando para elas, examinei as datas dos carimbos, o nome da cidade, Berlim, de onde foram enviadas, as variações da cor da tinta e da letra dos envelopes. Uma delas, a última, não tinha sido enviada pelo correio. Trazia apressadamente escrito o endereço de Biralbo e os selos colados, mas intactos. Era uma carta muito mais fina do que as outras. Na metade da dose seguinte de gim superei o escrúpulo de não olhar dentro dela. Não havia nada. A última carta de Lucrecia era um envelope vazio.

Capítulo III

Nem sempre nos encontrávamos no Metropolitano ou em seu hotel. Na verdade, quando me entregou as cartas, passou algum tempo até nos vermos de novo. Era como se ambos nos déssemos conta de que aquele gesto seu nos levara a incorrer num excesso de confiança mútua que só atenuaríamos deixando de nos ver durante algumas semanas. Eu ouvia o disco de Billy Swann e olhava às vezes, um a um, os compridos envelopes rasgados por uma impaciência em que sem dúvida Biralbo já não se reconhecia, e quase nunca tive a tentação de ler as cartas, até houve dias em que as esqueci em meio à desordem dos livros e dos jornais atrasados. Mas bastava-me olhar para a cuidadosa caligrafia e a descorada tinta violeta ou azul dos envelopes para me lembrar de Lucrecia, talvez não a mulher a quem Biralbo amou e esperou durante três anos, mas a outra, a que eu tinha visto algumas vezes em San Sebastián, no bar de Floro Bloom, no Paseo Marítimo ou no Paseo de los Tamarindos, com seu ar de calculada desorientação, com seu atento sorriso que nos ignorava ao mesmo tempo que nos envolvia sem motivo numa cálida certeza de predileção, como se não tivéssemos a menor importância para ela ou fôssemos exatamente a pessoa que ela desejava ver naquele exato momento. Achei que havia uma incerta semelhança entre Lucrecia e a cidade onde Biralbo e eu a tínhamos conhecido, a mesma serenidade extravagante e inútil, a mesma vontade de parecerem ao mesmo tempo hospitaleiras e estrangeiras, aquela ardilosa ternura do sorriso de Lucrecia, do rosa do entardecer nas espumas lentas da baía, nos cachos de tamarindos.

Eu a vi pela primeira vez no bar de Floro Bloom, talvez na mesma noite em que Billy Swann e Biralbo tocaram juntos. Na época, eu terminava regularmente as noites no Lady Bird, amparado pela vaga convicção de que lá iam as improváveis mulheres que concordariam em deitar-se comigo quando, ao apagarem-se as luzes dos últimos bares, chegasse com o amanhecer a premência do desejo. Mas naquela noite meu propósito era um pouco mais preciso. Tinha um encontro com Bruce Malcolm, que em certos lugares chamavam de o Americano. Era correspondente de umas revistas de arte estrangeiras e se dedicava, disseram-me, à exportação ilegal de pinturas e objetos antigos. Naquela época eu andava meio apertado em matéria de dinheiro. Tinha em casa uns poucos quadros muito sombrios, de tema religioso, e um amigo que havia passado antes por apertos parecidos me disse que aquele americano, Malcolm, poderia comprá-los a um bom preço e pagar em dólares. Liguei para ele, veio à minha casa, examinou os quadros com uma lupa, limpou as zonas mais escuras com algodão embebido num produto com cheiro de álcool. Falava um espanhol com inflexões sul-americanas e tinha uma voz persuasiva e aguda. Tirou fotos conscienciosas dos quadros, colocando-os diante de uma janela aberta, e, ao cabo de uns dias, telefonou-me para dizer que estava disposto a pagar mil e quinhentos dólares por eles, setecentos na entrega, o resto quando seus sócios ou chefes, que estavam em Berlim, os tivessem recebido.

Marcou encontro comigo para me pagar no Lady Bird. Numa mesa afastada me deu setecentos dólares em notas usadas, depois de contá-las com uma lentidão de caixa vitoriano. Os outros oitocentos nunca cheguei a ver. Provavelmente teria me enganado mesmo que tivesse cumprido sua promessa, mas faz anos que isso deixou de me importar. Importa mais que naquela noite ele não chegou sozinho ao Lady Bird. Vinha com ele uma moça alta e magérrima, que se inclinava ligeiramente ao andar e quando sorria mostrava dentes muito brancos e um pouco separados. Tinha cabelos lisos, cortados bem na altura dos ombros, os pômulos largos e um tanto infantis, o nariz definido por uma linha irregular. Não sei se a estou recordando como a vi naquela noite ou se o que vejo enquanto a descrevo é uma das fotos que achei entre os papéis de Biralbo. Estavam de pé diante de mim, de costas para o palco onde os músicos ainda não tinham aparecido, e Malcolm, o Americano, pegou-a pelo braço com um gesto resoluto de propriedade e de orgulho e me disse: "Quero lhe apresentar minha mulher. Lucrecia."

Quando o americano terminou de contar o dinheiro, bebemos por algo que ele chamou com suspeita felicidade de "o êxito de nosso negócio". Eu tinha a dupla e incômoda sensação de ter sido roubado e de estar atuando num filme para o qual tivessem me dado instruções insuficientes, mas isso me acontece freqüentemente quando bebo entre estranhos. Malcolm falava e bebia muito, reprovava meus cigarros, oferecia-me conselhos para adquirir quadros e parar de fumar. A chave era o equilíbrio pessoal, disse-me, sorrindo muito, afastando a fumaça da cara, escrevendo-me num guardanapo a marca de certas balas medicinais que supriam a falta de nicotina. O copo de Lucrecia permanecia intacto e vertical diante dela. Pareceu-me capaz de manter-se invulnerável e idêntica a si mesma onde quer que estivesse, mas corrigi esse juízo quando o piano de Biralbo começou a soar. Ele e Billy Swann tocavam sozinhos: a ausência do contrabaixo e da bateria dava à sua música, à sua solidão, no estreito palco do Lady Bird, uma qualidade despojada e abstrata, como a de um desenho cubista resolvido apenas a lápis. Na realidade, agora lembro – mas passaram-se cinco anos –, não percebi que a música tinha começado até que Lucrecia nos deu as costas, virando-se para o fundo da sala, onde os dois homens tocavam entre a penumbra e os reflexos da fumaça. Foi uma só expressão, um lampejo furtivo e tão breve quanto a luz de um relâmpago, como aqueles olhares que surpreendemos num espelho. Animado pelo uísque, pela lembrança dos setecentos dólares no bolso – naquele tempo qualquer quantia considerável de dinheiro me parecia infinita, me impunha táxis arbitrários e bebidas de luxo – eu tentava empreender uma conversa com Lucrecia ante o sorriso ébrio e benévolo do americano, mas no instante em que a música soou ela se virou como se Malcolm e eu não existíssemos, cerrou os lábios, uniu as mãos longas entre os joelhos, afastou os cabelos do rosto. Malcolm falou: "Minha mulher gosta muito de música", e esvaziou a garrafa em meu copo sem gelo. É provável que isso não seja totalmente exato, que, quando ouvimos Biralbo, Lucrecia não tivesse deixado de me fitar, mas sei que naquele momento se produziu nela uma mutação que percebi ao mesmo tempo que Malcolm. Alguma coisa estava acontecendo, não no palco onde Biralbo estendia as mãos diante do teclado e Billy Swann, ainda em silêncio, erguia seu trompete com lentidão de cerimônia, mas entre eles, entre Lucrecia e Malcolm, no espaço da mesa onde agora permaneciam esquecidos os copos, no silêncio que eu tentava ignorar como um conhecido bruscamente importuno.

Havia muita gente no Lady Bird, todos aplaudiam, e uns fotógrafos ajoelhados assediavam Billy Swann com seus flashes. Floro Bloom apoiava no balcão sua vasta envergadura de lenhador escandinavo – era gordo, louro, feliz, tinha olhos pequeninos e azuis –, e nós, Lucrecia, Malcolm, eu mesmo, nos interessávamos pela música sem muito êxito: só nós não aplaudíamos. Billy Swann enxugou a testa com um lenço e disse alguma coisa em inglês, terminando com uma gargalhada obscena que renovou muito timidamente os aplausos. Com a boca bem perto do microfone e a voz cansada, Biralbo traduziu as palavras do outro e anunciou a próxima canção. Também olhei para ele então. Malcolm relia meditativamente o recibo que eu acabava de lhe dar e da distância da fumaça os olhos de Biralbo me encontraram, mas não era a mim que procuravam. Estavam fixos em Lucrecia, como se no Lady Bird não houvesse ninguém mais além dela, como se estivessem a sós entre uma multidão unânime que observasse seus gestos. Olhando para ela, Biralbo anunciou em inglês e depois em espanhol o título da canção que iam tocar. Muito tempo depois, em Madri, estremeci ao reconhecê-la: estava naquele mesmo disco de Billy Swann; escutei-a sozinho, imóvel diante de um punhado de cartas que tinham atravessado toda a extensão da Europa e a indiferença do tempo para chegar a minhas mãos de estranho. *Todas as coisas que você é*, disse Biralbo, e entre essas palavras e as primeiras notas da canção houve um curto silêncio, e ninguém se atreveu a aplaudir. Não apenas Malcolm, eu também percebi o sorriso que iluminou as pupilas de Lucrecia sem chegar a seus lábios.

 Observei que os estrangeiros não têm o menor escrúpulo para cancelar sem aviso prévio sua amizade ou sua copiosa cortesia. Sob o olhar de Biralbo – mas, do balcão do bar, Floro Bloom também estava nos vigiando –, Malcolm disse que ele e Lucrecia tinham de ir embora, e me estendeu a mão. Muito séria, sem ainda se levantar, ela respondeu algo em inglês, umas palavras rápidas, muito educadas e frias. Vi-o pegar seu copo e pousá-lo outra vez na mesa, abarcando-o inteiro com seus duros dedos sujos de tinta, como se considerasse a possibilidade de quebrá-lo. Não fez nada: enquanto Lucrecia falava com ele, observei que Malcolm tinha a cabeça levemente chata, como um lagarto. Ela não estava irritada: não parecia que pudesse ficar, nunca. Olhava para Malcolm como se o senso comum bastasse para desarmá-lo, e o cuidado que punha em pronunciar cada uma das suas palavras acentuava a suavidade da sua voz quase ocultando a ironia. Quando Malcolm voltou a falar, o fez num espanhol detestável. A ira prejudicava sua pronúncia, devolvia-o à sua natureza de estrangeiro num país e num idioma de confabuladores hostis. Disse sem olhar para mim, sem olhar para ninguém mais a não ser Lucrecia: "Você sabe por que quis que viéssemos aqui." Minha presença não importava a nenhum dos dois.

 Decidi me interessar pelo cigarro e pela música. Malcolm admitiu uma trégua. Tirando do bolso de trás da calça um maço de notas, aproximou-se do balcão e conversou um momento com Floro Bloom, agitando o dinheiro na mão direita, com um pouco de petulância ou de raiva. Olhava de soslaio para Lucrecia, que não tinha se levantado, para Biralbo, ausente do outro lado do piano, muito longe de nós. Às vezes erguia os olhos:

então Lucrecia se erguia imperceptivelmente, como se olhasse para ele por cima de um muro. Malcolm deixou o dinheiro dando um golpe seco na madeira do balcão e se afastou até a escuridão do fundo. Lucrecia então se pôs de pé, descartou minha presença, apagando-me com um sorriso, como se afasta a fumaça, e foi dizer alguma coisa a Floro Bloom. O trompete de Billy Swann cortava o ar como uma navalha empunhada. Lucrecia movia as mãos diante do rosto sonolento de Floro, num instante teve entre elas um papel e uma esferográfica. Enquanto escrevia velozmente, vigiava o palco e o corredor iluminado de vermelho por onde Malcolm tinha desaparecido. Dobrou o papel, espichou o corpo para escondê-lo do outro lado do balcão, devolveu a esferográfica a Floro. Quando Malcolm voltou, apenas um minuto depois, Lucrecia estava me explicando o modo de chegar à sua casa e me convidava para ir jantar com eles um dia daqueles. Mentia com serenidade e veemência, quase com ternura.

Nenhum dos dois me estendeu a mão quando saíram. Caiu atrás deles a cortina do Lady Bird, e foi como se o aplauso que ressoou então lhes tivesse sido dedicado. Nunca voltei a vê-los juntos. Nunca recebi os oitocentos dólares de meus quadros nem tornei a ver Malcolm. De certo modo, também não vi mais aquela Lucrecia: a que vi depois era outra, com o cabelo muito mais comprido, menos serena e mais pálida, com a vontade maltratada ou perdida, com aquela grave e reta expressão de quem viu a verdadeira escuridão e não permaneceu limpo nem impune. Quinze dias depois daquele encontro no Lady Bird, ela e Malcolm foram embora num navio cargueiro que os levou a Hamburgo. A dona do apartamento deles me disse que tinham deixado três meses de aluguel sem pagar. Só Santiago Biralbo soube que partiam, mas não viu se afastar o barco de pescadores em que embarcaram clandestinamente à meia-noite. Lucrecia lhe dissera que o cargueiro os esperava em alto-mar, e não quis que ele fosse ao porto para se despedir de longe. Disse que escreveria, deu-lhe um papel com um endereço de Berlim. Biralbo guardou-o no bolso e, talvez, enquanto caminhava apressadamente para o Lady Bird, porque estava atrasadíssimo, tinha se lembrado de outro papel e de outro recado que o estava esperando certa noite de duas semanas antes, quando terminara de tocar com Billy Swann e fora ao bar pedir a Floro uma dose de gim ou de *bourbon*.

Capítulo IV

Domingo eu me levantava tarde e como café da manhã tomava cerveja, porque me dava um pouco de vergonha pedir café com leite ao meio-dia num bar. Nas manhãs de domingo invernais há em certos lugares de Madri uma agradável e fria luz que depura como que no vácuo a transparência do ar, uma claridade que torna mais agudas as arestas brancas dos edifícios e na qual os passos e as vozes ecoam como numa cidade deserta. Gostava de levantar tarde e ler o jornal num bar limpo e vazio, de beber a quantidade justa de cerveja que me permitisse chegar ao almoço no estado de suave indolência que nos faz olhar para todas as coisas como se observássemos, munidos de um bloco de anotações, o interior de uma colméia com paredes de vidro. Por volta das duas e meia dobrava cuidadosamente o jornal e jogava-o num cesto de lixo, e isso me dava uma sensação de leveza que tornava muito plácido o caminho para o restaurante, uma casa de refeições asseada e antiga, com um balcão de zinco e jarras cúbicas de vinho, onde os garçons já me conheciam, mas não a ponto de se permitirem uma incômoda confiança que tinha me levado a fugir outras vezes de lugares semelhantes.

Um daqueles domingos, quando eu esperava a comida numa mesa do fundo, chegaram Biralbo e uma mulher muito atraente, em quem demorei um pouco a reconhecer a garçonete loura do Metropolitano. Tinham o ar moroso e risonho dos que acabam de se levantar juntos. Agregaram-se ao grupo que esperava a vez perto do bar, e eu fiquei observando-os um instante antes de me decidir a chamá-los. Achei que não me incomodava que a cabeleira loura da garçonete fosse tingida. Tinha se penteado sem se deter muito diante do espelho, trajava uma saia curta e meias fumê, e Biralbo, enquanto conversavam com cigarros e copos de cerveja na mão, acariciava levemente as costas ou a cintura da moça. Ela não tinha terminado de se pentear, mas tinha pintado os lábios de um rosa quase malva. Imaginei pontas de cigarro manchadas dessa cor num cinzeiro, em cima de uma mesa de cabeceira, pensei com melancolia e rancor que nunca me fora concedida uma mulher como aquela. Então me levantei para chamar Biralbo.

A garçonete loura – chamava-se Mónica – comeu depressa e foi embora em seguida, disse que faria o turno da tarde no Metropolitano. Ao se despedir de mim me fez prometer que voltaríamos a nos ver e me beijou bem perto dos lábios. Ficamos a sós, Biralbo e eu, encarando-nos com desconfiança e pudor sobre a fumaça dos cafés e dos cigarros, sabendo cada um o que o outro pensava, descartando palavras que nos levariam de volta ao único ponto de partida, à lembrança de tantas noites repetidas e absurdas que se resumiam numa só noite ou duas. Quando estávamos a sós, mesmo que não falássemos, era como se em nossas vidas não tivesse existido outra coisa que não o Lady Bird e as distantes noites de San Sebastián, e a consciência dessa semelhança, dessa mútua obstinação com um tempo desdenhado ou perdido, condenava-nos a conversas oblíquas, à cautela do silêncio.

Restava muito pouca gente no restaurante e já tinham baixado a porta metálica até a metade. Inopinadamente falei de Malcolm, mas era uma forma de nomear Lucrecia, um prelúdio que ainda não nos permitia recordá-la em voz alta. Com notas de ironia contei a Biralbo a história dos quadros e dos oitocentos dólares que nunca vi. Olhou à sua volta como para se certificar de que Mónica não estava conosco e pôs-se a rir.

— Quer dizer que o velho Malcolm também enganou você.

— Não me enganou. Garanto que naquela noite mesma eu já sabia que não ia me pagar.

— Mas você nem se importava. No fundo, para você dava no mesmo se ele não pagasse. Para ele não. Com certeza foi com o seu dinheiro que pagou a viagem para Berlim. Queriam ir embora e não podiam. De repente Malcolm chegou, dizendo que havia subornado o capitão daquele cargueiro para que os embarcasse no porão. Você pagou a viagem.

— Foi Lucrecia que lhe contou isso?

Biralbo voltou a rir como se ele próprio fosse o objeto da gozação e tomou um gole de café. Não, Lucrecia não tinha lhe contado nada, não contou até o fim, até o último dia. Nunca falavam das coisas reais, como se o silêncio sobre o que acontecia em suas vidas quando não estavam juntos os defendesse melhor do que as mentiras que ela urdia para ir buscá-lo ou do que as portas fechadas dos hotéis onde iam se encontrar por meia hora, porque ela nem sempre tinha tempo de chegar ao apartamento de Biralbo, e os minutos futuros se dissolviam em nada após o primeiro abraço. Ela consultava o relógio, vestia-se, dissimulava os sinais rosados que tinham ficado em seu pescoço com uns pós faciais que Biralbo comprara certa vez por indicação dela numa loja onde lhe dirigiram olhares suspeitosos. Sem se resignar a despedir-se dela no elevador, descia com Lucrecia à rua e a via dar-lhe adeus pela janela traseira de um táxi.

Pensava em Malcolm, que devia estar sozinho, esperando, disposto a procurar na roupa ou nos cabelos dela o cheiro de outro corpo. Voltava para casa ou para o quarto de hotel e deitava-se na cama, morto de ciúme e de solidão. Perambulava entre as coisas empenhado na tarefa impossível de acelerar o tempo, remediar o vazio de cada uma das horas e talvez dos dias inteiros que lhe faltavam para ver de novo Lucrecia. Diante de seus olhos via apenas os relógios imóveis e uma coisa escura e funda como um tumor, uma sombra que nenhuma luz e nenhuma trégua aliviava, a vida que ela estaria vivendo naqueles mesmos instantes, a vida com Malcolm, na casa de Malcolm, onde ele, Biralbo, certa vez entrou clandestinamente para obter imagens não da breve e covarde ternura que conseguiu ali de Lucrecia – tinham medo de que Malcolm voltasse, embora estivesse fora da cidade, e cada ruído que ouviam era o de sua chave na fechadura –, mas sim de sua outra vida, instalada desde então na consciência de Biralbo com a precisão como que de instrumentos clínicos das coisas reais. Uma casa apenas imaginada, nunca visitada, talvez não houvesse alimentado sua dor de modo tão eficaz quanto a recordação exata que agora dela possuía. O pincel de barba e a navalha de Malcolm numa prateleira de vidro, sob o espelho do banheiro, o roupão de Malcolm, de um tecido muito poroso e azul, pendurado atrás da porta do quarto, seus chinelos de feltro debaixo da cama, sua foto na mesa de cabeceira, perto do despertador que ele devia ouvir todas as manhãs ao mesmo tempo que Lucrecia... O cheiro do perfume de Malcolm disperso pelos cômodos, indubitável em suas toalhas, a leve miséria de intimidade masculina que repelia Biralbo como um usurpador. O ateliê de Malcolm, sujíssimo, com potes cheios de pincéis, frascos de aguarrás e reproduções de quadros pregadas na parede havia muito tempo. De repente, Biralbo, que esteve falando comigo recostado em sua cadeira, sorrindo enquanto deixava a cinza do cigarro na xícara de café, endireitou-se e encarou-me fixamente, porque acabava de encontrar em sua memória algo não recordado até então, como os objetos que às vezes achamos onde não deveriam estar e que nos fazem olhar verdadeiramente para o que já não víamos.

– Eu vi aqueles quadros que você lhe vendeu – disse-me; agora eu também os via em seu espanto, e tinha medo de perder a precisão da lembrança. – Num deles havia uma espécie de dama alegórica, uma mulher de olhos vendados com alguma coisa na mão...

– Uma taça. Uma taça com uma cruz.

– ... Tinha cabelos negros e compridos, o rosto redondo, branquíssima, ruge nas faces.

Eu gostaria de lhe ter perguntado se sabia mais alguma coisa sobre o destino daqueles quadros, mas ele já não se importaria muito com o que eu lhe dissesse. Estava vendo algo com uma clareza que sua memória tinha lhe negado até então, um filão do tempo em estado puro, pois a visão de um quadro que nunca tinha se esforçado por recordar lhe restituía quem sabe algumas horas intactas de seu passado com Lucrecia, e gradativamente, em décimos de segundo, como uma luz que focalizou um só rosto se amplia até iluminar um cômodo inteiro, seus olhos descobriam as coisas que naquela tarde vira em torno do quadro, a proximidade de Lucrecia, o perigo de que Malcolm regressasse, a opressiva luz de fins de setembro que havia então em todos os cômodos em que se encontravam, sem saber que estavam chegando ao fim da véspera de uma ausência de três anos.

— Malcolm nos espionava — disse Biralbo. — Me espionava. Eu o vi rondar algumas vezes a entrada do meu edifício, como um policial incompetente, sabe como é, parado com um jornal na esquina, bebendo no bar em frente. Esses estrangeiros acreditam muito nos filmes. Algumas noites ia sozinho ao Lady Bird e ficava olhando para mim enquanto eu tocava, sentado no fundo do bar, fingindo que lhe interessava muito a música ou a conversa de Floro Bloom. Aquilo não me incomodava, eu até achava graça, mas certa noite Floro me encarou muito sério e me disse, tome cuidado, esse cara anda armado.

— Ele ameaçou você?

— Ameaçou Lucrecia, de uma maneira ambígua. Às vezes corria certos riscos nos negócios. Imagino que não teriam ido embora tão depressa se Malcolm não tivesse medo de alguma coisa. Tinha relações com gente perigosa, e não era tão valente como parecia. Pouco depois de comprar seus quadros, viajou para Paris. Foi então que estive em sua casa. Ao voltar ele disse a Lucrecia que muita gente desejava enganá-lo e sacou a pistola, deixou-a em cima da mesa, enquanto estavam jantando, depois fingiu que a limpava. Disse que tinha um carregador inteiro preparado para quem quisesse enganá-lo.

— Bravatas — disse eu. — Bravatas de corno.

— Sou capaz de apostar que não fez a tal viagem a Paris. Ele tinha dito a Lucrecia que ia ver não sei que quadros num museu, uns quadros de Cézanne, lembro-me disso. Mentiu para nos espionar. Tenho certeza de que nos viu entrar em sua casa e ficou esperando bem perto dali. É possível que tenha tido a tentação de subir e nos surpreender, mas não se atreveu.

Quando Biralbo me disse aquilo, notei um calafrio. Estávamos acabando de tomar o café, os garçons já tinham arrumado as mesas para o jantar e olhavam para nós sem ocultar a impaciência, eram cinco da tarde e no rádio alguém falava fervorosamente de uma partida de futebol, mas de repente eu tinha visto, de cima, como nos filmes, uma rua vulgar de San Sebastián em que um homem, de pé na calçada, erguia os olhos para uma janela, com as mãos nos bolsos, com uma pistola, com um jornal debaixo do braço, pisando com energia o chão molhado para desentorpecer os pés. Depois me dei conta de que era algo assim que Biralbo temia ver quando assomava à janela de seu hotel em Madri. Um homem que espera e dissimula, não muito, mas o suficiente para que quem deve vê-lo saiba que está ali e que não irá embora.

Levantamo-nos. Biralbo pagou a conta; ao recusar meu dinheiro disse que já não era um músico pobre. Saímos à rua e, embora ainda batesse sol nos andares mais altos dos edifícios, nas janelas de vidro e na torre semelhante a um farol do hotel Victoria, havia uma opacidade de cobre no final das ruas e um frio noturno nas entradas dos prédios. Senti a velha angústia invernal das tardes de domingo e dei graças quando Biralbo sugeriu logo em seguida um lugar preciso para o próximo trago, um desses bares neutros e vazios de balcão acolchoado. Em tardes assim não há companhia que mitigue o desconsolo, o brilho de luzes no asfalto, de anúncios luminosos na alta negrura do anoitecer, que ainda apresenta ao longe limites avermelhados, mas eu preferia que houvesse alguém comigo e que essa presença me eximisse da obrigação de optar pelo regresso, de voltar para casa caminhando sozinho pelas vastas calçadas de Madri.

– Foram embora tão depressa como se alguém os estivesse perseguindo – falou Biralbo ao cabo de um par de bares e gins inúteis; disse-me isso como se seu pensamento tivesse parado quando acabamos de almoçar, e não havia continuado a me falar de Lucrecia e de Malcolm. – Porque até então tinham pensado em instalar-se definitivamente em San Sebastián. Malcolm queria abrir uma galeria de arte, aliás esteve a ponto de alugar uma loja. Mas voltou de Paris, ou de onde quer que tenha estado aqueles dias, e disse a Lucrecia que tinham de ir para Berlim.

– O que ele queria era afastá-la de você – disse eu; o álcool me dava uma rápida lucidez para adivinhar a vida dos outros.

Biralbo sorria, fitando muito atentamente a altura do gim em seu copo. Antes de responder, o fez baixar quase um centímetro.

– Houve um tempo em que me lisonjeava achar isso, mas hoje já não estou tão certo. Creio que, no fundo, Malcolm não se importava com que Lucrecia fosse de vez em quando para a cama comigo.

– Você não sabe como ele o olhava naquela noite no Lady Bird. Tinha olhos azuis e redondos, lembra?

– ... Não se importava porque sabia que Lucrecia era dele ou não era de ninguém. Podia ter ficado comigo, mas foi embora com ele.

– Tinha medo dele. Percebi naquela noite. Você me disse que ele a ameaçou com uma pistola.

– Uma nove milímetros cano longo. Mas ela queria ir embora. Simplesmente aproveitou a oportunidade que Malcolm lhe oferecia. Um barco pesqueiro ou de contrabandistas, um cargueiro com matrícula de Hamburgo, que talvez tivesse um nome de mulher, Berta, Lotte ou algo do gênero. Lucrecia tinha lido livros demais.

– Estava apaixonada por você. Também percebi isso. Qualquer um que olhasse para ela naquela noite teria notado, até Floro Bloom. Deixou um bilhete para você, não foi? Eu a vi escrevendo.

Absurdamente, eu me empenhava em demonstrar a Biralbo que Lucrecia estivera apaixonada por ele. Com indiferença, com distante gratidão, ele continuava bebendo e me deixava falar. Expelia a fumaça sem tirar o cigarro dos lábios, cobrindo o queixo e a boca com a mão que o sustentava, e eu ignorava sempre o que havia por trás do brilho atento de seus olhos. Talvez continuasse vendo não a dor nem as palavras firmes, mas as coisas banais que, sem que ele percebesse, haviam urdido sua vida, aquele bilhete, por exemplo, que continha a hora e o lugar de um encontro, e que ele continuou guardando muito tempo depois, quando já lhe parecia um resíduo da vida de outro, tal como as cartas que me confiou e que não li, nem vou ler nunca. Fazia breves gestos de impaciência, olhava para o relógio, disse que faltava muito pouco para ter de ir para o Metropolitano. Lembrei-me das pernas finas, do sorriso e do perfume da garçonete loura. Era unicamente eu quem se obstinava em continuar indagando. Via o olhar de Malcolm no Lady Bird e o atribuía ao homem que espera por alguma coisa e caminha devagar sob uma janela, imóvel às vezes entre a leve chuva de San Sebastián.

Enquanto isso, Biralbo estava no apartamento, era ali que Lucrecia tinha marcado o encontro, talvez ela própria tivesse sugerido a Malcolm que seu encontro comigo fosse no Lady Bird... Se ele a vigiava sempre, de que outro modo Lucrecia poderia deixar aquele bilhete para Biralbo? Percebi que raciocinava no vazio: se Malcolm desconfiava tanto, se percebia a mais leve variação no olhar de Lucrecia e estava certo de que, quando cessasse sua vigilância, ela iria ter com Biralbo, por que não a levou consigo quando foi a Paris?

Quinta-feira às sete na minha casa telefone antes não fale enquanto não ouvir minha voz. Era o que dizia o bilhete, e a assinatura, como nas cartas, era uma só inicial: *L*. Escreveu tão depressa que se esqueceu das vírgulas, disse-me Biralbo, mas sua letra era tão impecável quanto a de um caderno de caligrafia. Uma letra inclinada, minuciosa, quase solícita, com um ar de boa educação, como o sorriso que Lucrecia me dedicou quando Malcolm nos apresentou. Talvez tenha sorrido assim para ele quando o acompanhou à estação e lhe disse adeus da plataforma de embarque. Depois deu meia-volta, tomou um táxi e chegou em casa a tempo de receber Biralbo. Com o mesmo sorriso, pensei, e me arrependi em seguida: era a Biralbo, não a mim, que esse pensamento devia ocorrer.

– Ela o viu partir? – perguntei. – Tem certeza de que esperou até o trem se pôr em movimento?

– Como quer que eu me lembre? Suponho que sim, que ele tenha se posto à janela para dizer adeus e tudo o mais. Mas pode ter descido na estação seguinte, na fronteira de Irún.

– Quando voltou?

– Não sei. Deve ter se demorado dois ou três dias. Mas fiquei quase duas semanas sem saber nada de Lucrecia. Pedia a Floro Bloom que ligasse para a casa dela e ninguém atendia, não voltou mais a me deixar recados no Lady Bird. Certa noite eu mesmo me atrevi a telefonar e alguém, não sei se Malcolm ou ela mesma, atendeu mas desligou em seguida sem dizer nada. Eu passava por sua rua e vigiava a entrada do edifício do café em frente, mas nunca os via sair, nem mesmo de noite podia saber se estavam em casa, porque mantinham as janelas fechadas.

– Também telefonei para Malcolm para lhe cobrar meus oitocentos dólares.

— E falou com ele?

— Nunca, é claro. Será que estavam se escondendo?

— Suponho que Malcolm estivesse preparando a fuga.

— Lucrecia nunca explicou nada?

— Só me disse que iam embora. Não teve tempo de me dizer muito mais. Eu estava no Lady Bird, já era de noite, mas Floro ainda não havia aberto. Eu ensaiava uma peça no piano e ele estava arranjando as mesas, então o telefone tocou. Parei o piano, a cada toque meu coração parava. Tinha certeza de que daquela vez, sim, era Lucrecia, e eu temia que o telefone não continuasse tocando. Floro demorou uma eternidade para ir atender, você sabe como ele anda devagar. Quando atendeu, eu estava de pé no meio do bar, nem me atrevia a me aproximar. Floro falou alguma coisa, olhou para mim, movendo muito a cabeça, disse que sim várias vezes e desligou. Perguntei quem tinha ligado. Quem podia ser, me respondeu, Lucrecia. Está esperando você daqui a quinze minutos nas arcadas da Constitución.

Era uma das primeiras noites de outubro, uma dessas noites prematuras que nos surpreendem ao sairmos à rua, como quando acordamos num trem que nos levou a um país estrangeiro onde já é inverno. Ainda era cedo, Biralbo havia chegado ao Lady Bird quando ainda restava no ar uma fraca luz amarela, mas ao sair já era noite e a chuva recrudescia com a mesma sanha do mar contra os rochedos. Pôs-se a correr enquanto procurava um táxi, porque o Lady Bird ficava longe do centro, quase no limite da baía, e quando por fim um táxi parou ele estava ensopado e não conseguiu dizer aonde ia. Olhava no escuro o relógio iluminado do painel do carro, mas não sabia a que horas saíra do Lady Bird, estava perdido no tempo e não acreditava que fosse chegar nunca à Plaza de la Constitución. E, se chegasse, se o táxi encontrasse o caminho na desordem das ruas e dos automóveis, do outro lado da cortina de chuva que voltava a se fechar mal as varetas do limpador de pára-brisas a suprimiam, provavelmente Lucrecia já teria ido embora, cinco minutos ou cinco horas antes, pois ele já não sabia calcular a direção do tempo.

Não a viu ao descer do táxi. Os postes das esquinas não conseguiam iluminar o interior sombrio e úmido das arcadas. Ouviu o táxi se afastar e ficou imóvel, enquanto o estupor desvanecia em nada sua pressa. Por um instante foi como se não lembrasse por que tinha ido àquela praça tão escura e deserta.

– Então a vi – disse Biralbo. – Sem surpresa alguma, do mesmo modo que, agora, fecho os olhos, abro e vejo você. Estava encostada na parede, junto da escadaria da biblioteca; quase na escuridão, mas de longe dava para ver sua blusa branca. Era uma blusa de verão, mas sobre ela vestia um casaco azul-escuro. Pelo modo como sorriu para mim, percebi que não íamos nos beijar. Disse-me: "Viu como chove?" Respondi que sempre chove assim nos filmes quando as pessoas vão se despedir.

– Vocês falavam assim? – perguntei, mas Biralbo não parecia entender minha estranheza. – Depois de duas semanas sem se verem, era tudo o que tinham a dizer?

– Ela também estava com os cabelos molhados, mas dessa vez os olhos não brilhavam. Trazia uma sacola grande de plástico, porque dissera a Malcolm que precisava buscar um vestido, de modo que lhe restavam apenas uns poucos minutos para estar comigo. Perguntou-me por que eu sabia que aquele encontro era o último. "Por causa dos filmes", falei, "quando chove tanto é que alguém vai embora para sempre."

Lucrecia consultou seu relógio – esse era o gesto que Biralbo mais temia desde que se conheceram – e disse que tinham dez minutos para tomar um café. Entraram no único bar que estava aberto nas arcadas, um lugar sujo, com cheiro de peixe, que não pareceu a Biralbo uma ofensa mais irreparável do que a velocidade do tempo ou a surpresa de Lucrecia. Há ocasiões em que levamos uma fração de segundo para aceitar a brusca ausência de tudo o que nos pertenceu: assim como a luz é mais veloz do que o som, a consciência é mais rápida do que a dor, e nos ofusca como um relâmpago que se produz em silêncio. Por isso, naquela noite Biralbo não sentia nada contemplando Lucrecia nem compreendia direito o que significavam suas palavras nem a expressão do seu rosto. A verdadeira dor chegou várias horas mais tarde, e foi então que ele quis recordar uma a uma as palavras que os dois haviam trocado mas não foi capaz. Soube que a ausência era aquela neutra sensação de vazio.

– Mas ela não explicou por que iam embora assim? Por que num cargueiro de contrabandistas, e não de avião ou de trem?

Biralbo deu de ombros: não, não tinha lhe ocorrido fazer essas perguntas. Sabendo o que Lucrecia iria responder pediu-lhe que ficasse, pediu-lhe sem súplica, uma só vez. "Malcolm me mataria", disse Lucrecia, "sabe como é. Ontem voltou a me mostrar aquela pistola alemã que ele tem." Mas dizia isso de um modo em que ninguém teria discernido o medo, como se a possibilidade de Malcolm matá-la não fosse mais temível do que a de chegar atrasada a um encontro. Lucrecia era assim, disse Biralbo, com a serenidade de quem afinal entendeu: de repente se extinguia nela todo sinal de fervor e olhava como se não lhe importasse perder tudo o que tivera ou desejara. Biralbo precisou: como se nunca tivesse lhe importado.

Não tomou seu café. Os dois se levantaram ao mesmo tempo e permaneceram imóveis, separados pela mesa, pelo barulho do bar, já alojados no lugar futuro em que a distância confinaria cada um. Lucrecia consultou o relógio e sorriu antes de dizer que ia embora. Por um instante seu sorriso pareceu o de quinze dias atrás, quando se despediram antes do amanhecer, junto de uma porta em que estava escrito em letras douradas o nome de Malcolm. Biralbo ainda continuava de pé, mas Lucrecia já havia desaparecido na zona de sombra das arcadas. No verso de um cartão de Malcolm escrevera a lápis um endereço em Berlim.

Capítulo V

Aquela canção, *Lisboa*. Eu a ouvia e estava de novo em San Sebastián, da maneira como se volta às cidades em sonhos. Esquece-se uma cidade mais depressa do que um rosto: fica remorso ou vazio onde antes havia memória e, do mesmo modo que um rosto, a cidade só permanece intacta onde a consciência não pôde gastá-la. Sonhamos com ela, mas nem sempre merecemos a lembrança do que vimos enquanto dormíamos, e de qualquer forma a perdemos ao cabo de algumas horas; pior ainda, em poucos minutos, ao nos inclinarmos sobre a água gelada da pia ou ao tomarmos o café. Santiago Biralbo parecia imune a essa doença do esquecimento imperfeito. Dizia que nunca se lembrava de San Sebastián, que aspirava a ser como esses heróis de cinema cuja biografia começa ao mesmo tempo que a ação e que não têm passado, mas imperiosos atributos. Naquela noite de domingo em que me contou a partida de Lucrecia e de Malcolm – tínhamos voltado a beber demais e ele chegou tarde e nada sóbrio ao Metropolitano – disse-me ao nos despedirmos: "Imagine que nós nos vimos aqui pela primeira vez. Você não viu alguém que conhecia, só um sujeito que tocava piano." Apontando para o cartaz em que se anunciava a atuação de seu grupo, acrescentou: "Não esqueça. Agora sou Giacomo Dolphin."

Mas era mentira sua afirmação de que a música está limpa de passado, porque sua canção, *Lisboa*, não era mais que a pura sensação do tempo, intacto e transparente, como que guardado num frasco hermético de vidro. Era Lisboa e também San Sebastián, do mesmo modo que um rosto contemplado num sonho contém sem estranheza a identidade de dois homens. A princípio ouvia-se como o ruído de uma agulha girando no intervalo de silêncio de um disco, depois esse som era o das vassouras que roçavam circularmente os pratos metálicos da bateria e um latejo semelhante ao de um coração próximo. Só mais tarde o trompete sugeria uma cautelosa melodia. Billy Swann tocava como se temesse acordar alguém, e ao cabo de um minuto começava a intervir o piano de Biralbo, que apontava hesitantemente para um caminho e parecia perdê-lo na escuridão, que mais tarde voltava, na plenitude da música, para revelar a forma inteira da melodia, como se depois que nos perdêssemos no nevoeiro ele nos levasse até o cume de uma colina de onde se pudesse avistar uma cidade dilatada pela luz.

Nunca estive em Lisboa, e faz anos que não vou a San Sebastián. Tenho uma lembrança de ocres fachadas com balcões de pedra escurecidas pela chuva, de um passeio marítimo junto de uma encosta arborizada, de uma avenida que imita um bulevar de Paris e tem uma fileira dupla de tamarindos, nus no inverno, coroados em maio por estranhos cachos de flores de um rosa pálido muito semelhante ao da espuma das ondas nas tardes de verão. Lembro-me das quintas abandonadas de frente para o mar, da ilha e do farol na metade da baía e das luzes declinantes que a circundam à noite e se refletem na água com uma cintilação de estrelas submarinas. Longe, ao fundo, estava o luminoso azul e rosa do Lady Bird, com sua caligrafia de neon, os veleiros ancorados, que tinham na proa nomes de mulheres ou de países, os barcos de pesca de que emanava um cheiro intenso de madeira encharcada, gasolina e algas.

Num deles embarcaram Malcolm e Lucrecia, temendo talvez perder o equilíbrio enquanto levavam suas malas sobre o rangido e a oscilação da passarela. Malas pesadíssimas, cheias de quadros velhos, de livros, de todas as coisas que alguém não se resolve a abandonar quando decidiu ir embora para sempre. Enquanto o barco penetrava na escuridão, devem ter ouvido com alívio o lento barulho do motor na água. Devem ter se virado para contemplar de longe o farol da ilha, o perfil derradeiro da cidade iluminada, lentamente submersa do outro lado do mar. Suponho que nessa mesma hora Biralbo estivesse bebendo *bourbon* puro sem gelo no bar do Lady Bird, aceitando a melancólica solidariedade masculina de Floro Bloom. Perguntei-me se Lucrecia teria conseguido distinguir na distância as luzes do Lady Bird, se teria tentado distingui-las.

Sem dúvida procurou-as quando retornou à cidade três anos depois e agradeceu que ainda estivessem acesas, mas não quis entrar, não gostava de visitar os lugares em que tinha vivido nem de ver os velhos amigos, nem mesmo Floro, em outros tempos tranqüilo cúmplice de seus álibis ou de seus encontros, mensageiro imóvel.

Biralbo já não acreditava que ela fosse voltar um dia. Mudou sua vida naqueles três anos. Fartou-se da ignomínia de tocar órgão elétrico no piano-bar do Viena e em vis festinhas de bairro. Conseguiu um contrato de professor de música num colégio feminino e católico, mas continuou tocando algumas noites no Lady Bird, apesar de o Floro Bloom, mansamente resignado à falência pela deslealdade dos bebedores noturnos, mal poder lhe pagar até mesmo suas doses de *bourbon*. Levantava às oito, explicava solfejo, falava de Liszt, de Chopin, da sonata *Ao luar*, em vagas aulas povoadas de adolescentes de uniforme azul, e vivia sozinho num bloco de apartamentos, à margem do rio, bem longe do mar. Ia para o centro num trem de subúrbio que chamam de *El Topo* e esperava cartas de Lucrecia. Por aquela época eu quase nunca o via. Ouvira dizer que havia deixado a música, que ia embora de San Sebastián, que virara abstêmio, que já era alcoólatra, que Billy Swann o tinha chamado para tocar com ele em vários clubes de Copenhague. Uma ou outra vez cruzei com ele quando ia trabalhar: os cabelos úmidos e penteados apressadamente, um ar de docilidade ou ausência, perceptível em seu modo de usar a gravata ou a sóbria pasta onde guardava os exames que talvez não corrigisse. Tinha um aspecto de desertor recente da vida boêmia e caminhava sempre com os olhos fitos no chão, muito depressa, como se estivesse atrasado, como se fugisse sem convicção de um despertar medíocre. Certa noite encontrei-o num bar da cidade velha, na Plaza de la Constitución. Estava meio tocado, convidou-me para um trago, disse-me que estava comemorando seus trinta e um anos e que, a partir de certa idade, há que comemorar os aniversários solitariamente. Por volta da meia-noite pagou a conta e foi embora sem maior cerimônia, tinha de madrugar, explicou-me, encolhendo a cabeça na gola do sobretudo enquanto enfiava as mãos nos bolsos e metia a pasta debaixo do braço. Tinha então uma maneira decidida e estranha de ir embora: ao se despedir, ingressava bruscamente na solidão.

Escrevia cartas e esperava-as. Foi se edificando uma vida perfeitamente clandestina, na qual não intervinham nem a passagem do tempo nem a realidade. Todas as tardes, às cinco, quando terminava as aulas, tomava o *Topo* e voltava para casa, com a gravata escura apertando o pescoço e sua pasta parecida com a de um cobrador debaixo do braço, lia o jornal durante o breve trajeto ou contemplava os altos bosques de edifícios e os casarios dispersos entre as colinas. Depois se trancava a chave e ouvia discos. Tinha comprado a prazo um piano de armário, mas usava-o muito pouco. Preferia relaxar e fumar ouvindo música. Nunca na vida voltaria a escutar tantos discos e a escrever tantas cartas. Pegava a chave do prédio e, antes de fazê-lo, ainda na rua, já espiava a caixa de correio, que talvez contivesse uma carta, e estremecia ao abri-la. Nos primeiros dois anos as cartas de Lucrecia costumavam chegar cada duas ou três semanas, mas não havia tarde em que ele não esperasse encontrar uma quando abria a caixa, e desde que acordava vivia para chegar a esse instante: habitualmente recolhia cartas do banco, convocações do colégio, folhetos de publicidade que jogava fora com ódio, com um pouco de rancor. Automaticamente qualquer envelope que tivesse as bordas listradas do correio aéreo mergulhava-o na felicidade.

Mas o silêncio definitivo levou dois anos para chegar, e ele não poderia dizer que não o havia esperado. Ao cabo de seis meses, nos quais não passou um só dia sem a esperar, chegou a última carta de Lucrecia. Não veio pelo correio: Billy Swann a trouxe para Biralbo meses depois de escrita.

Não me esqueci daquele retorno de Billy Swann à cidade. Suponho que há cidades às quais sempre se volta, do mesmo modo que há outras em que tudo termina, e San Sebastián é das primeiras, apesar de que, quando vemos a foz do rio da última ponte, nas noites de inverno, quando contemplamos as águas que retrocedem e o vigor das ondas brancas que avançam como crinas vindas da escuridão, temos a sensação de estar no fim do mundo. Nas duas extremidades dessa ponte, que chamam de Kursaal, como se ficasse num penhasco da África do Sul, há duas altas lanternas de luz amarela que parecem os faróis de uma costa impossível, anunciadores de naufrágios. Mas eu sei que a essa cidade se volta e que eu mesmo provarei isso um dia, que qualquer outro lugar, Madri, é um lugar de trânsito.

Billy Swann voltou da América, parece que justo a tempo de evitar uma condenação por drogas, talvez fugindo principalmente do lento declínio de sua fama, pois tinha ingressado quase ao mesmo tempo na mitologia e no esquecimento: muito poucos dos que ouviam seus discos antigos, contou-me Biralbo, imaginavam que ainda estivesse vivo. Na persistente solidão e penumbra do Lady Bird, deu um longo abraço em Floro Bloom e perguntou por Biralbo. Demorou para se dar conta de que Floro não entendia suas exclamações em inglês. Tinha chegado sem outra bagagem além de uma mala maltratada e do estojo de couro preto e fundo duplo onde guardava seu trompete. Caminhou a passos largos entre as mesas vazias do Lady Bird, pisou energicamente no estrado onde estava o piano e tirou a capa que o cobria. Com uma delicadeza muito semelhante ao pudor, tocou o prelúdio de um *blues*. Acabava de sair de um hospital de Nova York. Num espanhol que exigia de quem o ouvisse menos atenção do que dotes divinatórios, pediu a Floro Bloom que telefonasse para Biralbo. Desde que saíra do hospital, vivia num estado de permanente urgência: tinha pressa de certificar-se de que não estava morto, por isso regressara tão rapidamente à Europa. "Aqui um morto ainda é alguém", disse a Biralbo, "mas na América é menos que um cachorro. Nos dois meses que passei em Nova York, só a Agência de Narcóticos se interessou por mim."

    Voltara para instalar-se definitivamente na Europa: tinha grandes e nebulosos projetos, nos quais estava incluído Biralbo. Indagou-lhe por sua vida nos últimos tempos, fazia mais de dois anos que não sabia dele. Quando Biralbo lhe disse que quase não tocava mais, que agora era professor de música num colégio de freiras, Billy Swann se indignou: diante de uma garrafa de uísque, firmes os cotovelos no balcão do bar do Lady Bird, renegou-o com a ira sagrada que às vezes exalta os velhos alcoólatras e o fez recordar os velhos tempos: quando tinha vinte e três ou vinte e quatro anos e ele, Billy Swann, o encontrou tocando em troca de sanduíche e cerveja num clube de Copenhague, quando queria aprender tudo e jurava que nunca seria nada mais que músico e que não lhe importavam a fome e a marginalidade se fossem o preço para consegui-lo.

    – Olhe – Biralbo me contou que ele lhe disse –, sempre fui um dos grandes, antes que essas sumidades que escrevem livros soubessem e também depois que pararam de dizê-lo, e se eu morrer amanhã você não vai encontrar nos meus bolsos dinheiro suficiente para pagar meu enterro. Mas sou Billy Swann, e quando morrer não haverá ninguém no mundo capaz de fazer este trompete soar como eu faço.

    Quando encostava os cotovelos no balcão, os punhos de sua camisa retrocediam mostrando uns pulsos muito finos, duros e marcados por veias. Biralbo percebeu como estavam sujas as beiras dos punhos e notou com alívio, quase com gratidão, que ainda permaneciam neles as enfáticas abotoaduras de ouro que tantas vezes, em outros tempos, tinha visto brilhar às luzes dos palcos quando Billy Swann erguia seu trompete. Mas já não acreditava continuar merecendo sua predileção, só temia suas palavras, o brilho úmido de seus olhos atrás dos óculos. Com um vago sentimento de culpa ou de impostura, percebeu até que ponto havia mudado e claudicado nos últimos anos: como uma pedra arremessada no fundo de um poço, a presença de Billy Swann estremecia a imobilidade do tempo. Diante deles, do outro lado do balcão, Floro Bloom assentia calmamente sem entender uma só palavra e tratava de evitar que os copos ficassem vazios. Mas pode ser que estivesse compreendendo tudo, pensou Biralbo ao perceber um olhar de seus olhos azuis. Floro Bloom o surpreendera quando ele consultava covardemente seu relógio e calculava as poucas horas que ainda lhe sobravam para chegar ao trabalho. Absorto em algo, Billy Swann terminou seu drinque, estalou a língua e limpou a boca com um lenço meio sujo.

– Não tenho nada mais a lhe dizer – concluiu severamente. – Agora olhe de novo para o relógio, diga que tem de ir dormir, que eu lhe arrebento a boca com uma porrada.

Biralbo não foi embora: às nove da manhã ligou para o colégio, dizendo que estava doente. Acompanhados silenciosamente por Floro Bloom, continuaram bebendo dois dias seguidos. No terceiro, Billy Swann foi internado numa clínica e levou uma semana para se recuperar. Voltou a seu hotel com a vacilante dignidade de quem passou alguns dias na prisão, com as mãos mais ossudas e a voz um pouco mais obscura. Quando Biralbo entrou no seu quarto e o viu estirado na cama, espantou-se por ainda não ter notado a cara de morto que ele tinha.

– Amanhã devo ir para Estocolmo – disse Billy Swann. – Tenho um bom contrato lá. Daqui a uns dois meses, chamo você. Vai tocar comigo e vamos gravar juntos um disco.

Ao ouvir isso, Biralbo quase não sentiu alegria, nem gratidão, apenas uma sensação de irrealidade e medo. Pensou que se fosse para Estocolmo perderia o contrato com o colégio, que talvez chegasse entrementes uma carta de Lucrecia que ficaria vários meses abandonada e inútil na caixa do correio. Posso imaginar a expressão de seu rosto naqueles dias: eu a vi numa foto do jornal em que se noticiava a chegada de Billy Swann na cidade. Via-se nela um homem alto e envelhecido, com a cara angulosa meio tapada pela aba de um desses chapéus usados pelos atores secundários dos filmes antigos. Junto dele, menos alto, desconcertado e muito jovem, estava Santiago Biralbo, mas seu nome não aparecia na nota do jornal. Por ela eu soube que Billy Swann tinha voltado. Três anos depois, em Madri, constatei que Biralbo guardava aquele recorte já amarelo e vago entre seus papéis, junto de uma foto em que Lucrecia não se parece nem um pouco com minhas lembranças: está de cabelos bem curtos e sorri com os lábios apertados.

— Em janeiro estive em Berlim — disse Billy Swann. — Vi sua garota lá.

Demorou um pouco para continuar falando: Biralbo não se atrevia a lhe perguntar nada. Viu de novo o que o regresso de Billy Swann o tinha feito reviver: uma noite de mais de dois anos antes, no Lady Bird, quando começou a tocar, buscando o rosto de Lucrecia entre as cabeças escuras dos presentes, e o encontrou no fundo, impreciso entre a fumaça e as luzes rosadas, sereno e firme naquela mesa em que também estava Malcolm e outro homem de aspecto familiar, no qual, a princípio, não me reconheceu.

— Eu estava havia um par de noites tocando no Satchmo, um lugar muito esquisito, parece um bar de putas — continuou Billy Swann. — Quando entrei no camarim ela estava me esperando. Tirou da bolsa uma carta e me pediu que a fizesse chegar a você. Estava nervosíssima, foi embora logo em seguida.

Biralbo ainda não disse nada: que ao cabo de tanto tempo alguém lhe falasse de Lucrecia, que Billy Swann houvesse estado com ela em Berlim, provocava nele um estranho estado de estupor, quase de medo, de incredulidade. Não perguntou a Billy Swann que fim levara a carta; tampouco ocorreu-lhe indagar por que Lucrecia não a mandara pelo correio. Segundo suas notícias, Billy Swann tinha deixado Berlim havia três ou quatro meses, voltara à América, quase o deram por morto naquele hospital de Nova York onde levou semanas para recobrar consciência. Não queria lhe perguntar nada porque temia que dissesse: "Esqueci a carta no hotel de Berlim, perdi num aeroporto a mala onde a guardava." Desejava tanto lê-la que talvez naquele instante a preferisse a uma súbita aparição de Lucrecia.

– Não a perdi – falou Billy Swann, e se ergueu para abrir o estojo de seu trompete, que estava em cima da mesa de cabeceira. As mãos dele ainda tremiam, o trompete caiu no chão e Biralbo se inclinou para pegá-lo. Quando se pôs de pé, Billy Swann tinha aberto o fundo duplo do estojo e estendia-lhe a carta.

Examinou os selos, o endereço, seu próprio nome escrito com aquela letra que nem a solidão nem a desgraça nunca vulnerariam. Pela primeira vez o remetente não era uma longa inicial, mas um nome completo, *Lucrecia*. Apalpou o envelope que lhe pareceu finíssimo, mas não chegou a abri-lo. Percebia-o liso e sensitivo sob a ponta dos dedos, como o marfim de um teclado que ainda não se decidisse a tocar. Billy Swann voltara a estender-se na cama. Era uma tarde de fins de maio, mas ele estava deitado com seu terno preto e seus sapatões de cadáver e tinha se coberto com a colcha até o pescoço, porque ficara com frio ao se levantar. Sua voz era mais lenta e nasalada do que nunca. Falava como que repetindo circularmente os primeiros versos de um *blues*.

— Vi sua garota. Abri a porta e ela estava sentada no meu camarim. Era muito pequeno e ela estava fumando, tinha enchido tudo de fumaça.

— Lucrecia não fuma — disse Biralbo; foi uma satisfação menor afirmar esse detalhe, tão preciso como a exatidão de um gesto: como se de fato recordasse de repente a cor de seus olhos ou o modo como ela sorria.

— Estava fumando quando entrei. — Billy Swann ficava irritado quando alguém duvidava da sua memória. — Antes de vê-la senti o cheiro dos cigarros. Sei distinguilo do da maconha.

— Lembra-se do que ela disse?

Agora sim, agora Biralbo estava sendo atrevido. Billy Swann virou-se bem devagar para ele, com sua cabeça de macaco cortada pela brancura da colcha, e suas rugas se agravaram quando começou a rir.

— Não disse quase nada. Estava preocupada com que eu não me lembrasse dela, como esses caras que encontro de vez em quando e me dizem: "Billy, não está se lembrando de mim? Tocamos juntos em Boston em cinqüenta e quatro." Ela me falou desse jeito, mas eu lembrava. Lembrei quando vi as pernas dela. Sou capaz de reconhecer uma mulher entre vinte somente olhando para as pernas. Nos teatros há muito pouca luz, e não se vê o rosto das mulheres que estão sentadas na primeira fila, mas vêem-se as pernas. Gosto de olhar para elas enquanto toco. Vejo-as mexer os joelhos e bater no chão com os saltos para marcar o ritmo.

— Por que ela lhe entregou a carta? Está selada.

— Ela não estava de salto alto. Calçava umas botas sem salto, manchadas de barro. Botas de pobre. Tinha melhor aspecto do que quando você a apresentou a mim aqui.

– Por que você é que tinha de me entregar a carta?

– Acho que lhe menti. Ela queria que você a recebesse o quanto antes. Tirou da bolsa os cigarros, o batom, um lenço, todas essas coisas absurdas que as mulheres carregam. Deixou tudo na mesa do camarim e não achava a carta. Até um revólver tinha. Arrependeu-se antes de tirá-lo da bolsa, mas eu o vi.

– Tinha um revólver?

– Um trinta e oito reluzente. Não há nada que uma mulher não possa carregar na bolsa. Acabou tirando a carta. Eu lhe menti. Ela queria que eu mentisse. Disse-lhe que ia me encontrar com você num par de semanas. Mas logo fui embora do clube e aconteceu tudo aquilo em Nova York... Pode ser que não lhe tenha mentido então. Suponho que tinha a intenção de vir me encontrar com você e me enganei de avião. Mas não perdi sua carta, rapaz. Guardei-a no fundo duplo, como nos velhos tempos...

No dia seguinte Biralbo despediu-se de Billy Swann com uma dupla suspeita de orfandade e de alívio. No saguão da estação, na lanchonete, na plataforma, trocaram promessas mentirosas: que Billy Swann abandonaria temporariamente o álcool, que Biralbo escreveria uma carta blasfema para se despedir das freiras, que iam se encontrar em Estocolmo duas ou três semanas depois. Biralbo não escreveria mais cartas a Berlim, porque contra o amor das mulheres não há melhor remédio que o esquecimento. Mas, quando o trem se afastou, Biralbo entrou de novo na lanchonete e leu pela sexta ou sétima vez aquela carta de Lucrecia, sem conseguir evitar a melancolia de sua apressada frieza: dez ou doze linhas escritas no verso de uma planta de Lisboa. Lucrecia garantia que voltaria em breve e lhe pedia desculpas por não ter encontrado outro papel para lhe escrever. A planta era uma xerox borrada na qual havia, à esquerda, um ponto assinalado em vermelho e uma palavra escrita com uma letra que não pertencia a Lucrecia: *Burma*.

Capítulo VI

O fato de Floro Bloom ainda não ter fechado o Lady Bird era inexplicável para quem ignorasse sua inveterada preguiça ou sua propensão às formas mais inúteis da lealdade. Parece que seu nome verdadeiro era Floreal, que era originário de uma família de republicanos federais e que por volta de 1970 foi feliz em algum lugar do Canadá, onde chegou fugindo de perseguições políticas de que nunca falava. Quanto ao apelido, Bloom, tenho motivos para supor que foi dado por Santiago Biralbo, por ele ser gordo, pausado e ter sempre nas bochechas uma rosada plenitude muito semelhante à das maçãs. Era gordo e louro, parecia de fato nascido no Canadá ou na Suécia. Suas lembranças, como sua vida visível, eram de uma confortável simplicidade: um par de copos bastava para se lembrar de um restaurante de Quebec onde trabalhara por alguns meses, plantado no meio de um bosque, onde os esquilos vinham lamber os pratos e não se assustavam ao vê-lo: mexiam o focinho úmido, as diminutas unhas, o rabo, depois iam embora, dando saltinhos miúdos pelo gramado, e sabiam a hora exata da noite em que deveriam voltar para terminar os restos do jantar. Às vezes alguém estava comendo ali e um esquilo subia na mesa. No bar do Lady Bird, Floro Bloom se lembrava deles como se pudesse vê-los diante de si com seus lacrimosos olhos azuis. Não se assustavam, dizia, como que se referindo a um prodígio. Mexendo o focinho, lambiam-lhe a mão, como gatinhos, eram esquilos felizes. Mas Floro Bloom logo adquiria a expressão solene daquela alegoria da República que guardava nos fundos do Lady Bird e estabelecia vaticínios: "Já pensou se um esquilo se aproximasse da mesa de um restaurante daqui? Degolavam-no, com toda certeza, fincavam um garfo nele."

Naquele verão, com os estrangeiros, o Lady Bird teve uma tênue era de prata. Floro Bloom assistia a ela com certo fastio: inquieto e cansado, ia atendendo às mesas e ao bar; quase não tinha tempo para conversar com os *habitués*, quero dizer, com os que só muito de vez em quando pagávamos. Do outro lado do balcão contemplava o bar com o estupor de quem vê sua casa invadida por estranhos, superando uma íntima reprovação botava os discos que estes reclamavam, escutava com indiferença equânime confissões de bêbados que só falavam inglês, talvez pensasse nos dóceis esquilos do Quebec quando parecia mais perdido.

Contratou um garçom: ensaiou uma expressão ensimesmada diante da máquina registradora, que o eximia de atender quem não lhe interessava. Durante um par de meses, até princípios de setembro, Santiago Biralbo voltou a tocar piano no Lady Bird, desfrutando de um ilimitado crédito em garrafas de *bourbon*. A timidez ou o pressentimento do fracasso sempre me vedaram os bares vazios: naquele verão eu também voltei ao Lady Bird.

Escolhia um canto afastado do balcão, bebia sozinho, conversava sobre a Lei de Cultos da República com Floro Bloom. Quando Biralbo terminava de tocar, tomávamos juntos o penúltimo trago. De madrugada íamos a pé para a cidade, seguindo a curva de luzes da baía. Certa noite, depois de eu tomar posse do meu lugar e do meu copo no Lady Bird, Floro Bloom aproximou-se de mim e limpou o balcão, olhando para um ponto indeterminado do ar.

– Vire-se e veja que louraça – falou. – Não vai poder esquecê-la.

Mas ela não estava sozinha. Sobre seus ombros caía uma cabeleira longa e lisa, que resplandecia à luz com um brilho de ouro pálido. Havia na pele de suas têmporas uma transparência azulada. Tinha olhos impassíveis e azuis, e olhar para ela era como se entregar sem remorso à frieza de uma desgraça. Pousadas em suas longas coxas, suas mãos se moviam acompanhando o ritmo da canção que Biralbo tocava, mas a música não chegava a lhe interessar, nem o olhar de Floro Bloom, nem o meu, nem a existência de ninguém. Estava sentada contemplando Biralbo como uma estátua pode contemplar o mar e de vez em quando bebia um gole de seu drinque, ou respondia alguma coisa ao homem que estava a seu lado, trivial como a explicação de uma gravura.

– Não faltam há duas ou três noites – informou-me Floro Bloom. – Sentam-se, pedem suas bebidas e ficam olhando Biralbo. Mas ele nem presta atenção. Está em outra. Quer ir para Estocolmo com Billy Swann; só pensa na música.

– E em Lucrecia – comentei; nunca nos falta clarividência para julgar a vida dos outros.

– Todo o mundo sabe – disse Floro Bloom. – Mas olhe só a loura, olhe só esse sujeito que vem com ela.

Era tão grande e tão vulgar que levava-se um tempo para se dar conta de que também era negro. Sorria sempre, não muito, só o necessário para que seu vasto sorriso não parecesse uma afronta. Bebiam muito e iam embora no fim da música, e ele sempre deixava na mesa gorjetas desmedidas. Uma noite veio ao balcão pedir algo e ficou junto de mim. Entre os dentes sustentava um charuto; por um instante o cheiro da fumaça que ele expelia energicamente pelo nariz me envolveu. Numa mesa do fundo, encostada na parede, a loura o esperava, perdida no tédio e na solidão. Ficou olhando para mim com seus dois copos na mão e disse que me conhecia. Um amigo comum havia falado de mim. "Malcolm", esclareceu, depois mascou o charuto e pôs os copos no balcão como que para me dar tempo de lembrar. "Bruce Malcolm", repetiu com o sotaque mais esquisito que já ouvi, e agitando a mão afastou a fumaça da cara. "Mas parece que aqui o chamam de americano."

Falava como se praticasse uma paródia do sotaque francês. Falava exatamente como os negros dos filmes, dizia *amerricano* e *parrece* e sorria para Floro Bloom e para mim como se tivesse mantido conosco uma amizade mais antiga do que nossas lembranças. Perguntou-nos quem estava ao piano e, quando lhe dissemos, repetiu com admiração: *Birralbo*. Vestia um casaco de couro. A pele de suas mãos tinha uma pálida e tensa textura de couro gasto. Tinha cabelos crespos e acinzentados e nunca parava de aprovar o que seus grandes olhos bovinos viam. Movendo muito a cabeça, pediu-nos desculpas e pegou de novo suas bebidas: com notório orgulho, com humildade, disse-nos que sua secretária o estava esperando. Sem dúvida é um fato milagroso que, sem largar nenhum dos dois copos nem tirar da boca o charuto, depositasse um cartão de visitas no balcão. Floro Bloom e eu o examinamos ao mesmo tempo: Toussaints Morton, dizia, quadros e livros antigos, Berlim.

– Você conheceu todo o mundo – disse-me Biralbo, em Madri. – Malcolm, Lucrecia. Até o Toussaints Morton.

– Não por mérito meu – respondi: não me incomodava que Biralbo me gozasse, com aquele sorriso de quem sabe tudo. – Vivíamos na mesma cidade, íamos aos mesmos bares.

– Conhecíamos as mesmas mulheres. Lembra-se da secretária?

– Floro Bloom tinha razão. Quem a visse não conseguiria esquecê-la. Mas era uma espécie de estátua de gelo. Dava para ver as veias azuis debaixo da pele.

– Era uma filha da puta – disse bruscamente Biralbo. Não costumava empregar essa classe de palavras. – Lembra-se do olhar dela no Lady Bird? Olhou do mesmo modo para mim quando seu chefe e Malcolm estiveram a ponto de me matar. Não faz nem um ano, em Lisboa.

No mesmo instante pareceu se arrepender do que acabava de dizer. Nele, isso era uma estratégia ou um hábito: dizia uma coisa e em seguida sorria, olhando para o outro lado, como se o sorriso ou o olhar nos autorizassem a não acreditar no que tínhamos ouvido. Adotava então a mesma expressão que tinha enquanto estava tocando no Metropolitano, um ar como que de sonolência ou desdém, uma tranqüila frieza de testemunha da sua própria música ou de suas palavras, tão indubitáveis e fugazes quanto uma melodia recém-executada. Mas levou algum tempo para voltar a me falar de Toussaints Morton e de sua secretária loura. Quando o fez, na última noite que nos vimos, em seu quarto de hotel, tinha um revólver na mão e vigiava alguma coisa além das cortinas da sacada. Não parecia ter medo: apenas esperava, imóvel, contemplando a rua, a esquina populosa da Telefônica, tão absorto na espera como quando contava os dias que iam passando desde a última carta de Lucrecia.

Ele não sabia então, mas a chegada de Billy Swann foi o primeiro vaticínio do regresso. Umas semanas depois que ele foi embora Toussaints Morton apareceu: também vinha de Berlim, daquela inconcebível região do mundo onde Lucrecia continuava sendo uma criatura real.

Na minha memória, aquele verão se resume nuns poucos entardeceres de indolência, de céus púrpura e rosa sobre a lonjura do mar, de prolongadas noites em que o álcool tinha a mesma tepidez da chuva miúda do amanhecer. Com sacolas de praia e sandálias de verão, com a penugem ligeira das coxas manchada de salitre, com a pele tenuemente avermelhada, esguias estrangeiras louras iam ao Lady Bird ao cair da tarde. Do balcão, enquanto servia as bebidas, Floro Bloom as considerava em silêncio com ternura de fauno, escolhia imaginariamente, me apontava o perfil ou o olhar de alguma, talvez sinais propícios. Agora me lembro de todas, inclusive das que uma ou duas noites ficaram com Floro Bloom e comigo quando fechou o Lady Bird, como rascunhos inexatos de um modelo que continha as perfeições dispersas em cada uma delas: a impassível, alta e gélida secretária de Toussaints Morton.

A princípio Biralbo não reparou nela, naquela época não prestava muita atenção nas mulheres, e, quando Floro e eu lhe dizíamos que observasse uma que nos atraía particularmente, ele se comprazia em assinalar suas imperfeições menores: tinha mãos curtas, por exemplo, ou tornozelos grossos demais. Na terceira ou quarta noite – ela e Toussaints Morton chegavam sempre na mesma hora e ocupavam a mesma mesa próxima do palco –, enquanto percorria o rosto dos freqüentadores costumeiros, surpreendeu-lhe descobrir naquela desconhecida uma expressão que lhe recordava Lucrecia, e isso fez com que olhasse para ela várias vezes. Buscando uma expressão que não voltou a se repetir, que talvez não tivesse chegado a se produzir, porque era uma sobrevivência do tempo em que procurava em todas as mulheres algum indício dos traços, do olhar ou do andar de Lucrecia.

Naquele verão, explicou-me dois anos depois, tinha começado a se dar conta de que a música deve ser uma paixão fria e absoluta. Tocava de novo regularmente, quase sempre sozinho e no Lady Bird, notava nos dedos a fluidez da música como uma corrente tão infinita e serena quanto o transcurso do tempo: entregava-se a ela como à velocidade de um automóvel, avançando mais depressa a cada instante, entregue a um objetivo impulso de obscuridade e distância unicamente regido pela inteligência, pelo instinto de se distanciar e fugir sem conhecer outro espaço que não o iluminado pelos faróis, era como dirigir sozinho à meia-noite numa estrada desconhecida. Até então sua música tinha sido uma confissão sempre destinada a alguém, a Lucrecia, a ele mesmo. Agora intuía que aquilo ia se tornando nele um método de adivinhação, quase tinha perdido o instinto automático de se perguntar, enquanto tocava o que Lucrecia pensaria se pudesse ouvi-lo. Lentamente, a solidão o despovoava de fantasmas: às vezes, um instante depois de acordar, espantava-o verificar que tinha vivido alguns minutos sem se lembrar dela. Nem sequer em sonhos a via, só de costas, contra a luz, de modo que seu rosto sempre lhe era negado ou era o de outra mulher. Com freqüência perambulava em sonhos por uma Berlim arbitrária e noturna de iluminados arranha-céus e luzes vermelhas e azuis sobre as calçadas maquiadas de orvalho, uma cidade de ninguém, na qual Lucrecia tampouco estava.

Em princípios de junho escreveu-lhe uma carta, a última. Um mês depois, quando abriu a caixa de correspondência, encontrou o que não via fazia muito tempo, o que já só esperava por um costume mais arraigado do que sua vontade: um envelope comprido listrado em que estavam escritos o nome e o endereço de Lucrecia. Só quando já o tinha rasgado avidamente percebeu que era a mesma carta que semanas antes ele havia escrito. Tinha uma rasura ou uma assinatura em lápis vermelho, e em seu verso vinha uma frase escrita em alemão. Alguém no Lady Bird traduziu-a para ele: *Desconhecido neste endereço.*

Voltou a ler sua própria carta, que tinha viajado até tão longe para voltar a ele. Pensou sem amargura que estava havia quase três anos escrevendo a si mesmo, que já era tempo de viver outra vida. Pela primeira vez desde que conhecera Lucrecia atreveu-se a imaginar como seria o mundo se ela não existisse, se nunca a tivesse encontrado. Mas só bebendo um gim ou um uísque e subindo depois para tocar o piano do Lady Bird mergulhava indubitavelmente no esquecimento, em sua vazia exaltação. Certa noite de julho um rosto se precisou diante dele: um semblante fortuito, que agiu em sua memória como aquela mão que, ao pousar numa cicatriz, reaviva involuntariamente a dor crua do ferimento.

A secretária de Toussaints Morton olhava para ele como se tivesse diante de si uma parede ou uma paisagem imóvel. Voltou a vê-la umas horas depois, naquela mesma noite, na estação do *Topo*. Era um lugar sujo e mal iluminado, com aquele ar de devastação que sempre têm os saguões das estações ferroviárias antes do amanhecer, mas a loura estava sentada num banco como no divã de um salão de baile, intocada e serena, com uma bolsa de couro e uma pasta no colo. Junto dela Toussaints Morton mascava um charuto e sorria para as paredes sujas da estação, para Biralbo, que não se lembrava de tê-lo visto no Lady Bird. Aquele sorriso talvez fosse um cumprimento, que ele preferiu ignorar; desagradava-lhe a simpatia dos desconhecidos. Comprou uma passagem e esperou perto da plataforma, ouvindo o que o homem e a mulher conversavam baixinho às suas costas numa fluida mescla de francês e inglês que lhe parecia indecifrável. De vez em quando uma poderosa gargalhada masculina quebrava o murmúrio como que de corredor de hospital e ecoava na estação deserta. Com uma ponta de apreensão, Biralbo suspeitou que o homem ria dele, mas não chegou a se virar. Houve um silêncio mais demorado: soube que estavam olhando para ele. Não se mexeram quando o trem chegou. Já nele, Biralbo encarou-os abertamente de sua janela e deparou com o sorriso obsceno de Toussaints Morton, que meneava a cabeça como que lhe dizendo até logo. Viu-os levantarem-se quando o *Topo* abandonava muito lentamente a estação. Devem ter subido no trem dois ou três vagões atrás do de Biralbo, porque não tornou a vê-los naquela noite. Pensou que talvez fossem continuar a viagem até a fronteira de Irún: antes de abrir a porta de casa já tinha se esquecido deles.

Há homens imunes ao ridículo e à verdade, que parecem decididamente consagrados à encarnação de uma paródia. Naqueles dias eu achava que Toussaints Morton era um deles: muito alto, exagerava sua estatura com botas de salto alto e usava casacos de couro e camisas rosadas com amplas golas bicudas que quase chegavam a seus ombros. Anéis de pedras duvidosíssimas e correntes douradas reluziam em sua pele escura e no pêlo de seu peito. Mascando um charuto hediondo, aumentava o sorriso, e sempre levava no bolso de cima do casaco um enorme palito de ouro com que costumava limpar as unhas, que depois cheirava discretamente, como quem aspira rapé. Um odor impreciso manifestava sua presença antes que se pudesse enxergá-lo ou quando acabava de sair: era a mistura da fumaça de seu fumo caporal e do perfume que envolvia sua secretária como uma pálida e fria emanação de seus cabelos lisos, de sua imobilidade, de sua pele rosada e translúcida.

Agora, passados quase dois anos, voltei a reconhecer esse cheiro, que já será para sempre o do passado e do medo. Santiago Biralbo percebeu-o pela primeira vez uma tarde de verão, em San Sebastián, no vestíbulo do edifício onde morava então. Tinha se levantado muito tarde, comido num bar da vizinhança e não pensava ir ao centro, porque naquela noite, era quarta-feira, o Lady Bird estaria fechado. Caminhava para o elevador ainda levando na mão a chave da caixa de correspondência – continuava examinando-a várias vezes por dia, pois o carteiro podia se atrasar – quando uma sensação de distante familiaridade e estranheza o fez endireitar-se e olhar à sua volta: um segundo antes de identificar o cheiro viu Toussaints Morton e sua secretária instalados bem à vontade no sofá do vestíbulo. Sobre os joelhos juntos e nus da secretária permaneciam a mesma bolsa e a mesma pasta que levava duas ou três noites antes na estação do Toupeira. Toussaints Morton abraçava uma grande sacola de papel da qual sobressaía o colo de uma garrafa de uísque. Sorria quase ferozmente, apertando o charuto num canto da boca, só o tirou quando se pôs de pé para estender uma de suas grandes mãos a Biralbo: parecia ao tato madeira polida pelo uso. A secretária, Biralbo logo soube que se chamava Daphne, fez um trejeito quase humano ao se levantar: jogando de lado a cabeça, afastou os cabelos do rosto, sorriu para Biralbo, unicamente com os lábios.

Toussaints Morton falava em espanhol como quem dirige em alta velocidade, ignorando o código de trânsito e escarnecendo dos guardas. Nem a gramática nem a decência jamais atrapalharam sua satisfação, e quando não encontrava uma palavra mordia os lábios, dizia *merrda* e passava para outro idioma com a soltura de um vigarista que cruza a fronteira com passaporte falso. Pediu desculpa a Biralbo por sua *intrromissão*: declarou-se devoto do *jazz*, de Art Tatum, de Billy Swann, das noites tranqüilas do Lady Bird: disse que preferia a intimidade dos recintos pequenos à evidente bobagem das multidões – o *jazz*, como o flamenco, era uma paixão de minorias –: declinou seu nome e o da secretária, afirmou que tinha em Berlim um discreto e florescente negócio de antiguidades, meio clandestino, sugeriu, se alguém abre uma loja e instala um luminoso os impostos o decapitam. Apontou vagamente para a pasta da secretária, para a sacola de papel que ele próprio carregava: em Berlim, Londres, Nova York – sem dúvida Biralbo tinha ouvido falar da Nathan Levy Gallery –, Toussaints Morton era alguém no negócio de gravuras e livros antigos.

Daphne sorria com a placidez de quem escuta o barulho da chuva. Biralbo já havia aberto a porta do elevador e se dispunha a subir sozinho para o oitavo andar, meio aturdido, sempre lhe sucedia isso quando falava com alguém depois de estar sozinho por muitas horas. Então Toussaints Morton reteve ostensivamente a porta do elevador, apoiando nela o joelho, e disse, sorrindo, sem tirar o charuto da boca:

– Lucrecia me falou muito do senhor lá em Berlim. Fomos grandes amigos. Sempre dizia: "Quando eu não tiver mais ninguém, sempre vou ter Santiago Biralbo."

Biralbo não falou nada. Subiram juntos no elevador, mantendo um difícil silêncio, mitigado unicamente pelo sorriso inquebrantável de Toussaints Morton, pela fixidez das pupilas azuis da sua secretária, que observava a rápida sucessão dos números iluminados como se vislumbrasse a paisagem crescente da cidade e seus arredores serenos. Biralbo não os convidou a entrar: embrenharam-se por seu apartamento com o comprazido interesse de quem visita um museu interiorano, examinando com aprovação os quadros, os abajures, o sofá em que logo sentaram. De repente Biralbo viu-se de pé diante deles sem saber o que dizer, era como se ao entrar em sua casa os tivesse encontrado conversando no sofá da sala e não fosse capaz de expulsá-los nem perguntar por que estavam ali. Quando passava muitas horas sozinho, seu senso da realidade se tornava particularmente frágil: teve uma breve sensação de desorientação muito semelhante à de alguns sonhos, e viu a si mesmo de pé diante de dois desconhecidos que ocupavam seu sofá, intrigado não pelo motivo de sua presença mas pelos caracteres da inscrição que havia na medalha de ouro que Toussaints Morton trazia ao pescoço. Ofereceu-lhes um drinque: lembrou-se de que não tinha nada para beber. Divertidamente Toussaints Morton descobriu a metade da garrafa que trazia e apontou para a marca com seu largo indicador. Biralbo pensou que tinha dedos de contrabaixista.

– Lucrecia sempre dizia: "Meu amigo Biralbo só bebe o melhor *bourbon.*" Eu me pergunto se este será bom o bastante para o senhor. Foi Daphne que o descobriu e me disse: "Toussaints, é meio caro, mas nem no Tennessee vai encontrar melhor." E o caso é que Daphne não bebe. Também não fuma, e só come verduras e peixe cozido. Conte para ele, Daphne, o senhor fala inglês. Mas ela é muito tímida. Costuma me perguntar: "Toussaints, como é que você pode falar em tantos idiomas?" "Porque tenho de dizer tudo o que você não diz!", respondo... Lucrecia não lhe fala de mim?

Como se o impulso da sua gargalhada o empurrasse para trás, Toussaints Morton apoiou o ombro no sofá, pousando uma mão grande e escura nos joelhos brancos de Daphne, que sorriu um pouco, serena e vertical.

— Gosto desta casa — Toussaints Morton passeou um olhar ávido e feliz pela sala quase vazia, como que agradecendo uma hospitalidade longamente desejada. — Os discos, os móveis, este piano. Quando eu era criança, minha mãe queria que eu aprendesse a tocar piano. "Toussaints", me dizia, "um dia você vai me agradecer." Mas não aprendi. Lucrecia sempre me falava desta casa. Bom gosto, sobriedade. Quando vi o senhor outra noite, disse a Daphne: "Ele e Lucrecia são almas gêmeas." Conheço um homem olhando uma vez só em seus olhos. As mulheres não. Faz quatro anos que Daphne é minha secretária, e o senhor acha que a conheço? Tanto quanto o presidente dos Estados Unidos...

"Mas Lucrecia nunca esteve aqui", pensou distantemente Biralbo: o riso e as incessantes palavras de Toussaints Morton agiam como um sonífero em sua consciência. Ainda estava de pé, disse que ia buscar copos e um pouco de gelo. Quando lhes perguntou se queriam água, Toussaints Morton tapou a boca como que fingindo que não conseguia conter o riso.

— Claro que queremos água. Daphne e eu sempre pedimos uísque com água nos bares. A água é para ela, o uísque, para mim.

Quando Biralbo voltou da cozinha, Toussaints Morton estava de pé junto do piano e folheava um livro, fechou-o de golpe, sorrindo, agora simulava uma expressão de desculpa. Por um instante Biralbo advertiu em seus olhos uma inquisidora frieza que não fazia parte da simulação: olhos grandes e mortos, com um círculo avermelhado em torno das pupilas. Daphne, a secretária, tinha as mãos juntas e estendidas diante de si, com as palmas para baixo, e examinava as unhas. Eram compridas e cor-de-rosa, sem esmalte, de um rosa um pouco mais pálido que o de sua pele.

— Permita-me — disse Toussaints Morton. Tirou a bandeja das mãos de Biralbo e encheu dois copos de *bourbon*, fez como se ao inclinar a garrafa sobre o copo de Daphne, lembrasse de repente que ela não bebia. Deixou o seu na mesinha do telefone, depois de saborear ruidosamente o primeiro trago. Afundou-se mais no sofá, reconfortado, quase hospitaleiro, acendendo com ampla satisfação o charuto apagado.

– Eu sabia – falou. – Sabia como o senhor era antes de vê-lo. Pergunte à Daphne. Eu sempre lhe dizia: "Daphne, Malcolm não é o homem adequado para Lucrecia, não enquanto esse pianista que ficou na Espanha viver." Lá em Berlim, Lucrecia nos falava tanto do senhor... Quando Malcolm não estava presente, claro. Daphne e eu fomos como uma família para ela quando se separaram. Daphne pode lhe contar: em minha casa Lucrecia sempre tinha à sua disposição uma cama e um prato de comida, não foram bons tempos para ela.

– Quando se separou de Malcolm? – perguntou Biralbo. Toussaints Morton fitou-o então com a mesma expressão que o tinha inquietado quando voltara à sala com os copos e o gelo, e imediatamente desatou a rir.

– Veja se pode, Daphne! O senhor finge que não sabe de nada. Não é preciso, amigo, vocês não têm mais que se esconder, não na minha frente. Sabe que algumas vezes fui eu quem pôs no correio as cartas que Lucrecia lhe escrevia? Eu, Toussaints Morton. Malcolm gostava dela, era meu amigo, mas eu me dava conta de que ela estava louca pelo senhor. Daphne e eu conversávamos muito sobre isso, e eu lhe dizia, "Daphne, Malcolm é meu amigo e meu sócio, mas essa menina tem direito de se apaixonar por quem quiser." Era isso que eu pensava, pode perguntar à Daphne, não tenho segredos para ela.

As palavras de Toussaints Morton começaram a produzir em Biralbo um efeito de irrealidade muito semelhante ao do *bourbon*: sem que se desse conta, já haviam bebido mais da metade da garrafa, porque Toussaints Morton não parava de virá-la com um gesto brusco sobre os dois copos, manchando a bandeja, a mesa, limpando-as em seguida com um lenço colorido tão comprido quanto o de um mágico. Biralbo, que desde o princípio suspeitou que ele mentia, começava a escutá-lo com a atenção de um joalheiro, não de todo indecente, que se dispõe pela primeira vez a comprar mercadoria roubada.

— Não sei nada de Lucrecia — afirmou. — Não a vejo há três anos.

— Sei! — Toussaints Morton meneou melancolicamente a cabeça, olhando para sua secretária como se procurasse nela um alívio para a ingratidão. — Viu isso, Daphne? Igualzinho à Lucrecia. Não me surpreende, senhor — voltou-se, digno e sério, para Biralbo, mas em seus olhos havia o mesmo olhar indiferente ao jogo e à simulação. — Ela também desconfiou de nós. Conte para ele, Daphne. Conte que foi embora de Berlim sem nos dizer nada.

— Não está mais em Berlim?

Mas Toussaints Morton não respondeu. Pôs-se de pé muito trabalhosamente, apoiando-se no encosto do sofá, ofegando com o charuto na boca entreaberta. A secretária imitou-o com um gesto automático, a pasta como que ninada entre os braços, a bolsa pendurada no ombro. Quando se movimentava, seu perfume se difundia no ar: havia nele uma sugestão de cinza e de fumaça.

— Está certo, senhor — disse Toussaints Morton, ferido, quase triste. Ao vê-lo de pé, Biralbo lembrou-se do quanto era alto. — Eu entendo. Entendo que Lucrecia não queira saber de nós. Hoje em dia os velhos amigos não significam nada. Mas diga a ela que Toussaints Morton esteve aqui e queria vê-la. Diga a ela.

Movido por uma absurda vontade de desculpa, Biralbo repetiu que não sabia de Lucrecia: que ela não estava em San Sebastián, que talvez não tivesse voltado à Espanha. Os tranqüilos e ébrios olhos de Toussaints Morton permaneciam fixos nele, como na evidência de uma mentira, de uma desnecessária deslealdade. Antes de entrar no elevador, quando já iam embora, estendeu para Biralbo um cartão de visita: ainda não estavam cogitando de voltar a Berlim, disse-lhe, ficariam umas semanas na Espanha, se Lucrecia mudasse de opinião e quisesse vê-los, ali estava o telefone deles em Madri. Biralbo ficou sozinho no *hall* e quando entrou de novo em casa fechou a porta à chave. Não se ouvia mais o barulho do elevador, mas a fumaça dos cigarros de Toussaints Morton e o perfume de sua secretária ainda permaneciam quase solidamente no ar.

Capítulo VII

— Olhe só — disse Biralbo. — Olhe como sorri.
Aproximei-me dele e afastei ligeiramente a cortina para espiar a rua. Na calçada em frente, imóvel e mais alto do que os que passavam a seu lado, Toussaints Morton olhava e sorria como que aprovando tudo: a noite de Madri, o frio, as mulheres paradas que fumavam perto dele, junto do meio-fio, apoiadas num poste de sinalização, na parede da Telefônica.
— Sabe que estamos aqui? — afastei-me da sacada: achei que o olhar de Toussaints Morton me alcançava de longe.
— Com certeza — disse Biralbo. — Quer que eu o veja. Quer que saiba que me encontrou.
— Por que não sobe?
— É orgulhoso. Quer meter medo em mim. Está ali há dois dias.
— Não estou vendo a secretária dele.
— Pode ser que a tenha mandado ao Metropolitano. Para o caso de eu sair por outra porta. Eu o conheço.

Ainda não quer me pegar. Por ora pretende apenas que eu saiba que não posso escapar dele.
– Vou apagar a luz.
– Dá na mesma. Vai saber que continuamos aqui.

Biralbo fechou totalmente a cortina e sentou na cama sem soltar o revólver. Eu sentia o quarto cada vez menor e mais escuro sob a luz suja das mesas de cabeceira. O telefone soou então: era de modelo antigo, preto e muito anguloso, de aspecto fúnebre. Parecia concebido unicamente para transmitir desgraças. Biralbo mantinha-o ao alcance da mão: ficou olhando para ele e depois me fitou, enquanto tocava, mas não atendeu. Eu desejava que cada toque fosse o último, mas voltava a se repetir após um segundo de silêncio, mais estridente ainda e mais tenaz, como se estivéssemos escutando havia horas. Acabei atendendo: perguntei quem era mas ninguém me respondeu, depois ouvi um assobio intermitente e agudo. Biralbo não tinha se movido da cama: estava fumando e nem sequer olhava para mim, começou a assobiar uma lenta canção, ao mesmo tempo que soltava a fumaça. Assomei à sacada. Toussaints Morton não estava mais na calçada da Telefônica.
– Vai voltar – disse Biralbo. – Sempre volta.
– O que ele quer de você?
– Uma coisa que não tenho.
– Você vai ao Metropolitano esta noite?
– Não estou com vontade de tocar. Ligue de minha parte e peça para falar com a Mónica. Diga que estou doente.

Fazia um calor insano no quarto, o ar quente zumbia nos condicionadores, mas Biralbo não havia tirado o sobretudo, parecia de fato doente. Sempre o vejo com ele em minhas lembranças daqueles últimos dias, sempre estirado na cama ou fumando atrás da cortina da sacada, a mão direita no bolso do sobretudo, procurando os cigarros, talvez a coronha de seu revólver. No armário guardava um par de garrafas de uísque. Bebíamos nos copos opacos da pia, metodicamente, sem atenção nem prazer, o uísque sem gelo queimava meus lábios, mas eu continuava bebendo e quase nunca dizia nada, só ouvia Biralbo e olhava de vez em quando para a calçada do outro lado da Gran Vía, procurando a alta figura de Toussaints Morton, estremecendo ao confundi-lo com um dos homens de pele escura que se detinham nas esquinas ao anoitecer. Da rua o medo subia até mim, como um som de sirenes distantes: era uma sensação de intempérie, de solidão e vento frio de inverno, como se as paredes do hotel e suas portas fechadas já não pudessem me defender.

Mas Biralbo não tinha medo: não podia ter, porque não lhe importava o que acontecesse lá fora, do outro lado da rua; talvez muito mais perto, nos corredores de seu hotel, atrás da porta, quando soavam passos amortecidos e chaves girando numa fechadura muito próxima, e era um hóspede desconhecido e invisível que ouvíamos tossir no quarto contíguo. Limpava seu revólver com freqüência, concentrando nisso a ociosa atenção de quem engraxa seus sapatos. Lembro-me da marca inscrita no cano: *Colt trooper 38*. Tinha a estranha beleza de uma faca recém-afiada; em sua forma reluzente havia uma sugestão de irrealidade, como se não fosse um revólver que subitamente pudesse disparar ou matar, mas o símbolo de algo, letal em si mesmo, em sua desconfiada imobilidade, como um frasco de veneno guardado num armário.

Tinha pertencido a Lucrecia. Ela o trouxera de Berlim, era um atributo da sua nova presença, como o cabelo tão comprido, os óculos escuros e a não expressa vontade de sigilo e fuga incessante. Voltou quando Biralbo já tinha deixado de esperá-la: não veio do passado nem da Berlim ilusória dos cartões postais e das cartas, mas da pura ausência, do vazio, investida de outra identidade tão levemente perceptível em seu rosto de sempre, como no sotaque estrangeiro com que agora entoava algumas palavras. Voltou numa manhã de novembro: o telefone acordou Biralbo, que a princípio não reconheceu aquela voz, porque também a tinha esquecido, assim como a cor exata dos olhos de Lucrecia.

– À uma e meia – disse ela. – Naquele bar do Paseo Marítimo. La Gaviota. Está lembrado?

Biralbo não estava; desligou e olhou para o despertador como se voltasse de um sonho: era meio-dia e meia de uma manhã cinzenta e esquisita devido à dupla estranheza de não ter ido trabalhar e de ouvir a voz de Lucrecia, recente ainda, recuperada, quase desconhecida, não impossível ao cabo dos anos e da distância, mas instalada num ponto preciso da realidade, num minuto acessível e futuro, uma e meia, ela tinha dito, e depois o nome do bar e uma ligeira despedida que confirmava sua entrada no território dos encontros possíveis, dos rostos que não é necessário imaginar porque basta um telefonema para invocar sua presença. Agora o tempo começou a avançar para Santiago Biralbo numa velocidade que lhe era desconhecida e o tornava inábil, como se estivesse tocando com músicos rápidos demais para ele. Sua própria lentidão havia passado às coisas, de modo que o aquecedor do chuveiro parecia que nunca ia acender e a roupa limpa tinha desaparecido do armário onde sempre estivera, o elevador estava atrasado e levava horas para subir, não havia táxis no bairro, em nenhum lugar da cidade, ninguém esperava o trem na estação do *Topo*.

Notou que a soma de contratempos menores o distraía de pensar em Lucrecia: quinze minutos antes de se completarem os três anos da sua ausência, enquanto Biralbo procurava um táxi, Lucrecia esteve mais longe que nunca do seu pensamento. Só quando entrou no táxi e disse aonde ia lembrou, estremecendo de medo, que tinha mesmo um encontro marcado com ela, que ia vê-la tal como via seus próprios olhos assustados no retrovisor. Mas não era seu o rosto que estava fitando, era outro, cujos traços revelavam-se parcialmente estranhos, porque era o que ia ser olhado por Lucrecia, julgado por ela, interrogado em busca daqueles sinais do tempo que somente agora Biralbo era capaz de reparar, como se pudesse ver a si próprio com os olhos de Lucrecia.

Antes mesmo de se encontrar com ela, sua presença invisível o imantava, porque a pressa e o medo também eram Lucrecia, e a sensação de se entregar à velocidade do táxi, como no passado, como quando ia a um encontro em que durante meia hora ia jogar clandestinamente sua vida. Pensou que nos últimos três anos o tempo tinha sido uma coisa imóvel, como o espaço quando se viaja à noite por planícies sem luzes. Medira sua duração pela distância entre as cartas de Lucrecia, porque os outros atos da sua vida se representavam em sua negligente memória como figuras num relevo plano, como incisões ou manchas na parede para a qual olhava fixamente quando se deitava e não dormia. Agora, no táxi, não havia pormenor que não fosse único, arrasado pelo tempo e desvanecido com ele: no tempo imperioso, que mais uma vez devia medir por minutos e até por frações de segundo, no relógio que havia diante dele, num dos lados do volante, no da igreja por onde passou à uma e vinte, no que já imaginava no pulso de Lucrecia, secreto e assíduo como a pulsação de seu sangue. Do mesmo modo que tinha recobrado a incrível certeza de que Lucrecia existia, também recobrava o medo de chegar tarde – também o de ter engordado e se tornado feio, o de ser indigno da lembrança dela ou infiel aos vaticínios de sua imaginação.

O táxi entrou na cidade, seguiu as alamedas do rio, cruzou a Avenida de los Tamarindos e as ruelas úmidas da cidade velha, e surgiu bruscamente o Paseo Marítimo, diante de um ilimitado meio-dia cinzento sulcado por gaivotas suicidas por entre a chuva miúda. Um homem impassível e sozinho, de sobretudo escuro e chapéu cobrindo o rosto, estava olhando o mar como se contemplasse o fim do mundo. Diante dele, do outro lado da balaustrada, as ondas saltavam sobre os rochedos em altas erupções de espuma. Biralbo acreditou ver que o homem escondia um cigarro na mão em concha para protegê-lo do vento. Pensou: sou eu esse homem. O bar onde Lucrecia havia marcado o encontro ficava sobre um penhasco que se internava no mar. Viu o brilho de suas vidraças ao fazer uma curva. De repente a vida inteira de Biralbo cabia nos dois minutos que faltavam para o táxi parar. Nas cristas das ondas cinzentas embalavam-se gaivotas imóveis. Ao vê-las da janela do carro, Biralbo lembrou-se do homem do sobretudo escuro: tinha em comum com elas a indiferença ante o desastre. Mas esse era um modo de não pensar no fato pavoroso de que lhe restavam segundos para se encontrar com Lucrecia. O taxista parou de um lado da rua e ficou olhando para Biralbo pelo retrovisor. "La Gaviota", disse quase com solenidade: "Chegamos."

Apesar das grandes vidraças do fundo, no La Gaviota havia uma opacidade de encontros clandestinos, de uísque fora de hora e prudente alcoolismo. As portas automáticas abriram-se silenciosamente diante de Biralbo. Viu mesas limpas e desertas com toalhas xadrez e um bar com balcão comprido em que não havia ninguém. Do outro lado das vidraças estava a ilha coroada pelo farol, e além dela a lonjura cinzenta dos penhascos e o mar, o verde-escuro das colinas cortadas pela neblina. Serenamente, como se fosse outro, lembrou-se de uma canção: *Stormy Weather*. Isso o fez lembrar-se de Lucrecia.

Pensou que tinha chegado tarde, que tinha se enganado quanto à hora ou ao lugar do encontro. De perfil contra a remota paisagem, turvada às vezes pelos salpicos da espuma, uma mulher fumava diante de um copo largo e translúcido do qual não bebia. O cabelo muito comprido e os óculos escuros tapavam-lhe o rosto. Pôs-se de pé, deixou os óculos na mesa. "Lucrecia", disse Biralbo, sem se mexer ainda, mas não a estava chamando, incredulamente pronunciava seu nome.

Não imagino essas coisas, não busco seus pormenores nas palavras que Biralbo me disse. Vejo-as como que bem de longe, com uma precisão que não deve nada nem à vontade nem à memória. Vejo a lentidão de seu abraço atrás das vidraças do Gaviota, na luz pálida daquele meio-dia de San Sebastián, como se naquele instante eu estivesse andando pelo Paseo Marítimo e tivesse visto de soslaio que um homem e uma mulher se abraçavam num bar deserto. Vejo tudo do futuro, das noites de desconfiança e álcool no hotel de Biralbo, quando ele me contava o regresso de Lucrecia, procurando atenuá-lo com uma ironia desmentida pela expressão de seus olhos, pelo revólver que guardava na mesa de cabeceira.

Ao abraçar Lucrecia, notou em seus cabelos um cheiro que lhe era estranho. Afastou-se para observá-la bem e o que viu não foi o rosto que suas lembranças lhe negaram durante três anos, nem os olhos, cuja cor tampouco agora era capaz de precisar, mas a pura certeza do tempo: estava muito mais magra do que então, e a cabeleira escura e a cansada palidez dos pômulos afinavam seus traços. O rosto de uma pessoa é um vaticínio que sempre acaba se consumando. O de Lucrecia pareceu-lhe mais desconhecido e mais bonito do que nunca porque continha os sinais de uma plenitude que três anos antes só estava anunciada e que, ao se realizar, fazia dilatar-se sobre ela o amor de Biralbo. Em outro tempo Lucrecia costumava vestir cores vivas e cortava sempre os cabelos à altura dos ombros. Agora vestia uma calça preta bem justa, que acentuava sua magreza, e um sumário anoraque cinzento. Agora fumava cigarros americanos e bebia mais depressa que Biralbo, esvaziando os copos com determinação masculina. Vigiava tudo por trás das lentes de seus óculos escuros: pôs-se a rir quando Biralbo lhe perguntou o que significava a palavra *Burma*. Nada, disse ela, um lugar de Lisboa: usara o verso daquela planta xerocada porque desejava escrever para ele e não achara papel.

— Depois não voltou a desejar — disse Biralbo, sorrindo, para atenuar a queixa inútil, a reprovação que ele próprio advertia em sua voz.

— Todos os dias — Lucrecia jogou os cabelos para trás, contendo-os com as mãos apoiadas nas têmporas. — Todos os dias e todas as horas só pensava em lhe escrever. Eu lhe escrevia mesmo sem escrever. Ia lhe contando todas as coisas à medida que aconteciam comigo. Todas, até as piores. Até as que nem eu mesma teria querido saber. Você também parou de me escrever.

— Só quando me devolveram uma carta.

— Fui embora de Berlim.

— Em janeiro?

— Como é que você sabe? — Lucrecia sorriu: brincava com um cigarro por acender, com os óculos. Em seu atento olhar havia uma distância mais definitiva e cinzenta do que a da cidade estendida na baía, dispersa além das colinas e da bruma.

— Billy Swann se encontrou com você então. Lembre.

— Você se lembra de tudo. Sua memória sempre me deu medo.

— Você não me disse que pensava em se separar de Malcolm.

— Não pensava: uma manhã acordei e fiz. Ainda não está acreditando.

— Ele continua em Berlim?

— Suponho que sim — no olhar de Lucrecia havia uma resolução que pela primeira vez ignorava a dúvida e o medo: também a piedade, pensou Biralbo. — Mas não sei nada dele desde então.

— Para onde você foi? — Biralbo tinha medo de perguntar. Notava que ia atingir um limite além do qual não se atreveria a seguir. Sem evitar seu olhar, Lucrecia guardou silêncio: podia negar algo sem dizer não nem mover a cabeça, apenas olhando fixamente nos olhos.

— Queria ir para qualquer lugar onde ele não estivesse. Nem ele nem seus amigos.

— Um deles esteve aqui — disse lentamente Biralbo. — Toussaints Morton.

Lucrecia teve uma brevíssima expressão de alarma, que não chegou a comover seu olhar nem a linha delgada e rosa de seus lábios. Por um instante olhou à sua volta como se temesse ver Toussaints Morton sentado a uma mesa vizinha, encostado no balcão do bar, sorrindo detrás da fumaça de um de seus charutos achatados.

— Este verão, em julho — continuou Biralbo. — Ele achava que você estaria em San Sebastián. Disse que vocês eram grandes amigos.

— Ele não é amigo de ninguém, nem mesmo de Malcolm.

— Tinha certeza de que você e eu vivíamos juntos — disse Biralbo, com melancolia e pudor, e mudou de tom em seguida. — Tem negócios com Malcolm?

— Trabalha sozinho, com aquela secretária, Daphne. Malcolm era uma espécie de contratado. Malcolm sempre teve metade da importância que ele próprio imagina ter.

— Ele a ameaçou?
— Malcolm?
— Quando você disse que ia embora.
— Não disse nada. Não acreditava. Não podia acreditar que uma mulher o largasse. Ainda deve estar me esperando.
— Billy Swann achou que você estava com medo de alguma coisa quando foi vê-lo.
— Billy Swann bebe demais — Lucrecia sorriu de uma maneira que Biralbo desconhecia: era como sua forma de esvaziar um copo ou de segurar o cigarro, sinais do tempo, da fria surpresa, de uma antiga lealdade gasta no vazio. — Você nem pode imaginar minha alegria quando soube que ele estava em Berlim. Não queria ouvi-lo tocar, só que me falasse de você.
— Agora está em Copenhague. Ligou para mim outro dia: está sem beber há seis meses.
— Por que você não está com ele?
— Eu precisava esperar por você.
— Não vou ficar em San Sebastián.
— Nem eu. Agora posso ir embora.
— Mas você nem sabia que eu ia voltar.
— Pode ser que não tenha voltado.
— Estou aqui. Sou Lucrecia. Você é Santiago Biralbo.

Lucrecia estendeu as mãos sobre a mesa até uni-las às de Biralbo, que permaneceram imóveis. Tocou-lhe o rosto e os cabelos como se quisesse reconhecê-lo com uma certeza que o olhar não proporcionasse. Talvez não a comovesse o carinho, mas sim a sensação de uma mútua orfandade. Dois anos depois, em Lisboa, durante uma noite e um amanhecer de inverno, Biralbo iria aprender que isso era a única coisa que os ligaria sempre, não o desejo nem a memória, mas o abandono, a certeza de estarem sós e de não terem nem mesmo a desculpa do amor fracassado.

Lucrecia consultou seu relógio, ainda não disse que tinha de ir embora. Esse foi quase o único gesto que ele reconheceu, a única inquietação de outrora que recobrava intacta. Mas agora Malcolm não estava, não havia motivos para a clandestinidade e a pressa. Lucrecia guardou os cigarros e o isqueiro e pôs os óculos.

— Continua tocando no Lady Bird?

— Quase nunca. Mas se você quiser toco esta noite. Floro Bloom vai gostar de vê-la. Sempre me perguntava por você.

— Não quero ir ao Lady Bird — disse Lucrecia, já de pé, subindo o zíper do anoraque. — Não quero ir a lugar nenhum que me recorde aqueles tempos.

Não se beijaram ao se despedir. Como três anos antes, Biralbo viu se afastar o táxi em que ela ia, mas dessa vez Lucrecia não se virou para continuar olhando para ele pela janela traseira.

Capítulo VIII

Voltou devagar à cidade, caminhando junto da balaustrada do Paseo Marítimo, salpicado às vezes pela fria espuma desfeita nos rochedos. O homem do sobretudo escuro e do chapéu ainda estava no mesmo lugar, talvez apreciando as gaivotas. Pela escadaria do Aquário desceu ao porto dos pescadores, aturdido, faminto, um tanto ébrio, movido por uma exaltação moral que não se parecia nem com a felicidade nem com a desgraça, que era anterior ou indiferente a elas, como o desejo de comer alguma coisa ou de fumar um cigarro. Enquanto andava ia dizendo em voz baixa a letra de uma canção que Lucrecia sempre preferira e que era uma senha e uma impudica declaração de amor, quando ela e Malcolm entravam no Lady Bird e Biralbo começava a tocá-la, não por inteiro, apenas insinuando-a, dispersando umas poucas notas indubitáveis em outra melodia. Descobriu que essa música já não o emocionava, que não aludia a Lucrecia nem ao passado, nem sequer a ele mesmo. Lembrou-se de uma coisa que Billy Swann dissera: "Não temos importância para a música. Ela não se importa com a dor ou o entusiasmo que imprimimos nela quando a tocamos ou a ouvimos. Ela se serve de nós, como uma mulher de um amante que a deixa fria."

Naquela noite ia jantar com Lucrecia. "Leve-me a um lugar novo", ela dissera, "a um lugar onde eu nunca tenha ido." Falou aquilo como se exigisse não um restaurante, mas um país desconhecido, porém esse era o modo como ela sempre falara, colocando uma espécie de apetite heróico e desejo impossível nos episódios mais banais da sua vida. Às nove voltaria a vê-la, acabavam de soar três horas nos sinos da igreja de Santa María del Mar, ali perto: de novo o tempo era para Biralbo como que um lugar irrespirável, como os quartos dos hotéis em que três anos antes se encontrava com Lucrecia quando ela ia embora e o deixava sozinho diante da cama desfeita e do mar imóvel que via da janela, esse mar de San Sebastián que nos fins de tarde de inverno, lá longe, é como uma lâmina vertical de ardósia. Perambulou sob as arcadas, entre as redes amontoadas e as caixas de peixe vazias, encontrando um vago alívio nas cores das casas, amortecidas pelo cinza do ar, nas fachadas azuis, nos batentes verdes ou avermelhados das janelas, na alta linha dos telhados que se estendiam na direção das colinas ao fundo. Era como se a volta de Lucrecia lhe permitisse ver de novo a cidade, que quase não havia existido para suas pupilas enquanto ela não estava. Até o silêncio que ressaltava seus passos e os cheiros recuperados do porto lhe confirmavam a proximidade de Lucrecia.

Ele não se lembrava de que tínhamos comido juntos naquele dia. Eu estava com Floro Bloom numa taverna da cidade velha e o vi entrar, lento e ausente, com os cabelos molhados, e sentar-se numa mesa ao fundo. "O lacaio do Vaticano não quer mais saber dos párias do mundo", disse sonoramente Floro Bloom, virando-se para ele, que não nos havia visto. Trouxe sua caneca de cerveja e sentou-se conosco, mas não falou quase nada enquanto comemos. Sei que foi exatamente naquele dia porque enrubesceu levemente quando Floro lhe perguntou se estava doente mesmo: naquela manhã tinha telefonado para o colégio a fim de falar com ele e alguém – "uma voz clerical" – lhe disse que dom Santiago Biralbo faltara por estar indisposto. "Indisposto", sublinhou Floro Bloom, "só mesmo uma freira usa essa palavra nos dias de hoje." Biralbo comeu muito depressa, desculpou-se por não tomar café conosco: tinha de ir, sua primeira aula era às quatro. Quando saiu do bar, Floro Bloom meneou pesadamente sua cabeça de urso. "Ele nega", disse-me, "mas tenho certeza de que essas freiras obrigam-no a rezar o terço."

Também não foi trabalhar aquela tarde. Nos últimos tempos, à medida que desacreditava de seu futuro como músico e se acostumava à afronta de ensinar solfejo, descobria em si mesmo uma ilimitada disposição à docilidade e à vileza que bruscamente se extinguiu em poucas horas. Não é que não temesse mais ser expulso do colégio: desde que vira Lucrecia era como se fosse outro o que corria tal perigo, o que mansamente madrugava todos os dias e era capaz de se conformar a ensaiar com suas alunas um canto religioso. Ligou para o colégio: talvez a mesma voz clerical que havia renovado em Floro Bloom um instinto hereditário de profanar conventos desejou-lhe pronto restabelecimento com desconfiança e frieza. Não tinha importância, em Copenhague Billy Swann ainda o estava esperando, logo seria tempo de começar outra vida, a outra vida, a verdadeira, a que a música sempre lhe anunciara como uma prefiguração de algo que ele só conhecera de maneira tangível quando os olhos fervorosos de Lucrecia lhe revelaram. Pensou que só tinha aprendido a tocar piano quando o fez para ser ouvido e desejado por ela; que se alguma vez conseguisse o privilégio da perfeição seria por lealdade ao futuro que Lucrecia lhe tinha vaticinado na primeira noite que o ouvira tocar no Lady Bird, quando nem ele mesmo pensava que fosse possível assemelhar-se um dia a um músico de verdade, a Billy Swann.

– Ela me inventou – disse Biralbo numa das últimas noites, quando já não íamos ao Metropolitano. – Eu não era tão bom quanto ela pensava, não merecia seu entusiasmo. Quem sabe, vai ver que aprendi para que Lucrecia nunca percebesse que eu era um impostor.

– Ninguém pode nos inventar – ao dizer isso, senti que talvez fosse uma desgraça. – Fazia anos que você tocava piano quando a conheceu. Floro sempre dizia que foi Billy Swann quem fez você saber que era um músico.

– Billy Swann ou Lucrecia – deitado em sua cama de hotel, Biralbo encolheu os ombros, como se estivesse com frio. – Tanto faz. Então eu só existia se alguém pensasse em mim.

Ocorreu-me que, se isso fosse verdade, eu nunca tinha existido, mas não disse nada. Perguntei a Biralbo sobre o tal jantar com Lucrecia: onde estiveram, de que falaram. Mas ele não se lembrava do nome exato do lugar, a dor quase havia apagado aquela noite de sua memória, só restava nela a solidão final e a longa viagem no táxi que o levara para casa, a estrada iluminada pelos faróis, o silêncio, a fumaça de seus cigarros, janelas iluminadas nos edifícios solitários das colinas, entre a neblina pardacenta. Sempre fora assim a parte da sua vida ligada a Lucrecia: um xadrez de fugas e táxis, uma viagem noturna pelo espaço em branco do nunca sucedido. Porque naquela noite não aconteceu nada que não lhe tivesse sido vaticinado de antemão pela antiga sensação de fracasso, pelo vazio no estômago: sozinho, em sua casa, ouvindo discos que já não lhe proporcionavam a certeza da felicidade, penteava-se diante do espelho ou escolhia uma gravata como se não fosse exatamente ele que tivesse o encontro com Lucrecia, como se na realidade ela não houvesse voltado.

Ela tinha alugado um apartamento em frente da estação, com dois quartos quase vazios de cujas janelas via o curso escuro do rio cercado de alamedas e as últimas pontes. Às oito, Biralbo já estava bem perto da entrada do edifício, mas não se decidiu a subir, ficou um instante espiando os cartazes de um cinema e depois percorreu as galerias sombrias de San Telmo, esperando inutilmente que os minutos passassem enquanto, ali perto, do outro lado da rua, no escuro, as ondas se erguiam acima da balaustrada do Paseo Marítimo com um brilho fosfórico.

Ao olhar para elas, soube por que tinha a sensação de já ter vivido uma noite semelhante: sonhara com ela, caminhara assim num de seus sonhos de cidades noturnas, ia fazer alguma coisa que misteriosamente já lhe tinha sucedido durante a ausência de Lucrecia e que já era irreparável.

Por fim subiu. Diante de uma porta hostil tocou várias vezes a campainha antes que ela abrisse. Ouviu-a pedir desculpa pela sujeira da casa e pelos cômodos vazios, esperou-a bastante tempo na sala, onde havia apenas uma poltrona e uma máquina de escrever, ouvindo o barulho do chuveiro, examinando os livros alinhados no chão, contra a parede. Havia caixas de papelão, um cinzeiro cheio de pontas de cigarro, uma estufa apagada. Em cima desta, uma bolsa preta entreaberta. Imaginou que fosse a mesma em que ela havia guardado a carta que entregara a Billy Swann. Lucrecia ainda estava no chuveiro, ouvia-se o barulho da água contra a cortina de plástico. Biralbo abriu totalmente a bolsa, sentindo-se ligeiramente abjeto. Lenços de papel, um batom, uma agenda cheia de anotações em alemão que pareceram dolorosamente a Biralbo os endereços de outros homens, um revólver, uma pequena carteira com fotografias: numa delas, diante de um maciço de árvores amarelas, Lucrecia, de casaco azul-marinho, deixava-se abraçar por um homem muito alto, segurando-lhe as mãos sobre a cintura. Também uma carta em que Biralbo estranhou reconhecer sua própria letra e uma lâmina dobrada cuidadosamente, a reprodução de um quadro: uma casa, um caminho, uma montanha azul, surgindo entre árvores. Percebeu tarde demais que tinha deixado de ouvir o ruído do chuveiro. Lucrecia observava-o do umbral, descalça, os cabelos úmidos, envolta num roupão que não lhe cobria os joelhos. Seus olhos e sua pele brilhavam, e ela parecia mais magra: só a vergonha mitigou o desejo de Biralbo.

– Estava procurando um cigarro – disse, com a bolsa ainda nas mãos. Lucrecia se aproximou uns passos para pegá-la e apontou para um maço junto da máquina de escrever. Recendia intensamente a sabonete e perfume, a pele nua e úmida sob o tecido azul do roupão.

– Malcolm fazia isso – falou. – Revistava minha bolsa quando eu estava no chuveiro. Uma vez esperei que ele dormisse para escrever uma carta para você. Rasguei-a em pedacinhos e me deitei. Sabe o que ele fez? Levantou-se, fuçou no cesto de papéis e no chão, reuniu um por um todos os pedaços até reconstruir a carta. Levou a noite inteira. Trabalho inútil, era uma carta absurda. Por isso rasguei.

– Billy Swann me disse que você tinha um revólver.

– E uma reprodução de Cézanne – Lucrecia dobrou-a para guardá-la na bolsa. – Disse isso também?

— Era de Malcolm o revólver?
— Tomei dele. Foi a única coisa que levei ao ir embora.
— Quer dizer que você tinha medo dele, sim.
Lucrecia não respondeu. Ficou um instante olhando para ele com estranheza e ternura, como se também ainda não tivesse se acostumado com a presença dele, com aquele lugar deserto que não pertencia a nenhum dos dois. A única luz do aposento estava no chão e prolongava obliquamente suas sombras. Levando a bolsa consigo, Lucrecia desapareceu atrás da porta do quarto. Biralbo acreditou ouvir fechá-la à chave. Debruçado na janela, contemplou a linha do rio e as luzes da cidade, querendo afastar de sua imaginação o fato inconcebível de que a uns passos dele, atrás da porta fechada, Lucrecia talvez houvesse sentado na cama, perfumada e nua, para pôr as meias, a breve roupa íntima, cujo contraste acentuaria na penumbra o tom rosado e branco da sua pele.

Daquela janela a cidade lhe parecia outra: resplandecente, escura como a Berlim que durante três anos tinha visto nos sonhos, cercada pela noite sem luzes e pela linha branca do mar. "Sonhamos com a mesma cidade", escrevera-lhe Lucrecia numa de suas últimas cartas, "mas eu a chamo San Sebastián e você, Berlim."

Agora se chamava Lisboa: sempre, muito antes de ir para Berlim, desde que Biralbo a conhecera, Lucrecia tinha vivido no desassossego e na suspeita de que sua verdadeira vida estava esperando-a em outra cidade e entre gente desconhecida, e isso a fazia renegar surdamente os lugares onde estava e pronunciar com desespero e desejo nomes de cidades nas quais sem dúvida se consumaria seu destino, se algum dia as visitasse. Durante anos teria dado tudo para viver em Praga, em Nova York, em Berlim, em Viena. Agora o nome era Lisboa. Tinha prospectos em cores, recortes de jornais, um dicionário de português, uma grande planta de Lisboa na qual Biralbo não viu escrita a palavra *Burma*. "Tenho de ir o quanto antes", disse-lhe naquela noite, "é como o fim do mundo, imagine o que deviam sentir os navegantes antigos quando entravam no alto-mar e não viam mais a terra."

– Vou com você – disse Biralbo. – Não lembra? Antes sempre falávamos de fugir juntos para uma cidade estrangeira.

– Mas você não arredou de San Sebastián.

– Estava esperando você para cumprir com a minha palavra.

– Não se pode esperar tanto.

– Eu pude.

– Nunca lhe pedi.

– Nem eu me propus. Mas isso não tem nada a ver com a vontade. Afinal de contas, estes últimos meses, eu achava que já não a estava esperando, mas não era verdade. Mesmo agora eu a espero.

– Não quero que me espere.

– Explique então por que voltou.

– Estou de passagem. Vou embora para Lisboa.

Noto que nesta história quase a única coisa que acontece são os nomes: o nome de Lisboa e o de Lucrecia, o título daquela brumosa canção que eu ainda continuo escutando. Os nomes, como a música, disse-me certa vez Biralbo com a sabedoria do terceiro ou quarto gim, arrancam do tempo os seres e os lugares a que aludem, instituem o presente sem outras armas além do mistério de sua sonoridade. Por isso ele pôde compor a canção sem nunca ter estado em Lisboa: a cidade existia antes que ele a visitasse, tal como existe agora para mim, que não a vi, rosada e ocre ao meio-dia, levemente nublada contra o resplendor do mar, perfumada pelas sílabas de seu nome de alento sombrio, Lisboa, pela tonalidade do nome de Lucrecia. Mas até dos nomes é preciso despojar-se, afirmava Biralbo, porque também neles habita uma clandestina possibilidade de memória, e é necessário arrancá-la inteira de si para poder viver, dizia, para sair à rua e caminhar até um café como se você estivesse vivo de verdade.

Mas essa era mais uma das coisas que só começou a aprender depois do regresso de Lucrecia, depois daquela lenta noite de palavras e álcool em que bruscamente soube que havia perdido tudo, que lhe fora arrebatado o direito de sobreviver na memória do que já não existia. Beberam em bares distantes, nos mesmos bares aonde iam três anos antes para se esconder de Malcolm, e o gim e o vinho branco lhes permitiam recuperar o velho jogo da simulação e da ironia, das palavras ditas como se não fossem ditas e do silêncio absolvido por um só olhar ou uma idéia simultânea que provocasse o riso e a gratidão de Lucrecia quando caminhava dando o braço quase conjugalmente a Biralbo ou olhando para ele em silêncio no balcão de um bar. O riso sempre os salvara: uma elegância suicida para zombarem de si próprios que era a mútua e solidária máscara do desespero, de um duplo espanto em que cada um deles continuava estando infinitamente só, condenado e perdido.

Da encosta de um dos morros simétricos que fecham a baía, quieta e noturna como um lago, contemplaram a cidade, de um restaurante com velas, talheres de prata e garçons que permaneciam imóveis na penumbra, com as mãos cruzadas sobre compridos aventais brancos. Ele também, Biralbo, gostava dos lugares, contanto que neles estivesse Lucrecia, amava em cada minuto a plenitude do tempo com a serena avareza de quem pela primeira vez tem diante de si mais horas e moedas do que jamais se atreveu a cobiçar. Como a cidade do outro lado das grandes janelas, a noite inteira parecia oferecer-se ilimitadamente a ele, um pouco amarga, sombria e não de todo propícia, mas real, sim, quase acessível, reconhecida e impura como o rosto de Lucrecia. Eram outros: aceitaram sê-lo, olhar-se como se estivessem se vendo pela primeira vez, não invocar o fogo sagrado e corrompido pela distância, reprovar a saudade, pois era certo que o tempo os tinha melhorado e que a lealdade não fora inútil. Cruamente Biralbo entendeu que nada daquilo o salvava, que o mútuo e ávido reconhecimento não excluía a severa evidência da solidão: ao contrário, confirmava-a, como um axioma melancólico. Pensou: "Eu a desejo tanto que não posso perdê-la." Foi então que voltou a lhe dizer que a levaria a Lisboa.

– Mas você não se dá conta – disse Lucrecia suavemente, como se as velas e a penumbra atenuassem sua voz. – Tenho de ir sozinha.

– Diga se lá há alguém à sua espera.

– Não há ninguém, mas isso não tem importância.

– Burma é o nome de um bar?

– Toussaints Morton disse isso?

– Ele me disse que você abandonou Malcolm porque ainda estava apaixonada por mim.

Lucrecia olhou por trás da fumaça azul e cinzenta dos cigarros como que do outro extremo do mundo; também como se estivesse dentro dele e pudesse ver a si mesma pelas pupilas de Biralbo.

– Será que o Lady Bird ainda está aberto? – falou, mas talvez não fosse isso o que ia dizer.

– Você não queria que fôssemos lá...

– Mas agora quero. Quero ouvir você tocar.

– Em casa tenho um piano e uma garrafa de *bourbon*.

– Quero ouvi-lo no Lady Bird. Será que Floro Bloom está lá?

— A estas horas já deve ter fechado. Mas tenho uma chave.

— Leve-me ao Lady Bird.

— Vou levá-la a Lisboa. Quando quiser, amanhã mesmo, esta noite. Vou largar o colégio. Floro tem razão: fazem-me levar as alunas à missa.

— Vamos ao Lady Bird. Quero que toque para mim aquela canção, *Todas as coisas que você é*.

Às duas da manhã um táxi deixou-os na porta do Lady Bird. Estava fechado, claro, Floro Bloom e eu tínhamos ido embora à uma hora, depois de esperar em vão que Biralbo chegasse. Talvez também Lucrecia tivesse caído na chantagem do tempo. Imóvel na calçada, erguendo a gola do casaco azul para proteger-se da umidade e da chuva fina, pediu a Biralbo que mantivesse aceso durante uns minutos o letreiro de neon, que tingiu de intermitentes rosas e azuis o calçamento molhado, o rosto de Lucrecia, mais pálido sob as luzes noturnas. Na escuridão o Lady Bird recendia a garagem, porão e fumaça de cigarro. Prolongavam impunemente o jogo do passado como no palco de um teatro vazio. Biralbo serviu as bebidas, acertou a iluminação, olhou para Lucrecia do estrado do piano: como que depuradas pela memória, as coisas sucediam de uma maneira definitiva e abstrata, ele ia tocar, e ela, como em outras noites remotas, dispunha-se a escutá-lo do bar com um copo na mão, mas não havia nada e mais ninguém, como na lembrança distorcida de um sonho. Porque tinham nascido para serem fugitivos sempre gostaram dos filmes, da música, das cidades estrangeiras. Lucrecia encostou-se no balcão, tomou o uísque e disse, zombando de si mesma, de Biralbo e do que estava a ponto de falar e amando-o sobre todas as coisas:

— Toque-a outra vez. Toque-a outra vez para mim.

— Sam — completou ele, calculando o riso e a cumplicidade. — Samtiago Biralbo.

Estava com frio nos dedos, tinha bebido tanto que a velocidade da música em sua imaginação condenava suas mãos a um torpor muito semelhante ao medo. Sobre o teclado, surgindo da polida superfície negra, eram duas mãos sozinhas e automáticas que pertenciam a outro, a ninguém. Aventurou hesitante umas poucas notas, mas não teve tempo de traçar a forma inteira da melodia. Com seu copo, Lucrecia aproximou-se dele, mais alta e lenta sobre os saltos altos.

– Sempre toquei para você – disse Biralbo. – Até mesmo antes de nos conhecermos. Até quando você estava em Berlim e eu tinha certeza de que não ia voltar. A música que faço não me importa, se você não a ouve.

– Era esse o seu destino – Lucrecia continuava de pé diante do estrado do piano, firme e distante, a um passo de Biralbo. – Eu fui um pretexto.

Semicerrando os olhos para não aceitar a temível verdade que vira nos de Lucrecia, Biralbo retomou o começo daquela canção, *Todas as coisas que você é*, como se a música ainda pudesse protegê-lo ou salvá-lo. Mas Lucrecia continuou falando, aproximou-se mais dele, disse-lhe que esperasse um pouco. Com um gesto tranqüilo pousou a mão no teclado e pediu que olhasse para ela.

– Você ainda não olhou para mim – falou. – Ainda não quis olhar para mim.

– Não fiz outra coisa desde que você me chamou. Antes de vê-la, eu já a estava imaginando.

– Não quero que me imagine – Lucrecia pôs um cigarro nos lábios e o acendeu sem esperar que ele lhe desse fogo. – Quero que você me veja. Olhe para mim: não sou a mesma de então, não sou a que estava em Berlim e que escrevia cartas para você.

– Prefiro você agora. É mais real do que nunca.

— Você não se dá conta — Lucrecia fitou-o com a melancolia de quem olha para um doente. — Você não se dá conta de que o tempo passou. Não uma semana, nem um mês, três anos inteiros, Santiago, faz três anos que fui embora. Diga quantos dias estivemos juntos. Diga-me.

— Diga-me você por que quis que viéssemos ao Lady Bird.

Mas essa pergunta não foi respondida. Lucrecia lhe deu lentamente as costas e foi até o telefone com as mãos enfiadas nos bolsos do casaco, como se tivesse ficado com frio. Biralbo ouviu-a chamar um táxi, fitou-a sem se mexer, enquanto ela lhe dizia adeus da porta do Lady Bird. De um extremo a outro do bar, no espaço entre seus dois olhares, percebeu como uma bofetada lentíssima o tamanho e a escuridão do abismo vazio que pela primeira vez era capaz de medir, que até aquela noite e aquela conversa nem sequer havia vislumbrado. Fechou o piano, lavou os copos na pia, apagou as luzes. Quando, ao sair à rua, desceu a porta metálica do Lady Bird, achou estranho que a dor ainda não houvesse chegado.

Capítulo IX

– Fantasmas – disse Floro Bloom, examinando o cinzeiro com vaga intuição eucarística, como se segurasse uma pátena. – De lábios pintados – levando na outra mão um copo, entrou no escritório murmurando coisas com a cabeça baixa e as abas da batina movendo-se ruidosamente entre suas pernas, como se passasse à sacristia depois de dizer a missa. Deixou o cinzeiro e o copo em cima da escrivaninha e esfregou as mãos com envolvente suavidade eclesiástica. – Fantasmas – repetiu, mostrando-se com um grave indicador as três pontas de cigarro manchadas de vermelho. Com a barba por fazer e a batina desabotoada sobre o peito, parecia um sacristão licencioso. – Uma mulher fantasma. Muito impaciente. Acende vários cigarros e os deixa pela metade. *Phantom Lady*. Viu o filme? Copos na pia. Dois. Fantasmas conscientes.

– Biralbo?

– Quem, senão? O visitante das sombras – Floro Bloom esvaziou o cinzeiro e abotoou cerimoniosamente a batina, saboreando em seguida um trago de uísque. – Isso é o ruim dos bares quando ficam muito tempo abertos. Enchem-se de fantasmas. Você entra no toalete e encontra um fantasma lavando as mãos. Almas do Purgatório – tomou outro gole, erguendo o copo para a bandeira da República. – Ectoplasmas de gente.

– Quem sabe se assustam vendo você de batina.

– Tecido de primeira – Floro Bloom levantou sem esforço uma grande caixa de garrafas e levou-a ao bar. – Alfaiataria eclesiástica e militar. Sabe há quantos anos tenho esta batina? Dezoito. Feita sob medida. Foi a única coisa que levei quando me expulsaram do seminário. Ideal como guarda-pó e avental para uso doméstico. Tem horas?

– Oito.

– Bem, é hora de ir abrindo – Floro tirou a batina com um suspiro de tristeza. – Eu me pergunto se o jovem Biralbo virá tocar esta noite.

– Quem será que ele trouxe aqui ontem?

– Uma mulher fantasma e casta – Floro Bloom levantou uma cortina e apontou para o catre que ele e eu usávamos algumas vezes. – Não se deitou com ela. Pelo menos aqui. De modo que só há uma possibilidade: a bela Lucrecia.

– Quer dizer que você sabia – disse Biralbo. Como todo o mundo que viveu absorto numa paixão excessiva, surpreendia-o descobrir que outros tiveram notícia do que para ele fora um estado íntimo de sua consciência. E era maior a surpresa porque o obrigava a modificar uma lembrança remota. – Mas Floro não me disse nada então.

– Sentia-se magoado. "Desleais", me dizia, "eu que lhes servi de intermediário nos maus tempos e agora se escondem de mim."

– Não nos escondíamos – Biralbo falava como se a dor ainda pudesse tocá-lo. – Ela é que se escondia. Eu também não a via.

— Mas fizeram aquela viagem juntos.

— Não cheguei a terminá-la. Levei um ano para ir a Lisboa.

Continuo ouvindo a canção: como uma história que me contaram muitas vezes, reconheço gratamente cada pormenor, cada pedaço e cada cilada que a música me arma, distingo as vozes simultâneas do trompete e do piano, quase as guio, porque a cada instante sei que logo vai se fazer ouvir, como se eu mesmo fosse inventando a canção e a história à medida que a escuto, lenta e oblíqua, como uma conversa espiada do outro lado de uma porta, como a memória daquele último inverno que passei em San Sebastián. É verdade, há cidades e rostos que só conhecemos para depois perdê-los, nada nunca nos é restituído, nem o que não tivemos, nem o que merecíamos.

— Foi como acordar de repente — disse Biralbo. — Como quando você vai dormir ao meio-dia, acorda ao anoitecer e não reconhece a luz nem sabe onde está, nem quem você é. Acontece com os doentes nos hospitais, Billy Swann me contou naquele sanatório de Lisboa. Acordou e achava que estava morto e sonhava que vivia, que ainda era Billy Swann. Como naquela história dos adormecidos de Éfeso, de que Floro Bloom gostava tanto, está lembrado? Quando Lucrecia foi embora, eu apaguei as luzes do Lady Bird e saí à rua; e de repente haviam passado três anos, justo então, nos cinco últimos minutos. Ouvia sua voz me dizendo muitas vezes seguidas enquanto eu ia para casa: "Passaram-se três anos." Ainda posso ouvi-la, se fecho os olhos.

Disse que, mais do que para a dor ou a solidão, despertou para a surpresa de um mundo e de um tempo que careciam de ressonâncias, como se desde então devesse viver para sempre no interior de uma casa acolchoada: a cidade, a música, sua memória, sua vida tinham se entrecruzado, desde que conhecera Lucrecia, num jogo de correspondências ou de símbolos que se sustentavam tão delicadamente entre si, disse-me, como os instrumentos de uma banda de *jazz*. Billy Swann costumava dizer-lhe que o que importa na música não é a maestria, mas a ressonância: num espaço vazio, num local cheio de vozes e de fumaça, na alma de alguém. Não é isso, uma pura ressonância, um instinto de tempo e de adivinhação, que acontece em mim quando ouço aquelas canções que Billy Swann e Biralbo tocaram juntos, *Burma* ou *Lisboa*?

Bruscamente sobreviera o silêncio: sentiu que nele se desvaneciam os últimos anos de sua vida como ruínas precipitadas no fundo do mar. De agora em diante o mundo não seria mais um sistema de símbolos que aludissem a Lucrecia. Cada gesto, cada desejo e cada canção que tocasse se esgotariam em si mesmos como uma chama que se extingue sem deixar cinzas. Em poucos dias ou semanas, Biralbo acreditou-se autorizado a dar o nome de renúncia ou serenidade àquele deserto sem vozes. O orgulho e o hábito da solidão o ajudavam: porque qualquer gesto que fizesse inevitavelmente conteria uma súplica, não ia procurar Lucrecia, nem lhe escrever, nem beber nos bares próximos da sua casa. Com inflexível pontualidade, chegava ao colégio todas as manhãs e às cinco da tarde voltava para casa no *Topo*, lendo o jornal ou admirando em silêncio as velozes paisagens dos arredores. Parou de ouvir discos: cada canção que ouvia, as que mais apreciava, as que sabia tocar de olhos fechados, já eram testemunho de uma fraude. Quando bebia muito, imaginava cartas longuíssimas que nunca chegou a escrever e ficava olhando obstinadamente para o telefone. Lembrou-se de uma noite de vários anos atrás: acabava de conhecer Lucrecia e concebia levianamente a possibilidade de ir para a cama com ela, mas só tinham conversado três ou quatro vezes, no Lady Bird, numa mesa do Viena. Tocaram a campainha; achou esquisito, porque já era tarde. Quando abriu, Lucrecia estava diante dele, totalmente inesperada, desculpando-se, oferecendo-lhe algo, um livro ou um disco que, parece, lhe prometera mas de que Biralbo não se lembrava.

Contra sua vontade estremecia cada vez que sonhava com a campainha do telefone ou da porta, depois se renegava por ter-se permitido a fraqueza moral de supor que talvez fosse Lucrecia. Uma noite fomos vê-lo, Floro Bloom e eu. Quando nos abriu a porta, notei em seu olhar o estupor de quem passou sozinho muitas horas. Enquanto entrávamos pelo corredor, Floro Bloom ergueu solenemente entre as duas mãos uma garrafa de uísque irlandês, imitando ao mesmo tempo o som de uma sineta.

– *Hoc est enim corpus meum* – disse, enquanto enchia os copos. – *Hic est enim calix sanguinis mei.* Puro malte, Biralbo, recém-chegado da velha Irlanda.

Biralbo pôs uma música. Disse que andara doente. Com ar de alívio foi à cozinha buscar gelo. Movimentava-se em silêncio, com hospitalidade inábil, sorrindo unicamente com os lábios para as brincadeiras de Floro, que tinha se instalado numa cadeira de balanço, exigindo aperitivos e baralho para o pôquer.

– Era o que suspeitávamos, Biralbo – falou. – E, como hoje o bar não abre, decidimos vir cultivar com você algumas obras misericordiosas: dar de beber a quem tem sede, corrigir quem erra, visitar o enfermo, ensinar a quem não sabe, aconselhar quem carece de bons conselhos... Está carecendo de bons conselhos, Biralbo?

Tenho uma lembrança inexata daquela noite: sentia-me incomodado, embriaguei-me logo, perdi no pôquer, por volta da meia-noite o telefone tocou na sala cheia de fumaça. Floro Bloom olhou para mim de soslaio, a cara acesa pelo uísque. Quando bebia tanto, seus olhos pareciam menores e mais azuis. Biralbo demorou um pouco para atender: por um momento os três nos entreolhamos como se estivéssemos esperando o telefonema.

— Vamos armar três tendas — disse Floro enquanto Biralbo se dirigia ao telefone. Pareceu-me que tocava fazia tempo e que estava a ponto de parar de tocar. — Uma para Elias, outra para Moisés...

— É ele — respondeu Biralbo, olhando desconfiado para nós, assentindo a algo que não queria que soubéssemos. — Está bem. Agora mesmo. Tomo um táxi. Vou levar uns quinze minutos.

— Não adianta — disse Floro. Biralbo havia desligado o telefone e acendia um cigarro. — Não consigo lembrar para quem era a outra tenda...

— Tenho de ir — Biralbo procurou dinheiro nos bolsos, guardou o cigarro, não se incomodava por ficarmos ali. — Fiquem se quiserem, tem cerveja na cozinha. Pode ser que eu volte tarde.

— *Malattia d'amore...* — falou Floro Bloom de maneira que só eu pudesse ouvir. Biralbo já tinha enfiado o paletó e se penteava apressadamente diante do espelho da entrada. Ouvimos que fechava com violência a porta e depois o barulho do elevador. Não havia passado nem um minuto desde que o telefone soara, e Floro Bloom e eu estávamos sozinhos, intrusos de repente na casa e na vida de outro. — Dar pousada ao peregrino — melancolicamente Floro deixava pingar em seu copo a garrafa vazia. — Veja só: ela chama e ele acode como um cachorrinho. Penteia-se antes de sair. Abandona seus melhores amigos...

De uma janela vi Biralbo sair e caminhar como uma sombra que fugisse entre a chuva fina para o lugar onde se alinhavam as luzes verdes dos táxis. "Venha. Venha o quanto antes", Lucrecia havia suplicado com uma voz que ele não conhecia, quebrada pelo pranto ou pelo medo, como que perdida numa escuridão letal, na cidade distante e sitiada pelo inverno, atrás de alguma das janelas e das luzes insones que eu continuava espiando da casa de Biralbo, enquanto ele ia em frente, novamente alojado na penumbra de um táxi, compreendendo talvez que um impulso mais forte do que o amor e totalmente alheio à ternura, mas não ao desejo nem à solidão, continuava unindo-o a Lucrecia, apesar deles mesmos, contra a vontade e a razão deles, contra qualquer classe de esperança.

Ao descer do táxi viu uma só luz acesa no mais alto da fachada escura. Alguém estava à janela e se afastou dela quando Biralbo ficou sozinho sob as luzes da rua. Subiu aos pulos por uma escada interminável. Estava ofegante e suas mãos tremiam quando apertou a campainha da porta. Ninguém veio abrir, demorou um pouco para ele perceber que estava apenas encostada. Chamando Lucrecia em voz baixa, empurrou-a. No fundo do corredor de entrada brilhava uma luz entre vidros opacos. Recendia intensamente a fumaça de cigarro e a um perfume de mulher que não era o de Lucrecia. Quando Biralbo abriu a porta do aposento iluminado, soou como um disparo a campainha do telefone. Estava no chão, junto da máquina de escrever, em meio a uma desordem de livros e papéis manchados pelas marcas de uns sapatos muito grandes. Continuou tocando com uma espécie de obstinada crueldade, enquanto Biralbo examinava o quarto vazio, ainda quente e com a cama desfeita, o banheiro, onde viu o roupão azul de Lucrecia, a lívida cozinha cheia de copos por lavar. Voltou à sala: por um segundo acreditou que o telefone não continuaria tocando, estremeceu ao ouvir um novo toque, mais longo e mais agudo. Ao se inclinar para atender,

reparou que um dos papéis sujos de pegadas era uma carta que ele tinha escrito para Lucrecia. Ouviu sua voz. Pareceu-lhe que ela falava tapando o fone com a mão.
— Por que demorou tanto?
— Vim o mais depressa que pude. Onde você está?
— Alguém viu você subir?
— Lá de baixo achei que havia alguém na janela.
— Tem certeza?
— Creio que sim. Há papéis e livros espalhados no chão.
— Saia já daí. Devem estar vigiando.
— Diga-me o que está acontecendo, Lucrecia.
— Estou num lugar na cidade velha. Hostal Cubana, perto da Plaza de la Trinidad.
— Vou agora mesmo.
— Faça um rodeio. Não se aproxime enquanto não tiver certeza de que não estão seguindo você.

Biralbo ia lhe perguntar uma coisa quando ela desligou. Ficou um instante ouvindo absurdamente o assobio do telefone. Olhou para a carta manchada de barro: era datada de outubro de dois anos antes. Com um leve sentimento de lealdade para consigo mesmo, guardou-a sem a ler e apagou a luz. Assomou à janela: achou que alguém se escondia na sombra do portal de um edifício, que tinha visto a brasa de um cigarro. Os faróis de um automóvel o tranquilizaram: no portal não havia ninguém. Fechou a porta bem devagar e desceu a escada, tomando cuidado para que seus passos não fizessem barulho. No último lance o ruído de uma conversa deteve-o. Soou brevemente uma música, como se alguém tivesse aberto e fechado uma porta, depois uma risada de mulher. Imóvel no escuro, Biralbo esperou que o silêncio voltasse para continuar descendo. Com desconfiado alívio caminhou para o facho de luz que vinha da rua, pálido e frio como o da lua. Uma sombra se interpôs subitamente nele. Num momento a suja luz do portal aturdiu Biralbo: viu à sua frente, tão perto que teria podido tocá-lo, o rosto escuro e sorridente de um homem, viu uns olhos bovinos e uma mão enorme que se estendia para ele com lentidão estranha, ouviu como que muito distante uma voz que pronunciava seu nome, "meu querrido Birralbo", e, quando empurrou aquele corpo com uma violência que surpreendeu a si próprio e pôs-se a correr para a rua, viu como num relâmpago uma cabeleira loura e uma mão que empunhava uma pistola.

Doía-lhe o ombro: lembrou-se da pesada sonoridade de um corpo que caía e de um obsceno xingamento em francês. Corria, procurando as ruelas da cidade velha: o vento salgado e frio do mar golpeou seu rosto e ele se deu conta de que não sabia onde estava. Ouvia seus passos ressoarem no chão molhado: o eco os reproduzia nas ruas desertas, ou talvez fossem os passos do homem que o estava perseguindo. Com clareza pouco costumeira, viu em sua imaginação o rosto de Lucrecia. Faltava-lhe ar mas continuava correndo; atravessou uma praça iluminada em que havia um palácio e um relógio, percebeu o cheiro de terra úmida e dos fetos da encosta do Monte Urgull, sentiu que era invulnerável e que, se não parasse de correr, ia perder os sentidos, passou junto de um saguão, de onde saía uma luz vermelha, e uma mulher que fumava ficou olhando para ele. Como se emergisse das águas de um poço, encostou-se numa parede com a boca muito aberta e os olhos fechados, sentindo nas costas o frio da pedra lisa. Abriu os olhos: a chuva o cegava, tinha os cabelos ensopados. Estava perto da igreja de Santa María del Mar. Não viu ninguém nas ruas que desembocavam diante dela. Sobre sua cabeça, acima dos campanários e dos telhados, na bruma amarela e cinzenta de que descia silenciosamente a chuva, esvoaçavam gaivotas invisíveis. No fundo das ruas escuras resplandeciam os altos edifícios dos bulevares como que iluminados por refletores noturnos. Biralbo tremeu de cansaço e frio e saiu da escuridão, andando rente às paredes, às janelas dos bares fechados. De vez em quando se virava: era como se naquela noite somente ele caminhasse por uma cidade abandonada.

O Hostal Cubana era quase tão imundo quanto seu nome prometia. Seus corredores recendiam a lençóis ligeiramente suados e a paredes úmidas, ao ar viciado dos armários. Atrás do balcão da recepção, um corcunda pedalava uma bicicleta ergométrica. Com uma toalha suja limpou o suor do rosto enquanto estudava Biralbo com lenta desconfiança.

– A senhorita está à sua espera – disse-lhe. – Quarto vinte e um, no fundo do corredor.

Pôs os óculos, que ampliavam seus olhos, e apontou para um canto turvo de penumbra. Biralbo observou um leve tremor em suas mãos inchadas, quase azuis.

– Olhe aqui – o homem chamou-o quando ele já tomava o corredor. – Não vá pensar que sempre permitimos esse tipo de coisas.

Por trás das portas fechadas, ouviam-se ruídos de corpos e roncos de bêbados. A irrealidade havia se apoderado outra vez de Biralbo: quando bateu com os nós dos dedos no quarto vinte e um, duvidou que Lucrecia fosse de fato abrir. Deu três batidas cautelosas, como se obedecesse a uma senha. A princípio não aconteceu nada: pensou que também dessa vez empurraria a porta e não haveria ninguém do outro lado, que tinha se perdido, que nunca mais iria encontrar Lucrecia.

Ouviu as molas de uma cama, passos de pés descalços sobre os ladrilhos desiguais: bem perto alguém tossia e um ferrolho era aberto. Recendia outra vez a suor antigo e a paredes úmidas, mas não soube vincular essa sensação à invulnerável delícia de estar vendo ao cabo de tantos dias os olhos castanhos de Lucrecia. O cabelo solto, a calça escura e a justa camiseta malva faziam-na parecer mais magra e mais alta. Fechou a porta; encostando-se nela, abraçou demoradamente Biralbo, sem soltar o revólver. O medo ou o frio faziam-na tremer como se o desejo a movesse. Vendo a indecente pobreza da cama e da mesa de cabeceira em cima da qual havia um abajur de cúpula bordada, Biralbo lembrou-se num arroubo de lucidez e de piedade dos hotéis de luxo que ela sempre apreciara. É mentira, pensava, não estamos aqui, Lucrecia não está me abraçando, não voltou.

– Seguiram você? – nem mesmo seu rosto se parecia com o de outrora: os anos ou a solidão o haviam maltratado, talvez já não fosse bonito, mas para quem isso era importante?, não para Biralbo.

– Saí correndo. Não conseguiram me alcançar.

– Dê-me um cigarro. Não fumo desde que me tranquei aqui.

– Diga-me por que Toussaints Morton está procurando você.

– Você o viu?

– Derrubei-o com um empurrão. Mas antes já tinha notado o perfume da sua secretária.

– *Poison*. Nunca usa outro. Ele é que compra.

Lucrecia tinha se deitado na cama, ainda tremia, tragando avidamente a fumaça do cigarro. Em seus pés descalços Biralbo percebeu com perpétua ternura as marcar avermelhadas dos sapatos de salto alto que ela não estava acostumada a usar. Inclinando-se beijou-a levemente nos pômulos. Tinha fugido, como ele, estava com os cabelos úmidos e as mãos geladas.

Falou bem devagar, de olhos fechados, apertando às vezes os lábios para que Biralbo não ouvisse o ruído seco dos dentes quando um longo calafrio os fazia bater. Então apertava contra o peito a mão de Biralbo, cravando-lhe as pálidas unhas nos nós dos dedos, como se temesse que ele fosse embora ou que, se a soltasse, ela se afundasse no medo. Quando tremia, perdia o curso de suas palavras, apagadas por uma exaltação muito semelhante à febre; erguia-se na cama, ficava imóvel, enquanto ele punha um cigarro em seus lábios, já não rosados, como outrora, ásperos e resumidos numa dupla linha de obstinação e solidão que se desvanecia às vezes na forma de seu antigo sorriso, que Biralbo quase já esquecera, porque era assim que Lucrecia sorria quando estava a ponto de beijá-lo, tantos anos atrás. Pensou que aquele sorriso não estava destinado a ele, que era como os gestos infantis que repetimos em sonhos.

Pela primeira vez falou de sua vida em Berlim: do frio, da incerteza, de quartos alugados mais sórdidos que o Hostal Cubana, de Malcolm, que por algum motivo que ela nunca soube perdera a proteção de seus antigos chefes e o emprego naquela duvidosa revista de arte que ninguém chegou a ver; disse que, depois de vários meses em que se viu obrigada a tomar conta de criança e limpar escritórios e casas de indecifráveis alemães, Malcolm voltou um dia com algum dinheiro, sorrindo muito, fedendo a álcool, anunciando que logo terminaria sua fase ruim: uma ou duas semanas depois se mudaram para outro apartamento e apareceram Toussaints Morton e sua secretária, Daphne.

– Juro que não sei de que vivíamos – disse Lucrecia, – mas não me importava. Pelo menos eu não via baratas correndo na pia quando acendia a luz. Era como se Malcolm e Toussaints se conhecessem desde sempre, brincavam muito, riam às gargalhadas, trancavam-se com a secretária para falar de negócios, como diziam, viajavam e demoravam uma semana para voltar, e então Malcolm me mostrava um maço de dólares ou de francos suíços e me dizia: "Eu lhe prometi, Lucrecia, eu lhe prometi que seu marido faria algo grandioso..." De repente Toussaints e Daphne sumiram, Malcolm ficou nervosíssimo, tivemos de sair do apartamento e fomos para o Norte da Itália, para Milão, a fim de mudar de ares, dizia ele...

— Estavam sendo procurados pela polícia?

— Voltamos aos quartos com baratas. Malcolm passava o dia deitado na cama e amaldiçoava Toussaints Morton; jurava que ia se acertar com ele se conseguisse pegá-lo. Um dia pegou uma carta na posta-restante. Chegou com uma garrafa de champanhe e me disse que íamos voltar a Berlim. Isso foi em outubro do ano passado. Toussaints Morton era outra vez seu melhor amigo, nem se lembrava mais de todas as injúrias que tinha pensado lhe dizer. Tirava de novo maços de notas do bolso da calça, não gostava de cheques nem de contas bancárias; antes de se deitar contava o dinheiro e o deixava na gaveta da mesa de cabeceira com o revólver em cima...

Lucrecia parou; durante uns segundos Biralbo escutou apenas o ruído descontínuo de sua respiração, notando o brusco estremecimento do peito sob sua mão estendida. Mordendo os lábios, Lucrecia tentava conter um calafrio tão intenso como as convulsões da febre. Dirigiu o olhar para a mesa de cabeceira, para o revólver que brilhava sob a breve luz do abajur. Depois olhou para Biralbo com a expressão de distanciamento e de gratidão com que um doente olha para quem o foi visitar.

— Quase todos os dias Toussaints e Daphne iam comer conosco. Levavam vinhos caros, caviar falso, suponho, salmão defumado, coisas assim. Toussaints prendia o guardanapo ao pescoço e sempre propunha brindes; dizia que nós quatro formávamos uma grande família... Aos domingos, quando fazia tempo bom, íamos todos ao campo, Malcolm e Toussaints ficavam felizes em se levantar cedo para preparar a comida, carregavam o porta-malas do carro de cestas com toalhas e caixas de garrafas, mas antes de sair já estavam bêbados, pelo menos Malcolm, eu acho que o outro nunca ficava, embora falasse e risse tanto, eles pareciam estar sempre fingindo que éramos como esses casais muito unidos, e para Daphne dava no mesmo, sorria, falava muito pouco comigo, me vigiava o tempo todo, não confiava em mim, mas dissimulava, com aquele ar que tinha, de quem está assistindo à televisão e se aborrecendo muito, às vezes até pegava agulhas, um novelo de lã e punha-se a tricotar... Eles estavam à parte, bebendo, rachando lenha para o fogo, fazendo brincadeiras que achavam engraçadíssimas, contando piadas sujas em voz baixa, para que não ouvíssemos. No Natal vieram dizendo que tinham alugado uma cabana perto de um lago, num bosque, iríamos passar ali o *réveillon*, uma festa íntima, com uns poucos convidados, mas afinal só acabou aparecendo um, chamavam-no de Português, mas parecia belga ou alemão, muito alto, com tatuagens nos braços, um bêbado de cerveja, quando terminava uma lata amassava-a entre os dedos e jogava-a em qualquer lugar. Lembro-me de que, naquele dia, trinta e um, pela manhã, ele estivera bebendo e se aproximou de Daphne, creio que a tocou, e então ela, que fazia tricô, empunhou uma agulha e a pôs contra seu pescoço, ele ficou quieto e muito pálido, saiu do aposento e não voltou a olhar para nós, nem para Daphne, nem para mim, só olhou para nós depois, de noite, quando Toussaints o estava estrangulando no mesmo sofá onde se espichava para beber cerveja, ainda lembro como seus olhos ficaram arregalados, a cara roxa e azul, e as mãos... Malcolm me tinha dito que iam fazer com o Português o maior negócio de suas vidas, ganhariam tanto dinheiro que depois daquilo todos nós poderíamos nos aposentar na Riviera, algo relacionado com um quadro, os três estiveram a manhã inteira passeando pela margem do lago, embora nevasse muito, eu os via parar de vez em quando e gesticular como se discutissem, depois se trancaram em outro aposento, enquanto Daphne e eu preparávamos a comida, gritavam, mas eu não conseguia entender o que diziam, porque Daphne aumentou o volume do rádio. Saíram muito tarde, a comida estava fria, e não falaram nada, estavam sérios os três, Toussaints olhava de vez em quando para Daphne de soslaio, e sorria para ela, fazia sinais, olhava para Malcolm sem dizer nada, e o Português enquanto isso comia fazendo muito barulho e não falava com ninguém, usava camiseta apesar do frio, tinha a aparência de quem havia sido atleta ou coisa parecida antes de se tornar alcoólatra, então vi aquelas suas tatuagens nos braços e achei que devia ter sido legionário na Indochina ou na África, pois tinha a pele muito queimada de sol. Lá fora estava nevando muito e já anoitecia, havia um silêncio estranho, um silêncio de neve, eu percebia que ia acontecer alguma coisa, meu rosto ardia, eu tinha bebido muito vinho, de modo que pus o casaco e saí, andei um instante pelo bosque, na direção do lago, mas de repente pareceu-me que estava longe demais e ia me perder, me enterrava na neve sem poder avançar e meus pés estavam ficando gelados, já era de noite, voltei à cabana guiando-me pela luz da janela, e quando me aproximei vi o que faziam com o Português, estava de frente para mim, olhando para mim, do outro lado do vidro, mas o silêncio fazia tudo parecer muito distante, ou parecer mentira, um desses simulacros que tanto agradam a Toussaints, como se brincassem de estrangular alguém, mas era verdade, o Português estava com a cara azul e seus olhos me fitavam, Toussaints estava atrás dele, de pé, inclinado sobre seu ombro, como se lhe dissesse algo no ouvido, e Malcolm lhe torcia um braço nas costas e com a outra mão lhe fincava a pistola no centro do peito, enterrando-a na camiseta branca, as veias do pescoço do Português saltavam e uma coisa bem fina que brilhava o apertava, um fio de náilon, lembrei-me de que algumas vezes eu o havia visto nas mãos de Toussaints, que brincava com ele enredando-o entre os dedos, como quando limpa as unhas com aquele palito tão comprido... Daphne também estava ali, mas me dava as costas, tão quieta como quando tricotava ou assistia à televisão, e o Português esperneava um pouco, eram como que espasmos, lembro que usava calça *jeans* e botas militares, mas eu já não ouvia suas batidas no chão de madeira, a neve me cegava os olhos, então Toussaints e Malcolm olharam para mim, eu não me mexi, Daphne também se virou para a janela, e os olhos do Português continuavam fixos em mim, mas ele já não me via, suas pernas tremeram um pouco, depois pararam de se mexer, Malcolm tirou-lhe a pistola do peito, e o Português ainda olhava para mim...

"Não fugiu: quando Malcolm saiu para buscá-la estava tremendo, imóvel, entorpecida pelo frio. Lembrava-se do que aconteceu depois como se houvesse visto tudo por trás de um vidro embaçado. Malcolm empurrou-a suavemente para dentro da cabana, tirou-lhe o casaco molhado, logo ela estava sentada no sofá e tinha diante de si um copo de conhaque, e Malcolm a tratava com a atenta vilania de um marido culpado.

"Contemplou impassível o que faziam: Toussaints voltou da garagem, limpando a neve dos ombros, trazia uma lona grossa e uma corda; ajoelhou-se diante do Português, falando com ele como se fosse um doente que não tivesse voltado a si da anestesia, estirou-lhe as pernas enquanto Malcolm o levantava pelos ombros e Daphne estendia a lona no chão, junto dos pés de

Lucrecia. O corpo pesava muito, as tábuas retumbaram quando caiu nelas, as mãos juntas na barriga, muito calejadas, muito grandes, as tatuagens dos braços, a cara esquisita, como que contraída sobre o ombro esquerdo, os olhos agora fechados, porque Toussaints tinha passado a mão sobre suas pálpebras. Como enfermeiros bruscos e eficazes, eles se moviam em torno do morto, enrolaram-no na lona, Malcolm levantou sua cabeça para que a corda se ajustasse ao pescoço e depois deixou-a cair secamente; amarraram-lhe os pés, a cintura, cingindo a lona em algo que não era mais um corpo, mas um fardo, uma forma vaga e pesada que os fez ofegar e amaldiçoar quando a levantaram, quando saíram chocando-se nas portas e nas quinas dos móveis, precedidos por Daphne, que tinha posto as botas de borracha e um impermeável rosa e erguia na mão direita um lampião de gás aceso, porque lá fora, no caminho para o lago, os flocos de neve fosforesciam numa escuridão de porão fechado. Do umbral da cabana Lucrecia os viu desaparecer nela, sentindo-se tão desnorteada e tão frágil quanto se tivesse perdido muito sangue, ouvia vozes amortecidas pela neve, as blasfêmias de Toussaints, o inglês nasalado e entrecortado de Malcolm, quase o ruído das respirações, e depois pancadas, machadadas, porque a superfície do lago estava gelada; por fim um chape como de uma pedra muito grande caindo na água, depois nada, o silêncio, vozes que o vento dispersava entre as árvores.

"Na manhã seguinte voltaram à cidade. O gelo tinha tornado a se fechar sobre a lisura imutável do lago. Durante vários dias Lucrecia esteve como que morta num sono de narcóticos. Malcolm cuidava dela, trazia-lhe presentes, grandes buquês de flores, falava com ela em voz baixa, sem nunca citar Toussaints Morton nem Daphne, que tinham voltado a desaparecer. Anunciou-lhe que logo iriam se mudar para um apartamento maior. Assim que pôde se levantar, Lucrecia fugiu: ainda continuava fugindo, quase um ano depois, não era capaz de imaginar que um dia a fuga terminasse.

– E enquanto isso eu aqui – disse Biralbo, submerso num sentimento de banalidade e de culpa, indo dar aulas todas as manhãs, aceitando tranqüilamente a postergação, a suspeita do fracasso, esperando como um adolescente desprezado cartas que não vinham, alheio a Lucrecia, infiel, inútil em sua espera, na docilidade de sua dor, em sua ignorância da verdadeira vida e da crueldade. Inclinou-se sobre Lucrecia, acariciou seus pômulos agudos que surgiam da penumbra como o rosto de uma mulher afogada, e ao fazê-lo notou nas pontas dos dedos uma umidade de lágrimas, depois, quando tocava seu queixo, o início de um leve tremor que logo a sacudiria inteira como a onda de uma pedra na água. Sem abrir os olhos, Lucrecia puxou-o para si, abraçando-o, agarrando-se à sua cintura e às suas coxas, fincando-lhe na nuca as unhas, morta de medo e de frio, como naquela noite em que seu hálito embaçou o vidro da janela do outro lado da qual era lentamente estrangulado um homem. "Você me fez uma promessa", disse, com o rosto enfiado no peito de Biralbo, erguendo-se sobre os cotovelos para aprisionar-lhe o ventre sob as duras arestas das suas cadeiras e alcançar sua boca, como se temesse perdê-lo: "Leve-me para Lisboa."

Capítulo X

Dirigia excitado pelo medo e pela velocidade: já não era, como outras vezes, o abandono dos táxis, a imobilidade diante do *bourbon*, a passiva sensação de viajar num trem lançado na noite, a vida inerte dos últimos anos. Ele mesmo regia o aríete do tempo, como quando tocava piano e os outros músicos e quem o escutava eram impelidos ao futuro e ao vazio pela coragem da sua imaginação e pela disciplina e pela vertigem com que suas mãos se moviam ao percorrer o teclado, não domando a música nem contendo seu brio, entregando-se a ele, como um cavaleiro que prende as rédeas ao mesmo tempo que finca os calcanhares nos flancos do cavalo. Dirigia o automóvel de Floro Bloom com a serenidade de quem por fim se instalou no limite de si mesmo, no avanço medular de sua vida, nunca mais nas miragens da memória nem da resignação, notando a plenitude de permanecer calidamente imóvel enquanto avançava a cem quilômetros por hora. Agradecia a cada instante que os afastava de San Sebastián como se a distância os desprendesse do passado salvando-os de seu malefício, unicamente ele e Lucrecia, fugitivos de uma cidade condenada, já invisível além das colinas e do nevoeiro para que nenhum dos dois pudesse render-se à tentação de virar os olhos para ela. A trêmula agulha iluminada do painel não media o impulso da velocidade mas sim a audácia de sua alma, as varetas do limpador de pára-brisa varriam metodicamente a chuva para lhe mostrar a rodovia de Lisboa. Se erguia os olhos para o retrovisor, via de frente o rosto de Lucrecia; virava-se ligeiramente para fitá-la de perfil quando ela lhe colocava nos lábios um cigarro aceso, olhava de soslaio para suas mãos, que manipulavam o rádio ou aumentavam o volume de uma música quando tocava uma daquelas canções que outra vez eram verdade, porque tinham encontrado no automóvel de Floro – também é possível que ele as tivesse deixado premeditadamente ali – velhas fitas gravadas no Lady Bird dos melhores tempos, quando ainda não se conheciam, quando Billy Swann e Biralbo tocaram juntos e ela se aproximou no fim e lhe disse que nunca tinha ouvido ninguém tocar piano como ele. Quero imaginar que também ouviram a fita que foi gravada na noite em que Malcolm me apresentou a Lucrecia e que no ruído de fundo dos copos chocando-se e das conversas, acima do qual se ergueu o trompete agudo de Billy Swann, restava um rastro da minha voz.

Ouviam música enquanto viajavam para o oeste pela rodovia da costa, deixando sempre à direita os penhascos e o mar, reconheciam os hinos secretos que os tinham associado antes mesmo de se conhecerem, porque mais tarde, quando os ouviam juntos, pareciam-lhes atributos da simetria de suas duas vidas anteriores, presságios de um acaso que dispôs tudo para que se encontrassem, até a música de certas baladas dos anos trinta: *Fly Me to the Moon*, dissera-lhe Lucrecia quando o automóvel deixou para trás as últimas ruas de San Sebastián, "leve-me para a Lua, para Lisboa".

Por volta das seis da tarde, quando já anoitecia, pararam junto de um motel um pouco afastado da rodovia: dela só viam janelas iluminadas atrás das árvores. Enquanto trancava o automóvel, Biralbo ouviu bem perto o lento estrépito da baixa-mar. Com sua sacola de viagem no ombro e as mãos nos bolsos de um comprido capote xadrez Lucrecia já o esperava diante da luz do vestíbulo. De novo o sentido cotidiano do tempo desaparecia para Biralbo: precisava encontrar outra maneira de medi-lo quando estava com ela. Na noite anterior, seu encontro com Floro Bloom e comigo, todas as coisas que tinham acontecido antes que Lucrecia o chamasse, pertenciam a um passado remoto. Estava dirigindo havia cinco ou seis horas quando parou no motel: lembrava-se delas com a inconsistência de uns poucos minutos, parecia-lhe improvável que naquela mesma manhã ele estivesse em San Sebastián, que a cidade continuasse existindo, tão longe, na escuridão.

Ainda existíamos. Gosto de verificar passados simultâneos: talvez no mesmo instante em que Biralbo pedia um quarto eu perguntasse por ele a Floro Bloom. Abotoando a batina, olhou para mim com a mansa tristeza de quem não foi capaz de evitar um desastre.

– Às oito da manhã apareceu lá em casa. Que idéia, com a ressaca que eu estava. Levanto-me, quase caio, vou pelo corredor xingando em latim e a campainha da porta não pára de tocar, como um desses despertadores sem escrúpulos. Abro: Biralbo. Com os olhos arregalados assim, como se não tivesse dormido, com aquela cara de turco com que fica quando não faz a barba. A princípio não entendia o que ele me dizia. Eu lhe perguntei: "Maestro, velaste e oraste a noite toda, enquanto dormíamos?" Mas que nada, nem deu bola, não tinha tempo para perder com brincadeiras, me fez enfiar a cabeça debaixo da água fria e nem sequer me deixou preparar um café. Queria que eu fosse à sua casa. Mostrou-me um papel: a lista das coisas que eu devia lhe trazer. Seus documentos, o talão de cheques, camisas limpas, sei lá. Ah: e um pacote de cartas que estavam guardadas na mesa de cabeceira. Imagine de quem. Bancou até o misterioso, numa hora daquelas, como se eu estivesse para mistérios: "Floro, não me pergunte nada, porque não posso responder." Saio à rua, ouço-o me chamar, aproxima-se correndo: tinha se esquecido de me dar as chaves. Quando voltei, ele me recebeu como se eu fosse o correio do czar. Tinha bebido meio litro de café e parecia capaz de fumar dois cigarros ao mesmo tempo. Ficou muito sério, disse que devia me pedir um último favor. "Para isso servem os amigos", eu lhe disse, "para abusar deles e não lhes contar nada." Queria que eu lhe emprestasse o carro. "Aonde você vai?" Fez mistério outra vez: "Quando eu puder, lhe conto." Dou as chaves e digo, "escreva", mas nem me ouviu, já tinha ido embora...

O quarto que deram para eles não ficava de frente para o mar. Era grande e nem um pouco hospitaleiro ou adequado, de um luxo malogrado por uma incerta sugestão de adultério. Enquanto se dirigiam a ele, Biralbo sentia que uma quebradiça felicidade o ia abandonando, que estava com medo. Para vencê-lo pensou: "Está acontecendo comigo o que sempre desejei; estou num hotel com Lucrecia e ela não vai embora daqui a uma hora, quando amanhã eu acordar ela estará comigo, vamos para Lisboa." Fechou a porta a chave e virou-se para ela, beijou-a, procurando sua cintura fina sob o pano do capote. A luz era excessiva, Lucrecia só deixou aceso o abajur de uma mesa de cabeceira. Comportavam-se com uma vaga cortesia, com ligeira frieza, como que eludindo o fato de que pela primeira vez em três anos iam se deitar juntos.

Camuflada sob uma espécie de severo toucador, encontraram uma geladeira cheia de bebidas. Como convidados para uma festa em que não conhecessem ninguém, sentaram-se na cama um ao lado do outro, fumando, os copos entre os joelhos. Cada movimento que faziam era um vaticínio de algo que não chegava a acontecer: Lucrecia se recostou no travesseiro, observou seu copo, as arestas douradas da luz no gelo, depois olhou em silêncio para Biralbo, e em seus olhos velados pelo cansaço e pela incredulidade ele reconheceu o fervor de outrora, não a inocência, mas não tinha importância, ele a preferia assim, mais sábia, resgatada do medo, vulnerável, hipnótica como a estátua de uma deusa. Ninguém poderia encontrá-los: estavam perdidos do mundo, num motel, no meio da noite e da tormenta que fustigava as vidraças, agora ele estava com o revólver e saberia defendê-la. Cautelosamente se inclinava para ela quando a viu erguer-se como que despertada por um golpe, olhando para a janela. Ouviram o motor de um automóvel, um barulho de pneus sobre o cascalho do caminho.

– Não nos podem ter seguido – disse Biralbo. – Não é a estrada principal.

– Pois me seguiram até San Sebastián – Lucrecia assomou à janela. Havia outro carro diante da entrada do motel, lá, entre as árvores.

– Espere-me aqui – verificando a trava do revólver, Biralbo saiu do quarto. Não temia o perigo: o que o inquietava era que o medo deixasse Lucrecia esquisita de novo.

No vestíbulo um viajante gracejava com o recepcionista. Calaram-se quando ele apareceu, sem dúvida falavam de mulheres. Deixando o revólver no porta-luvas do automóvel dirigiu até um restaurante próximo onde um letreiro de neon anunciava pratos rápidos e sanduíches. Ao voltar, as luzes de um posto de gasolina chamaram-lhe a atenção, dotadas dessa qualidade de símbolos que têm as primeiras imagens de um país desconhecido a que se chega à noite, estações isoladas, sombrias cidades de janelas fechadas. Escondeu o carro entre as árvores, ouvindo um longo rangido de samambaias úmidas sob os pneus. Quando caminhava em direção ao hotel, viu as luzes das janelas: atrás de uma delas Lucrecia estava à sua espera. Vagamente, lembrou-se sem dor de todas as coisas que havia abandonado: San Sebastián, a antiga vida, o colégio, o Lady Bird, que já devia estar de luzes acesas.

Quando entrou no vestíbulo do motel, o recepcionista disse alguma coisa em voz baixa ao viajante e os dois olharam para ele. Pediu sua chave. Pareceu-lhe que o viajante estava meio bêbado. O recepcionista, um homem magro e muito pálido, sorriu-lhe largamente ao lhe entregar a chave e desejou-lhe boa noite. Ouviu um riso sufocado quando se afastava para o elevador. Estava inquieto e não se atrevia a reconhecê-lo diante de si mesmo, precisava de uma daquelas contundentes doses do *bourbon* que Floro Bloom reservava para seus melhores amigos no armário mais secreto do Lady Bird. Enquanto introduzia a chave na porta do quarto, pensou: "Um dia saberei que neste gesto estava depositada minha vida."

— Víveres para resistir a um longo cerco — disse, mostrando a Lucrecia a sacola de sanduíches. Ainda não tinha olhado para ela. Estava sentada na cama, de sutiã, o lençol a cobria até a cintura. Lia uma das cartas que escrevera a Biralbo de Berlim. Envelopes vazios e folhas manuscritas estavam dispersas junto de seus joelhos flexionados ou na mesa de cabeceira. Recolheu tudo e pulou agilmente da cama para pegar cervejas e copos de papel. Uma peça leve e escura que brilhava como seda cingia-lhe o púbis e traçava uma linha tênue sobre suas cadeiras. Dos dois lados do rosto oscilava o cabelo perfumado e liso. Abriu duas latas de cerveja, e a espuma derramou-se em sua mão. Encontrou uma bandeja, pôs nela os copos e os sanduíches, não parecia reparar na imobilidade e no desejo de Biralbo. Bebeu um gole de cerveja e sorriu para ele com os lábios úmidos, afastando os cabelos do rosto.

– Que estranho ler essas cartas de tanto tempo atrás.
– Por que você quis que as trouxesse?
– Para saber como eu era então.
– Mas nelas você nunca me contava a verdade.
– Esta era a única verdade: o que eu lhe contava. Minha vida real era mentira. Eu me salvava escrevendo para você.

– Era a mim que você salvava. Eu só vivia para esperar suas cartas. Deixei de existir quando não chegaram mais.

– Olhe só que vida nós tivemos – Lucrecia cruzou os braços sobre o peito, como se tivesse frio ou abraçasse a si mesma. – Escrevendo cartas ou esperando-as, vivendo de palavras, tanto tempo, tão longe.

– Você sempre estava ao meu lado, mesmo que eu não a visse. Ia pela rua e lhe contava o que eu via, emocionava-me ouvindo uma canção no rádio e pensava: "Lucrecia com certeza também gostaria, se pudesse ouvi-la." Mas não quero me lembrar de nada. Agora estamos aqui. Naquela noite, no Lady Bird, você tinha razão: recordar é mentira, não estamos repetindo o que aconteceu há três anos.

– Estou com medo – Lucrecia pegou um cigarro e esperou que ele o acendesse. – Talvez já seja tarde demais.

– Já sobrevivemos a tudo, não vamos nos perder agora.
– Quem sabe já não estejamos perdidos.
Conhecia aquele gesto das comissuras dos lábios, a expressão de serena piedade e renúncia que o tempo havia depurado no olhar de Lucrecia. Mas aprendeu que já não era, como anos atrás, o indício de um desalento passageiro, e sim um hábito definitivo de sua alma.
Involuntariamente davam os passos de uma comemoração: também naquela noite, como na primeira, mais indelével na consciência de Biralbo do que seus atos presentes, Lucrecia apagou a luz antes de entrar nos lençóis. Como então, ele terminou no escuro o cigarro e o copo, deitou-se junto dela, despindo-se hesitante, apressado e desajeitado, com uma inútil vontade de segredo que se prolongou em suas primeiras carícias. Uma coisa nunca soubera recordar: o gosto da sua boca, o delicado e longo relâmpago das coxas de Lucrecia, o desvanecimento de felicidade e desejo em que sentia que se perdia quando se enredaram nas suas.
Mas ele me contou que uma parte da sua consciência permanecia alheia à febre, intocada pelos beijos, lúcida de desconfiança e de solidão, como se ele próprio, quieto na sombra do quarto, mantivesse acesa a brasa insone de seu cigarro, pudesse ver-se abraçando Lucrecia e se murmurasse no ouvido que não era verdade o que estava acontecendo, que não estava recobrando os dons de uma plenitude tanto tempo perdida, mas querendo urdir e sustentar com os olhos fechados e o corpo cegamente colado às coxas frias de Lucrecia um simulacro de certa noite irrepetível, imaginária, esquecida.
Notava a animosidade mútua dos beijos, a solidão de seu desejo, o alívio da escuridão. Indagava nela a proximidade um tanto hostil do outro corpo não querendo aceitar ainda o que suas mãos percebiam, a obstinada

quietude, a cautela retrátil com que se repudia o fogo. Continuava ouvindo aquela voz que o chamava ao ouvido, voltava a se ver de pé num canto do quarto, qual indiferente espião que observasse fumando o ruído inútil dos corpos, o desassossego das duas sombras que respiravam como que escavando a terra.

Depois acendeu a luz e procurou um cigarro. Sem levantar o rosto do travesseiro, Lucrecia pediu que a apagasse. Antes de fazê-lo Biralbo viu o brilho de seus olhos entre os cabelos desgrenhados. Com aquele ar de leveza que tinha quando andava descalça, foi até o banheiro. Biralbo ouviu como uma injúria o barulho das torneiras e da água rodopiando nos ralos. Ao sair ela deixou acesa aquela luz pálida como a de uma geladeira. Viu-a chegar nua e ligeiramente inclinada e entrar tiritando na cama, e abraçar-se a ele, com o rosto ainda molhado e o queixo trêmulo. Mas aqueles sinais de ternura já não animavam Biralbo: definitivamente, ela era outra, vinha sendo desde que voltara, talvez desde muito antes, quando ainda não tinha ido embora; não era mentira a distância, mas sim a temeridade de supor que teria sido possível superá-la, a simulação de conversar e acender cigarros como se não soubessem que qualquer palavra já era inútil.

Biralbo não lembrava, mais tarde, se tinha conseguido dormir. Sabia que durante muitas horas continuara abraçado a ela na penumbra obliquamente iluminada pela luz do banheiro e que em nenhum instante seu desejo diminuíra. Algumas vezes Lucrecia o acariciava adormecida e sorria dizendo coisas que ele não podia entender. Teve um pesadelo: acordou tremendo, e ele teve de lhe segurar as mãos, que procuravam seu rosto para fincar-lhe as unhas. Lucrecia acendeu a luz como para certificar-se de que tinha acordado. A calefação excessiva agravava a insônia. Biralbo voltou a se desagregar na turva proximidade dos sonhos: continuava vendo o quarto, a janela, os móveis, até mesmo suas roupas no chão, mas estava em San Sebastián ou não tinha a seu lado Lucrecia, ou era outra mulher que tão tenazmente ele abraçava.

Soube que adormecera quando o sobressaltou a certeza de que alguém se movia no quarto: uma mulher, de costas, vestindo um estranho penhoar vermelho, Lucrecia. Preferiu que ainda pensasse que ele estava dormindo. Viu-a abrir cautelosamente a geladeira e servir-se um copo; fechou os olhos quando ela se inclinou sobre a mesa de cabeceira para pegar um cigarro. A luz do isqueiro iluminou o rosto dela. Lucrecia sentou-se em frente da janela como se se dispusesse a esperar a chegada do amanhecer. Deixou o copo no chão e inclinou a cabeça: parecia querer distinguir alguma coisa além do vidro.

– Você não sabe fingir – disse quando ele se aproximou. – Percebi que não estava dormindo.

– Você também não sabe.

– Você teria preferido?

– Notei logo. Da primeira vez que a toquei. Mas não queria ter certeza.

– Parecia que não estávamos sozinhos. Quando apaguei a luz, tudo se encheu de rostos, os das pessoas que terão dormido aqui outras noites, o seu, não o de agora, o de três anos atrás, o de Malcolm; quando se deitava em cima de mim e eu não me negava.

– Quer dizer que Malcolm continua nos vigiando.

– Eu sentia como se ele estivesse bem perto de nós, no quarto ao lado, escutando. Sonhei com ele.

– Você quis arranhar meu rosto.

– O que me salvou foi reconhecer você. Não continuei sonhando com essas coisas.

– Mas tornou a acordar.

— Você não sabe que quase nunca durmo. Em Genebra, quando conseguia um pouco de dinheiro, comprava Valium e cigarros, comia com o que me sobrava.

— Não tinha me dito que morou em Genebra.

— Três meses, quando saí de Berlim. Morria de fome. Mas lá nem os cachorros passam fome. Não ter dinheiro em Genebra é pior do que ser cachorro ou barata. Vi centenas delas, em toda parte, até nas mesas de cabeceira daqueles hotéis para negros. Escrevia para você e jogava as cartas fora. Olhava-me no espelho e me perguntava o que você pensaria se pudesse me ver. Você não conhece a cara que vemos no espelho quando temos de nos deitar sem ter comido. Eu tinha medo de morrer num daqueles quartos ou no meio da rua e de me enterrarem sem saberem quem era eu.

— Foi lá que você conheceu o homem da foto?

— Não sei de quem está falando.

— Claro que sabe. O que a abraçava no bosque.

— Ainda não o perdoei por ter revistado minha bolsa.

— Já sei: era o que Malcolm fazia. Quem era?

— Você está com ciúme.

— Estou, sim. Ia para a cama com ele?

— Ele tinha um negócio de fotocópias. Deu-me emprego. Quase desmaiei na porta da loja dele.

— Ia para a cama com ele.

— Mas que importância isso pode ter?

— Para mim tem. Com ele você não via rostos no escuro?

— Você não entende nada. Eu estava sozinha. Estava fugindo. Estavam me procurando para me matar. Nele havia bondade, coisa que nem você nem eu temos. Foi amável e generoso, e nunca me fez perguntas, nem quando viu sua foto na minha carteira, aquele recorte de jornal que você me mandou. Também não perguntou nada quando lhe pedi que me pagasse a clínica. Fez como se acreditasse que a causa era ele.

    Lucrecia esperou em silêncio uma pergunta que Biralbo não fez. Tinha a boca seca e doíam-lhe os pulmões, mas continuava fumando com um furor totalmente alheio ao prazer. Estava amanhecendo do outro lado das árvores, num céu liso e cinza sobre o qual ainda perdurava a noite, rasgada por farrapos púrpura. Fazia horas que não ouviam o mar. Logo a primeira luz levantaria a névoa entre as árvores. De pé diante da janela, Lucrecia continuou falando sem olhar para Biralbo. Talvez não para que soubesse ou compartilhasse, mas para que ele também recebesse sua parte de castigo, a dose justa de indignidade e de vergonha.

    – ... Naquela noite na cabana. Não lhe contei tudo. Eles me deram soníferos e conhaque, eu já ia caindo quando Malcolm me levou para a cama. Eu olhava para ele e via em seus ombros a cabeça do Português com os olhos abertos e a língua roxa pendurada na boca. Ele me despiu como se eu fosse uma criança adormecida, depois entraram Toussaints e Daphne, sorrindo, você sabe, como esses pais que entram para dar boa-noite. Pode ser que isso tenha acontecido antes. Toussaints falava sempre aproximando-se muito, dava para sentir seu hálito. Disse-me: "Se a menina boazinha não calar a boca, papai Toussaints corta a língua." Falou em espanhol, o que me soou muito estranho, fazia meses que eu falava e até sonhava em alemão ou em inglês. Até você me falava em alemão, quando eu sonhava com você. Depois saíram. Fiquei sozinha com Malcolm, eu o via mover-se pelo quarto, mas estava adormecida; despiu-se e percebi o que ia fazer, mas eu não podia evitar, como quando alguém nos persegue num sonho e não conseguimos correr. Pesava muito e se mexia em cima de mim; estava gemendo, com os olhos fechados; mordia-me a boca e o pescoço e continuava se mexendo, e eu só desejava que aquilo acabasse logo para poder dormir, Malcolm gemia como se estivesse morrendo; com a boca aberta, sujou minha cara de saliva. Não se mexia mais, mas pesava como um morto; então entendi o que aquilo significa: pesava como o Português quando o levaram, segurando-o pela cabeça e pelas pernas, e o soltaram em cima daquela lona. Mais tarde, em Genebra, comecei a desmaiar e tinha vômitos quando me levantava, mas não era de fome, e lembrei-me de Malcolm e daquela noite. Da saliva. Do modo como gemia contra a minha boca.

Já havia amanhecido. Biralbo vestiu-se e disse que iria buscar duas xícaras de café. Quando voltou com elas, Lucrecia ainda estava olhando pela janela, mas agora a luz afinava seus traços e tornava mais pálida sua pele contra a seda vermelha em que se envolvia, uma roupa muito larga, presa na cintura, de vago ar chinês ou medieval. Pensou com remorso e rancor que devia ser presente do homem da foto. Quando Lucrecia sentou-se na cama para tomar o café, seus joelhos e suas coxas surgiram do tecido vermelho. Nunca a desejara tanto. Soube que devia ir embora sozinho: que devia dizê-lo antes que ela pedisse.

– Vou levá-la a Lisboa – falou. – Não farei perguntas. Estou apaixonado por você.

– Tem de voltar para San Sebastián. Devolva o carro a Floro Bloom. Diga-lhe que não me esqueci dele.

– Ninguém é mais importante para mim do que você. Não vou pedir nada, nem que você seja minha amante.

– Vá com Billy Swann, pegue um avião amanhã mesmo. Você vai ser o melhor pianista negro do mundo.

– Não vai valer nada, se você não estiver comigo. Farei o que você quiser. Farei com que se apaixone de novo por mim.

– Você continua não entendendo que eu daria tudo para que isso acontecesse. Mas a única coisa que desejo de verdade é morrer. Sempre, agora, aqui mesmo.

Nunca, nem quando se conheceram, Biralbo havia vislumbrado nos olhos dela uma ternura assim: pensou com dor, orgulho e desespero que nunca voltaria a encontrá-la nos olhos de ninguém. Ao se afastar, Lucrecia beijou-o entreabrindo os lábios. Deixou que o penhoar de seda vermelha caísse no chão e entrou nua no banheiro.

Biralbo se aproximou da porta fechada. Com a mão imóvel na maçaneta ouviu o barulho da água. Depois vestiu o paletó, guardou as chaves, o revólver, após um instante de hesitação resolvido pela visão do sorriso de Toussaints Morton. A carteira se avolumava inusitadamente em seu bolso: lembrou-se de que, antes de sair de San Sebastián, tinha sacado do banco todo o seu dinheiro. Separou umas poucas notas e deixou o resto na mesa de cabeceira, entre as páginas de um livro. Voltou-se quando já abria a porta silenciosamente: tinha se esquecido de recolher as cartas de Lucrecia. Um sol horizontal e amarelo se refletia nas vidraças do vestíbulo. Sentiu o cheiro da terra úmida e a espessura das samambaias quando caminhava para o automóvel. Só ao ligar o motor e aceitar que estava indo embora, irremediavelmente entendeu as últimas palavras que Lucrecia lhe dissera e a serenidade com que as pronunciara: agora também ele desejava morrer dessa maneira apaixonada, vingativa e fria em que só desejamos o que é unicamente nosso, o que sabemos que merecemos sempre.

Capítulo XI

À meia-noite em ponto atenuavam-se as luzes e o barulho das conversas no Metropolitano e uma claridade vermelha e azul circundava o espaço em que os músicos iam tocar. Com um ar tranqüilo de veteranice e eficácia, como gângsteres que se dispõem a cometer um crime na hora combinada, os membros do *Giacomo Dolphin Trio*, encostados num canto do balcão do bar de que somente a garçonete loura e eu nos aproximávamos, terminavam suas bebidas e seus cigarros e trocavam senhas. O contrabaixista se movia com a solenidade de uma donzela negra. Sorrindo com lentidão e má vontade, acomodava-se na banqueta e apoiava no ombro esquerdo o braço do contrabaixo, examinando os espectadores como se não conhecesse outra virtude além da condescendência. Buby, o baterista, instalava-se ante os tambores com perícia e discrição de lutador sonâmbulo, roçando-os circularmente com as vassouras, ainda sem bater, como se fingisse que tocava. Nunca bebia álcool: ao alcance da mão havia sempre uma laranjada. "Buby é um puritano", dissera-me Biralbo, "só toma heroína." Quanto a ele, Biralbo, era o último a deixar o bar e o copo de uísque. Com os cabelos crespos, os óculos escuros, os ombros caídos e as mãos se agitando dos lados do corpo como as de um pistoleiro, andava devagar até o piano sem olhar para ninguém e com um gesto brusco abarcava o teclado, estendendo os dedos ao mesmo tempo que se sentava diante dele. Fazia-se silêncio: eu o escutava estalar ritmicamente os dedos e bater no chão com o pé, e sem pré-aviso ele começava a música, como se na realidade estivesse há muito tempo tocando e só então nos fosse permitido ouvi-la, sem prelúdio, sem ênfase, sem princípio nem fim, tal como ouvimos subitamente a chuva ao sairmos à rua ou ao abrirmos a janela numa noite de inverno.

Hipnotizava-me sobretudo a imobilidade de seus olhares e a rapidez de suas mãos, de cada parte de seus corpos onde o ritmo pudesse manifestar-se visivelmente: as cabeças, os ombros, os calcanhares, tudo nos três se mexia com o instinto da simultaneidade com que se mexem, palpitando, as brânquias e as barbatanas dos peixes no espaço fechado de um aquário. Parecia que não executavam a música, que eram docilmente possuídos e trespassados por ela, que a impulsionavam até nossos ouvidos e nossos corações nas ondas de ar, com o sereno desdém de uma sabedoria que nem eles dominavam, que palpitava incessante e objetiva na música como a vida no pulso, ou o medo e o desejo no escuro. Em cima do piano, junto do copo de uísque, Biralbo tinha um papel qualquer em que havia anotado na última hora os títulos das canções que deviam tocar. Com o tempo aprendi a reconhecê-las, a esperar a tranqüila fúria com que desmanchavam sua melodia para depois voltarem a ela como um rio a seu leito depois de uma inundação, e à medida que as ouvia ia conseguindo de cada uma delas a explicação da minha vida e até da minha memória, do que havia desejado em vão desde que nasci, de todas as coisas que não ia ter e que reconhecia na música tão exatamente como os traços do meu rosto num espelho.

Ao tocar erguiam resplandecentes arquiteturas translúcidas que desabavam em seguida como poeira de vidro ou estabeleciam longos espaços de serenidade que confinavam com o puro silêncio e se encrespavam inadvertidamente até ferir o ouvido e envolvê-lo num calculado labirinto de crueldade e dissonância. Sorrindo, de olhos semicerrados, como se fingissem inocência, voltavam depois a uma quietude como que de palavras murmuradas. Sempre havia um instante de assombro e silêncio antes de começarem os aplausos.

Vendo Biralbo, inescrutável e sozinho, cínico, feliz, atrás dos óculos escuros, observando do bar do Metropolitano a elegância imutável e apátrida de seus gestos, eu me perguntava se aquelas canções continuariam aludindo a Lucrecia: *Burma, Fly Me to the Moon, Just One of Those Things, Alabama Song, Lisboa*. Eu achava que bastava repetir seus nomes para entender tudo. Por isso demorei tanto para compreender o que certa noite ele me disse: que a autobiografia é a perversão mais suja que um músico pode cometer enquanto toca. De modo que eu precisava lembrar que ele não se chamava mais Santiago Biralbo, mas Giacomo Dolphin, entre outras coisas porque tinha me avisado que sempre o chamasse assim diante dos outros. Não, não era apenas uma argúcia para eludir sabe-se lá que investigações da polícia: havia mais de um ano esse era seu único e verdadeiro nome, o sinal de que tinha rompido com temerária disciplina o malefício do passado.

Entre San Sebastián e Madri, sua biografia era um espaço em branco cruzado pelo nome de uma só cidade, Lisboa, pelas datas e pelos lugares de gravação de alguns discos. Sem se despedir de Floro Bloom nem de mim – não me disse que ia embora na última noite em que bebemos juntos no Lady Bird – tinha desaparecido de San Sebastián com a resolução e a cautela de quem se vai para sempre. Durante quase um ano viveu em Copenhague. Seu primeiro disco com Billy Swann foi gravado lá: nele não estavam nem *Burma* nem *Lisboa*. Depois de viajar esporadicamente pela Alemanha e pela Suécia, o quarteto de Billy Swann, incluindo ele, que ainda não se chamava Giacomo Dolphin, tocou em várias casas de Nova York em meados de 1984. Pelos anúncios, de uma revista que encontrei entre os papéis de Biralbo soube que, durante o verão daquele ano, o trio de Giacomo Dolphin – mas esse nome ainda não figurava em seu passaporte – esteve tocando regularmente em vários clubes do Quebec. (Ao ler isso lembrei-me de Floro Bloom e dos esquilos que vinham comer em sua mão, e fui tomado por um duradouro sentimento de gratidão e desterro.) Em setembro de 1984, Billy Swann não participou de certo festival na Itália porque fora internado numa clínica francesa. Dois meses depois, outra revista desmentia que tivesse morrido, dando como prova sua imediata participação num concerto organizado em Lisboa. Não estava previsto que Santiago Biralbo tocasse com ele. Não tocou: o pianista que acompanhou Billy Swann na noite de 12 de dezembro, num teatro de Lisboa, era, de acordo com a imprensa, um músico de origem irlandesa ou italiana que se chamava Giacomo Dolphin.

Em princípios desse mês de dezembro ele estava em Paris, sem fazer nada, nem mesmo caminhar pela cidade, que o entediava, lendo romances policiais num quarto de hotel, bebendo até tarde em clubes cheios de fumaça e sem falar com ninguém, porque sempre tivera preguiça de falar francês, assim como de tomar certos licores muito doces. Estava em Paris como podia estar em qualquer outro lugar, sozinho, esperando vagamente um contrato que nunca chegava, mas isso também não lhe importava muito, até preferia que demorassem umas semanas para chamá-lo, de modo que quando o telefone tocou foi como ouvir um despertador indesejável. Era um dos músicos de Billy Swann, Oscar, o contrabaixista, o mesmo que tocaria mais tarde com ele no Metropolitano. Telefonava de Lisboa, e sua voz soava muito distante; Biralbo demorou a entender o que lhe dizia, que Billy Swann estava muito doente, que os médicos temiam que morresse. Voltara a beber nos últimos tempos, disse Oscar, bebia até perder a consciência e continuava bebendo quando acordava de um porre. Um dia desabou junto do balcão de um bar e tiveram de levá-lo de ambulância para uma dessas clínicas para loucos e bêbados, um antigo sanatório, fora de Lisboa, um lugar que parecia um castelo encarapitado na encosta de uma colina arborizada. Sem recobrar totalmente a consciência chamava Biralbo ou falava como se estivesse sentado a seu lado na cama, perguntava por ele, pedia que o chamassem, que não lhe dissessem nada, que viesse o quanto antes para tocar com ele. "Mas é provável que nunca mais possa tocar", disse Oscar. Biralbo anotou o endereço do sanatório, desligou o telefone, guardou numa sacola a roupa limpa, o passaporte, os romances policiais, sua bagagem de apátrida. Ia viajar para Lisboa, mas ainda não associava o nome dessa cidade onde talvez Billy Swann fosse morrer com o título de uma canção que ele próprio havia composto, nem sequer com um lugar longamente enclausurado de sua memória. Só algumas horas depois, no saguão do aeroporto, quando viu *Lisboa* escrito com letras luminosas no painel em que se anunciavam os vôos, lembrou-se do que essa palavra significara para ele, tanto tempo atrás, em outra vida, e soube que todas as cidades onde vivera desde que se fora de San Sebastián eram os adiados episódios de uma viagem que talvez agora fosse concluir: tanto tempo esperando e fugindo e, ao cabo de duas horas, chegaria a Lisboa.

Capítulo XII

Havia imaginado uma cidade tão brumosa quanto San Sebastián ou Paris. Surpreendeu-o a transparência do ar, a exatidão do rosa e do ocre nas fachadas das casas, a unânime cor avermelhada dos telhados, a estática luz dourada que perdurava nas colinas da cidade com um esplendor como que de chuva recente. Da janela de seu quarto, num hotel de corredores sombrios onde todo o mundo falava em voz baixa, via uma praça de balcões iguais e o perfil da estátua de um rei a cavalo que apontava enfaticamente para o sul. Verificou que, quando falavam rápido com ele, o português era tão indecifrável quanto o sueco. E também que para os outros era fácil entendê-lo: disseram-lhe que o lugar onde queria ir ficava bem perto de Lisboa. Numa estação vasta e antiga, pegou um trem que logo entrou num túnel compridíssimo: quando saiu já estava anoitecendo. Viu bairros de edifícios altos em que começavam a acender-se as luzes e estações quase desertas onde homens de pele escura olhavam para o trem como se estivessem há muito tempo esperando e depois não o tomavam. Às vezes passava junto da sua janela a rajada de luz de outros trens que iam para Lisboa. Exaltado pela solidão e pelo silêncio, contemplava rostos desconhecidos e lugares estranhos como se contemplasse aqueles clarões amarelos que aparecem na escuridão quando fechamos os olhos. Se fechava os seus, não estava em Lisboa: viajava de metrô pelo subsolo de Paris ou num dos trens que cruzam bosques de bétulas no Norte da Europa.

Depois de cada parada o trem ia ficando um pouco mais vazio. Quando ficou sozinho no vagão, Biralbo temeu ter se perdido. Sentia o mesmo desalento e desconfiança de quem viaja de metrô na última hora da noite, não escuta nem vê ninguém e teme que o trem não vá aonde estava anunciado ou que esteja vazia a cabine do condutor. Acabou descendo numa estação suja com paredes de azulejos. Uma mulher que caminhava pela plataforma balançando a lanterna de sinalização – Biralbo pensou que parecia uma daquelas grandes lanternas submarinas que os mergulhadores usavam há um século – indicou-lhe o modo de chegar ao sanatório. Era uma noite úmida e sem luar, e ao sair da estação Biralbo notou o poderoso cheiro da terra molhada e das cascas dos pinheiros. Era exatamente assim que cheirava San Sebastián certas noites de inverno, na massa do Monte Urgull.

Avançava pela rodovia mal iluminada, e por trás do medo de que Billy Swann já estivesse morto havia uma inconfessa sensação de perigo e de memória estremecida que convertia em símbolos as luzes das casas isoladas, o cheiro de bosque da noite, o barulho da água que gotejava e corria em alguma parte, bem perto, entre as árvores. Deixou de ver a estação e pareceu-lhe que a estrada e a noite iam se fechando às suas costas; não tinha certeza de ter entendido o que a mulher da lanterna dissera. Então virou uma curva e viu a alta sombra de um morro pontilhado de luzes e uma aldeia cujos edifícios se agrupavam em torno de um palácio ou castelo de altas colunas, arcos e estranhas torres ou chaminés cônicas iluminadas de baixo, exageradas por uma luz como que de tochas.

Era como se perder numa paisagem de sonho avançando para a única luz que treme no escuro. À esquerda da rodovia encontrou o caminho de que a mulher havia falado e a placa indicando o sanatório. O caminho ascendia sinuosamente entre as árvores, mal iluminado por baixos lampiões amarelos ocultos no mato. Lembrou-se de uma coisa que Lucrecia lhe dissera certa vez: que chegar a Lisboa seria como chegar ao fim do mundo. Lembrou-se de que na noite anterior tinha sonhado com ela: um sonho curto e mesclado de rancor em que viu seu rosto tal como era muitos anos atrás, quando se conheceram, com tanta exatidão que só ao acordar a reconheceu. Pensou que o cheiro do bosque é que o fazia lembrar-se dela: quebrando o firme hábito do esquecimento, voltava a San Sebastián, depois a outro lugar mais distante, ainda desconhecido, como a uma estação cujo nome ainda não tivesse podido ler da janela do trem. Era, explicou-me em Madri, como se desde que chegara a Lisboa tivessem ido se desvanecendo os limites do tempo, sua voluntária afiliação ao presente e ao esquecimento, fruto exclusivo da disciplina e da vontade, como sua sabedoria na música: era como se no caminho que atravessava aquele bosque estivesse invisivelmente traçada a fronteira entre dois países inimigos e ele a tivesse cruzado em algum ponto. Entendeu e temeu isso ao alcançar a entrada do sanatório, quando viu as luzes do vestíbulo e os automóveis alinhados diante dele: não estivera se lembrando de uma caminhada por

San Sebastián junto das encostas do Monte Urgull, não era esse o cheiro nem a sensação de névoa e umidade que lhe devolviam o pesar de ter perdido Lucrecia em outra era da sua vida e do mundo. Era outro lugar e outra noite o que estava recordando, as luzes de um hotel, o brilho de um automóvel escondido entre os pinheiros e os altos fetos, uma viagem interrompida a Lisboa, última vez que estivera com Lucrecia.

Uma freira com um toucado que se abria como as asas brancas em torno da sua cabeça lhe disse que não era mais horário de visita. Explicou que viera de longe unicamente para ver Billy Swann, que temia encontrá-lo morto se se atrasasse uma hora ou um dia. Com a cabeça baixa, a freira pela primeira vez lhe sorriu. Era jovem, tinha olhos azuis e falava calmamente inglês. "Mister Swann não vai morrer. Não por ora." Movendo diante dele seu rígido toucado branco, caminhando sobre os ladrilhos frios dos corredores como se separasse muito pouco os pés, conduziu Biralbo até o quarto de Billy Swann. Das altas arcadas pendiam globos de luz sujos de pó, como nos cinemas antigos, e em cada canto dos corredores e nos patamares das escadarias dormitavam empregados de uniforme cinzento sobre mesas que pareciam resgatadas de velhos escritórios. Sentado num banco, em frente a uma porta fechada, estava Oscar, o contrabaixista, com os poderosos braços cruzados e a cabeça caída sobre o peito, como se acabasse de adormecer.

– Não se moveu daqui desde que trouxeram mister Swann.

A freira falou num sussurro, mas Oscar se endireitou, esfregando os olhos, sorrindo para Biralbo com cansada gratidão e surpresa.

– Recuperou-se – falou. – Hoje está muito melhor. Ele temia que tivesse passado o dia do concerto.

– Quando vocês iam tocar?

– Semana que vem. Ele está convencido de que tocaremos.

– Mister Swann está louco – a freira meneou a cabeça e as asas de seu toucado se agitaram no ar.

– Vão tocar – disse Biralbo. – Billy Swann é imortal.

– Difícil – Oscar ainda esfregava os olhos com seus grandes dedos de polpa branca. – O pianista e o baterista foram embora.

– Eu toco com vocês.

– O velho estava magoado porque você não quis vir a Lisboa – disse Oscar. – No começo, quando o trouxemos para cá, não queria que o avisasse. Mas, quando delirava, falava seu nome.

– Podem entrar – disse a freira, da porta entreaberta. – Mister Swann está acordado.

Desde antes de vê-lo, desde que notou no ar o cheiro da doença e dos remédios, Biralbo sentiu-se possuído por um impulso insondável de lealdade e de ternura, também de culpa e de piedade, de alívio, porque não quisera ir com Billy Swann a Lisboa e por castigo estivera a ponto de não tornar a vê-lo. Que suja traição, ouvi-o dizer uma vez, alguém ser capaz de preferir o amor aos amigos mesmo quando já não está apaixonado: entrou no quarto e ainda não pôde ver Billy Swann, estava muito escuro, havia um janelão e um sofá forrado de plástico, em cima dele estava o estojo preto do trompete, depois, à direita, uma cama alta e branca e um abajur que clareava obliquamente os duros traços de macaco, o corpo leve sob os cobertores e a colcha, quase inexistente, o absurdo pijama listrado de Billy Swann. Com os braços retos colados ao corpo e a cabeça reclinada sobre os travesseiros, Billy Swann jazia tão imóvel como se posasse para uma estátua funérea. Ao ouvir vozes, reviveu e tateou a mesa de cabeceira em busca dos óculos.

— Filho de uma cadela — disse, apontando para Oscar com a unha comprida e amarela do indicador. — Eu proibi você de chamá-lo. Disse que não queria vê-lo em Lisboa. Você estava achando que eu ia morrer, não é? Estava convidando os velhos amigos para o enterro de Billy Swann...

Suas mãos tremiam ligeiramente, mais descarnadas que nunca, modeladas pela pura forma dos ossos, tal como seus pômulos, suas têmporas e suas tensas mandíbulas de cadáver, de esqueleto transfigurado em paródia do homem vivo que sustentou. Só nervos e pele cruzada pelas veias de alcoólatra: parecia que a armação preta dos óculos fazia parte de seus ossos, do que restaria dele quando estivesse morto há muito. Mas em seus olhos incrustados como numa ingrata máscara de papelão e na linha áspera da sua boca permaneciam intactos o orgulho e a zombaria, o poder sagrado para a blasfêmia e a reprovação, mais legítimo agora do que nunca, porque encarava a morte com o mesmo desdém com que outrora havia encarado o fracasso.

— Quer dizer que você veio — disse a Biralbo, e ao abraçá-lo se apoiou nele como um boxeador ardiloso. — Não quis tocar comigo em Lisboa, mas veio me ver morrer.

— Vim pedir trabalho, Billy — respondeu Biralbo. — Oscar me disse que você estava sem pianista.

— Língua de Judas — sem tirar os óculos, Billy Swann enterrou de novo a cabeça entre os travesseiros. — Nem bateria nem pianista. Ninguém quer tocar com um morto. O que estava fazendo em Paris?

— Lendo romances na cama. Você não está morto, Billy. Está mais vivo do que nós.

— Explique isso a Oscar, e à freira, e ao médico. Quando entram aqui se espicham um pouco para olhar para mim, como se já me vissem no caixão.

— Vamos tocar juntos dia doze, Billy. Como em Copenhague, como nos velhos tempos.

— E o que você sabe dos velhos tempos, rapaz? Ocorreram muito antes de você nascer. Outros morreram no momento certo e estão tocando há trinta anos no Inferno ou onde quer que Deus mande as pessoas como nós. Olhe só para mim, sou uma sombra, sou um desterrado. Não do meu país, nem daquele tempo. Nós, que sobramos, fingimos que morremos, mas é mentira, somos impostores.

— Você nunca mente quando toca.

— Mas também não digo a verdade...

Quando Billy Swann desatou a rir, seu rosto se contraiu como num espasmo de dor. Biralbo lembrou-se das fotografias de seus primeiros discos, seu perfil de pistoleiro ou de herói canalha com um topete reluzente de brilhantina entre os olhos. Era isso que o tempo havia feito com seu rosto: contraíra-o, afundando-lhe a testa sobre a qual ainda sobrava um resto daquele topete temerário, unindo numa só careta, como de uma cabeça reduzida, o nariz, a boca e o queixo fendido, que quase desaparecia quando Billy Swann tocava trompete. Pensou que talvez estivesse morto, mas que ninguém o havia dobrado, ninguém nem nada, nunca, nem mesmo o álcool ou o esquecimento.

Bateram à porta. Oscar, que ficara junto dela como um silencioso guardião, abriu-a um pouco para ver quem era: na fresta apareceu a cabeça móvel e alada de uma freira, que examinou o quarto como se procurasse uísque clandestino. Disse que era muito tarde, que já estava chegando a hora de deixarem mister Swann dormir.

— Não durmo nunca, irmã – disse Billy Swann. – Traga-me um frasco de vinho consagrado ou peça ao Deus dos católicos que me cure da insônia.

— Amanhã venho visitá-lo. — Biralbo, que conservava o medo infantil das toucas brancas das freiras, acatou de imediato a ordem de sair. — Ligue para mim se precisar de algum coisa. A qualquer hora. Oscar tem o telefone do meu hotel.

— Não quero que venha amanhã — os olhos de Billy Swann pareciam maiores atrás das lentes dos óculos. — Vá embora de Lisboa, amanhã mesmo, esta noite. Não quero que fique para me esperar morrer. E o Oscar que vá embora com você.

— Vamos tocar juntos, Billy. Dia doze.

— Você não queria vir a Lisboa, está lembrado? — Billy Swann ergueu-se, apoiando-se em Oscar, sem olhar para Biralbo, como um cego. — Sei que você tinha medo de vir e por isso me contou aquela mentira de que ia tocar em Paris. Não se arrependa agora. Continua com medo. Ouça o que eu digo, vá embora e não vire a cabeça.

Mas era Billy Swann quem tinha medo aquela noite, disse-me Biralbo, medo de morrer ou de que alguém visse como morria, ou de não estar sozinho nas horas finais da consumação: medo não só por si mesmo, mas também por Biralbo, quem sabe se unicamente por ele, que não devia ver algo que Billy Swann já havia vislumbrado no quarto daquele sanatório no fim do mundo. Como que para salvá-lo de um naufrágio ou da contaminação da morte, exigiu que fosse embora, depois caiu sobre o travesseiro, e a freira subiu o lençol e apagou a luz.

Quando Biralbo chegou à estação ficou surpreso ao constatar que eram apenas nove da noite. Pensou que aqueles lugares, o sanatório, o bosque, a aldeia, o castelo de torres cônicas e muros ocultos pela hera, eram exclusivamente noturnos, que nunca chegava a eles o amanhecer ou que se desvaneciam como a névoa com a luz do sol. Na lanchonete da estação bebeu uma aguardente cor de opala e fumou um cigarro, enquanto esperava a saída do trem. Com um pouco de felicidade e de espanto sentiu-se perdido e estrangeiro, mais que em Estocolmo ou em Paris, porque os nomes dessas cidades pelo menos existem nos mapas. Com a temível soberania de quem está sozinho num país estranho virou outra dose de aguardente e entrou no trem, sabendo do estado exato de consciência que lhe concederiam o álcool, a solidão e a viagem. Disse *Lisboa* quando viu se aproximarem as luzes da cidade como dizemos o nome de uma mulher que estamos beijando e que não nos causa nenhuma sensação. Numa estação que parecia abandonada o trem parou ao lado de outro que avançava em sentido contrário. Apitou e os dois começaram a se mover muito lentamente, com um ruído de metais batendo sem ritmo. Biralbo, impelido para a frente, olhou para as janelas do outro trem, rostos precisos e distantes que nunca mais voltaria a ver, que o fitavam com uma espécie de simétrica melancolia. Sozinha no último vagão, antes das luzes vermelhas e da regressada escuridão, uma mulher fumava de cabeça baixa, tão absorta em si mesma que nem sequer havia erguido os olhos para olhar para fora quando seu trem se pôs em movimento. Usava um casaco azul-escuro com as golas levantadas e tinha cabelos bem curtos. "Foi o cabelo", me disse mais tarde Biralbo, "por isso não a reconheci a princípio." Inutilmente levantou-se e fez sinais com a mão para o vazio, porque seu trem havia entrado vertiginosamente num túnel quando se deu conta de que durante um segundo tinha visto Lucrecia.

Capítulo XIII

Não se lembrava de quanto tempo, quantas horas ou dias andara como um sonâmbulo pelas ruas e escadarias de Lisboa, pelas vielas sujas, pelos altos mirantes e pelas praças com colunas e estátuas de reis a cavalo, entre os grandes armazéns sombrios e os vazadouros do porto, mais além, do outro lado de uma ponte ilimitada e vermelha que cruzava um rio semelhante ao mar, em subúrbios de blocos de edifícios que se levantavam como faróis ou ilhas no meio dos descampados, em fantasmagóricas estações próximas da cidade, cujos nomes lia sem conseguir lembrar-se daquela em que tinha visto Lucrecia. Queria dominar o acaso para que se repetisse o impossível: olhava um a um os rostos de todas as mulheres, as que cruzavam com ele na rua, as que passavam imóveis nas janelas de bondes e ônibus, as que iam no fundo dos táxis ou assomavam a uma janela numa rua deserta. Rostos velhos, impassíveis, banais, insolentes, infinitas expressões, olhares e casacos azuis que nunca pertenceriam a Lucrecia, tão iguais entre si quanto os cruzamentos, os saguões escuros, os telhados avermelhados e o dédalo das piores ruas de Lisboa. Uma cansada tenacidade, que em outros tempos teria chamado de desespero, impelia-o como o mar impele quem não tem mais forças para continuar nadando; e, mesmo quando se concedia uma trégua e entrava num café, escolhia uma mesa da qual pudesse ver a rua; e do táxi que à meia-noite o levava de volta ao hotel via as calçadas desertas das avenidas e as esquinas iluminadas por letreiros de neon onde se postavam mulheres sozinhas de braços cruzados. Quando apagava a luz e se deitava, fumando na cama, continuava vendo na penumbra rostos, ruas e multidões que desfilavam diante de seus olhos semicerrados em silenciosa velocidade, como projeções de lanterna mágica, e o cansaço não o deixava dormir, como se o seu olhar, ávido de continuar procurando, abandonasse o corpo imóvel e vencido na cama e saísse à cidade para voltar a se perder nela até o fim da noite.

Mas já não estava certo de ter visto Lucrecia nem de que fosse o amor que o obrigava a procurá-la. Imerso no estado hipnótico de quem caminha sozinho por uma cidade desconhecida, nem sequer sabia se a estava procurando: só sabia que dia e noite era imune ao sossego, que em cada uma das vielas que escalavam as colinas de Lisboa ou despencavam abruptamente como desfiladeiros havia um chamado inflexível e secreto a que ele não podia desobedecer, que talvez devesse e pudesse ter ido embora quando Billy Swann mandara, mas já era tarde demais, como se houvesse perdido o último trem para sair de uma cidade sitiada.

De manhã ia ao sanatório. Vigiava em vão, supersticiosamente, as janelas dos trens que cruzavam o seu e lia os nomes das estações até sabê-los de cor. Envolto num roupão grande demais para ele e com uma manta no colo, Billy Swann passava os dias contemplando o bosque e a aldeia da janela de seu quarto e quase nunca falava. Sem se virar, erguia a mão para pedir um cigarro, que deixava queimar sem o levar mais de uma ou duas vezes aos lábios. Biralbo via-o de costas contra a claridade cinzenta da janela, inerte e sozinho como uma estátua numa praça vazia. Da mão comprida e curva que segurava o cigarro elevava-se verticalmente a fumaça. Mexia um pouco essa mão para soltar a cinza, que caía a seu lado sem que ele parecesse perceber, mas se alguém se aproximasse notaria nos dedos um tremor muito leve que nunca cessava. Uma neblina amena e úmida de garoa cobria a paisagem e fazia os lugares e as coisas parecerem distantes. Biralbo não se lembrava de ter visto alguma vez Billy Swann tão sereno ou tão dócil, tão indiferente a tudo, inclusive à música e ao álcool. De vez em quando cantava algo numa voz bem baixinha, com introspectiva doçura, versos de antigas litanias de negros ou de canções de amor, sempre de costas, diante da janela, com um fio quebrado de voz, unindo depois os lábios para imitar preguiçosamente o som de um trompete. Na primeira manhã, quando entrou para vê-lo, Biralbo ouviu-o inventar estranhas variações sobre uma melodia que lhe era ao mesmo tempo desconhecida e familiar, *Lisboa*. Ficou junto da porta encostada, porque Billy Swann não parecia ter reparado na sua presença e murmurava a música como se estivesse sozinho, marcando silenciosamente o ritmo com o pé.

– Quer dizer que não foi embora – falou, sem se virar para ele, fixo no vidro da janela como num espelho em que pudesse ver Biralbo.

– Ontem à noite vi Lucrecia.

– Quem? – agora Billy Swann se virou. Tinha feito a barba, e o cabelo ralo mas ainda preto reluzia de brilhantina. Os óculos e o roupão lhe davam um ar de pacato aposentado. Mas aquela aparência era logo desmentida pelo brilho dos olhos e a peculiar tensão dos ossos sob a pele dos pômulos: Biralbo pensou que deviam brilhar assim as mandíbulas de um morto recém-barbeado.

— Lucrecia. Não vai querer que eu acredite que não se lembra mais dela.

— A garota de Berlim — disse Billy Swann num tom como que de pesar ou zombaria. — Tem certeza de que não viu um fantasma? Sempre pensei que fosse um.

— Eu a vi num trem que vinha para cá.

— Está me perguntando se ela veio me visitar?

— Era uma possibilidade.

— Não ocorre a ninguém, fora você e Oscar, vir a um lugar como este. Fede a morto nos corredores. Não reparou? Fede a álcool, clorofórmio e flores como as funerárias de Nova York. Ouvem-se gritos à noite. Caras atados com correias às camas que vêem baratas subindo pelas suas pernas.

— Não durou nem um segundo — agora Biralbo estava de pé junto de Billy Swann e olhava para o bosque verde-escuro por entre a neblina, para as quintas dispersas no vale, coroadas por colunas de fumaça, para os telhados distantes da estação. Um trem estava chegando, parecia avançar em silêncio. — Demorei um pouco a me dar conta de que a tinha visto. Cortou o cabelo.

— Foi sua imaginação, rapaz. Este país é muito estranho. Aqui as coisas acontecem de outra maneira, como se estivessem acontecendo há anos e a pessoa se lembrasse delas.

— Ia naquele trem, Billy, tenho certeza.

— E que importância isso pode ter para você? — Billy Swann tirou lentamente os óculos: fazia-o sempre que desejava mostrar a alguém toda a intensidade de seu desdém. – Você tinha sarado, não? Fizemos um trato. Está lembrado? Eu pararia de beber e você, de lamber suas feridas como um cachorro.

– Você não parou de beber.

– Parei agora. Billy Swann vai para a cova mais sóbrio que um mórmon.

– Viu Lucrecia?

Billy Swann voltou a pôr os óculos e não olhou para ele. Fitava atentamente as torres ou chaminés do palácio escurecidas pela chuva quando voltou a lhe falar, com uma entonação estudada e neutra, como se fala com um criado, com alguém que não se vê.

– Se não acredita em mim, pergunte ao Oscar. Ele não vai mentir. Pergunte a ele se algum fantasma me visitou.

"Mas o único fantasma não era Lucrecia, era eu", disse-me Biralbo mais de um ano depois, na última noite que nos vimos, deitado na cama de seu hotel de Madri, impudica e serenamente ébrio de uísque, tão lúcido e alheio a tudo como se falasse diante de um espelho: era ele que quase não existia, que ia se apagando no curso de suas caminhadas por Lisboa, como a recordação de um rosto que vimos só uma vez. Oscar também negou que uma mulher tivesse visitado Billy Swann: com certeza, disse, ele nunca se tinha afastado dali, teria visto, por que iria mentir? Desceu de novo pela trilha do bosque e tomou uma bebida na estação enquanto esperava o trem de volta para Lisboa, olhando para a cal rosada das paredes e para as arcadas brancas do sanatório, pensando na estranha quietude de Billy Swann, que devia continuar imóvel atrás de uma daquelas janelas, quase sentindo sua vigilância e sua reprovação do mesmo modo que se lembrava como sua voz havia murmurado as notas da canção escrita por Biralbo muito antes de chegar a Lisboa.

Voltou à cidade para se perder nela como numa daquelas noites de música e *bourbon* que não parecia que fosse terminar nunca. Mas agora o inverno havia escurecido as ruas e as gaivotas voavam sobre os telhados e as estátuas eqüestres como que buscando refúgio contra os temporais do mar. A cada prematuro anoitecer havia um instante em que a cidade parecia definitivamente ganha pelo inverno. Vindo da margem do rio, a neblina envolvia tudo, apagando o horizonte e os edifícios mais altos das colinas, e a armadura vermelha da ponte erguida sobre as águas cinzentas se prolongava no vazio. Mas então começavam a se acender as luzes, os postes de luz enfileirados das avenidas, os tênues anúncios luminosos que se apagavam e piscavam formando nomes ou desenhos, linhas fugazes de neon tingindo ritmicamente de rosa, vermelho e azul o céu baixo de Lisboa.

Ele caminhava sempre, insone por trás da gola de seu sobretudo, reconhecendo lugares por onde passara muitas vezes ou perdendo-se quando mais tinha certeza de ter aprendido a trama da cidade. Era, disse-me, como beber lentamente um daqueles gins perfumados que têm a transparência do vidro e das manhãs frias de dezembro, como inocular-se uma substância envenenada e doce que dilatasse a consciência além dos limites da razão e do medo. Percebia todas as coisas com uma gelada exatidão além da qual vislumbrava às vezes a naturalidade com que é possível deslizar para a loucura. Aprendeu que para quem passa muito tempo sozinho numa cidade estrangeira não há nada que não possa transformar-se no primeiro indício de uma alucinação: que o rosto do garçom que lhe servia um café ou o do recepcionista a quem entregava a chave do quarto eram tão irreais quanto a presença subitamente encontrada e perdida de Lucrecia, como seu próprio rosto no espelho de um lavabo.

Nunca parava de procurá-la e quase nunca pensava nela. Do mesmo modo que a neblina e as águas do Tejo isolavam Lisboa do mundo, transformando-a não num lugar, mas numa paisagem do tempo, ele percebia pela primeira vez na vida a absoluta insularidade de seus atos: ia se tornando tão alheio a seu próprio passado e a seu futuro quanto aos objetos que o rodeavam de noite no quarto do hotel. Talvez tenha sido em Lisboa que conheceu a temerária e hermética felicidade que descobri nele na primeira noite em que fomos tocar no Metropolitano. Lembro-me de uma coisa que me disse certa vez: que Lisboa era a pátria da sua alma, a única pátria possível dos que nascem estrangeiros.

Também dos que escolhem viver e morrer como renegados: um dos axiomas de Billy Swann era que todo homem com alguma decência termina detestando o país em que nasceu e foge dele para sempre, sacudindo a poeira das sandálias.

Uma tarde, Biralbo encontrou-se cansado e perdido num subúrbio do qual não poderia voltar andando antes de cair noite. Abandonados, galpões de tijolos avermelhados alinhavam-se junto do rio. Nas margens sujas como esterqueiras havia, jogadas no mato, velhas maquinarias que pareciam ossadas de animais extintos. Biralbo ouviu um barulho familiar e distante como o de metais sendo arrastados. Um bonde se aproximava devagar, alto e amarelo, oscilando sobre os trilhos, entre os muros enegrecidos e os monturos de detritos. Tomou o bonde: não entendeu o que o motorneiro lhe explicava, mas lhe era indiferente aonde fosse. Longe, sobre a cidade, resplandecia brumosamente o sol do inverno, mas a paisagem que Biralbo atravessava tinha um acinzentado de entardecer chuvoso. Ao cabo de uma viagem que lhe pareceu longuíssima o bonde parou numa praça dando para o estuário do rio. Tinha fundos átrios coroados de estátuas e frontões de mármore e uma escadaria que mergulhava na água. Sobre seu pedestal com elefantes brancos e anjos que erguiam trombetas de bronze, um rei cujo nome Biralbo nunca chegou a saber segurava as rédeas de seu cavalo, erguendo-se com a serenidade de um herói contra o vento do mar, que recendia a porto e a chuva.

Ainda era dia, mas as luzes começavam a se acender na alta penumbra úmida das arcadas. Biralbo atravessou sob um arco com alegorias e escudos e, em seguida, perdeu-se por ruas que não estava certo de ter visitado antes. Mas isso sempre lhe sucedia em Lisboa: não conseguia distinguir entre o desconhecimento e a recordação. Eram ruas mais estreitas e escuras, povoadas de fundos armazéns e densos odores portuários. Caminhou por uma praça grande e gelada como um sarcófago de mármore, na qual brilhavam sobre o calçamento os trilhos recurvados dos bondes, por uma rua em que não havia uma só porta, apenas uma comprida parede ocre com janelas gradeadas. Entrou numa viela como um túnel que recendia a sótão e a sacos de café e caminhou mais depressa ao ouvir às suas costas os passos de outro homem.

Voltou a dobrar uma esquina, possuído pelo medo de que o estivessem seguindo. Deu uma moeda a um mendigo sentado num degrau que tinha a seu lado uma perna ortopédica, perfeitamente digna, cor de laranja, com uma meia xadrez, correias, fivelas e um só sapato, muito limpo, quase melancólico. Viu sujas tavernas de marinheiros e portas de pensões, ou indubitáveis prostíbulos. Como se descesse por um poço, notava que o ar ia se tornando mais espesso: via mais bares e mais rostos, máscaras escuras, olhos rasgados, de pupilas frias, feições pálidas e imóveis em saguões de lâmpadas vermelhas, pálpebras azuis, sorrisos como de lábios cortados que sustentavam cigarros, que se curvavam para chamá-lo das esquinas, dos umbrais de clubes com portas acolchoadas e cortinas de veludo púrpura, sob os letreiros luminosos que acendiam e apagavam, embora ainda não fosse noite, cobiçando sua chegada, anunciando-a.

Nomes de cidades ou de países, de portos, de regiões distantes, de filmes, nomes que fosforesciam desconhecidos e incitantes como as luzes de uma cidade contemplada de um avião noturno, agrupadas como em florações de coral ou cristais de gelo. Texas, leu, Hamburgo, palavras vermelhas e azuis, amarelas, violeta-claro, finos traços de neon, Ásia, Jacarta, Mogambo, Goa, cada um dos bares e das mulheres se oferecia a ele sob uma invocação corrompida e sagrada, e ele andava como se estivesse percorrendo com o indicador os mapas-múndi da sua imaginação e da sua memória, do antigo instinto de medo e perdição que sempre reconhecera nesses nomes. Um negro de óculos escuros e gabardine bem justa aproximou-se dele e falou, mostrando-lhe algo na palma branca da mão. Biralbo negou com a cabeça e o outro enumerou coisas em inglês: ouro, heroína, um revólver. Percebia o medo, divertia-se com ele como quem dirige um automóvel à noite se diverte com a vertigem da velocidade. Lembrou-se de Billy Swann, que, sempre que chegava a uma cidade desconhecida, procurava apenas as ruas mais temíveis. Viu então aquela palavra iluminada, na última esquina, a luz azul tremendo como se fosse apagar-se, alçada na escuridão como um farol, como as luzes da última ponte de San Sebastián. Por um instante não a viu, depois houve rápidos clarões azuis, por fim foram se iluminando uma a uma as letras suspensas sobre a rua, formando um nome, uma chamada, *Burma*.

Entrou como quem fecha os olhos e se lança no vazio. Mulheres louras de coxas grossas e severa feiúra bebiam no bar. Havia homens nebulosos, de pé, sentados em divãs, esperando alguma coisa, contando moedas dissimuladamente, parados diante de cabines com lâmpadas vermelhas que às vezes se apagavam. Então alguém saía de uma delas de cabeça baixa, outro homem entrava e ouvia-se que fechava a porta por dentro. Uma mulher se aproximou de Biralbo. "Só quatro moedas de vinte e cinco escudos", disse. Ele perguntou num português vacilante por que o lugar se chamava Burma. A mulher sorriu sem entender nada e lhe mostrou o corredor onde se enfileiravam as cabines. Biralbo entrou numa. Era tão estreita quanto o toalete de um trem e tinha no meio uma janela opaca circular. Uma a uma deslizou as quatro moedas na ranhura vertical. Apagou-se a luz da cabine e uma claridade avermelhada iluminou aquela janela como um olho-de-boi. "Não sou eu", pensou Biralbo, "não estou em Lisboa, este lugar não se chama Burma." Do outro lado do vidro uma mulher pálida e quase nua se retorcia ou dançava sobre um estrado giratório. Mexia as mãos estendidas, fingindo que se acariciava, ajoelhava-se ou deitava-se com disciplina e desdém, agitando-se, olhando às vezes sem expressão para a fileira de janelas circulares.

A de Biralbo se apagou como que coberta de orvalho. Tinha frio ao sair e errou o caminho. O túnel de cabines iguais não o levou ao bar mas a um quarto nu com uma só lâmpada e uma porta metálica que estava encostada. Nas paredes havia manchas de umidade e desenhos obscenos. Biralbo ouviu passos de gente subindo uma escada com degraus de ferro, mas não teve tempo de obedecer à tentação de se esconder. Uma mulher e um homem abraçados pela cintura apareceram na porta. O homem estava despenteado e esquivou o olhar de Biralbo. Continuou avançando quando já não podiam vê-lo. A escada descia até uma garagem ou depósito muito tenuamente iluminado. Entre armações de ferro a grande esfera de um relógio brilhava como enxofre sobre um espaço tão vazio quanto uma pista de dança abandonada.

Como em certas estações ferroviárias de abóbadas góticas e altas clarabóias enegrecidas pela fumaça, havia naquele lugar uma sensação de distâncias infinitas exagerada pela penumbra, pelas lâmpadas vermelhas acesas em cima das portas, pela música obsessiva e violenta que ecoava no vazio, nas arestas metálicas das escadas. Atrás de um balcão comprido e deserto, um pálido garçom de *smoking* preparava uma bandeja de bebidas. Talvez por efeito da luz, Biralbo teve a impressão de que uma leve camada de pó rosado lhe cobria as faces. Soou uma campainha. A luz vermelha se acendeu em cima de uma porta metálica. Segurando a bandeja com uma só mão, o garçom atravessou todo o salão e bateu na porta com os nós dos dedos. No instante em que abria, a luz se apagou: Biralbo pensou ouvir um estrépito de gargalhadas e copos misturado com a música.

De outra porta, mais no fundo, saiu um homem apertando as calças com certa petulância, como quem sai de um mictório. Havia outro bar ali, remoto, iluminado como as capelas mais profundas das catedrais. Outro garçom de *smoking* e um cliente solitário se distinguiam com uma precisão de silhuetas recortadas em cartolina preta. O homem que tinha apertado as calças enterrou um chapéu sobre os olhos e acendeu um cigarro. Uma mulher saiu atrás dele, ajeitando com os dedos a cabeleira loura, guardando na bolsa uma caixinha de pó-de-arroz ou um espelho, enquanto franzia os lábios. Do bar mais próximo da escada de saída, Biralbo os viu passar junto dele, conversando em voz baixa com um rumor de esses e obscuras vogais portuguesas. Quando os saltos da mulher ressoaram nos degraus metálicos, ainda continuou o cheiro de um perfume muito intenso e vulgar.

– O senhor está sozinho? – o garçom tinha voltado com a bandeja vazia e o fitava sem sorrir atrás do balcão de mármore. Tinha uma cara muito comprida e o cabelo chapado sobre a testa. – Não há por que estar sozinho no *Burma*.

– Obrigado – respondeu Biralbo. – Estou esperando alguém.

O garçom sorriu-lhe com seus lábios excessivamente vermelhos. Não acreditava, é claro, talvez aspirasse a animá-lo. Biralbo pediu um gim e ficou olhando para o balcão simétrico do fundo. O mesmo garçom, o mesmo *smoking* com um feitio como que de 1940, o mesmo cliente de ombros caídos e mãos imóveis junto do copo. Quase sentiu alívio ao descobrir que não estava olhando para um espelho porque o outro não estava fumando.

– Está esperando uma mulher? – o garçom falava um espanhol eficaz e arbitrário. – Quando chegar podem passar para o vinte e cinco. O senhor toca a campainha e eu levo as bebidas.

– Gosto deste lugar. E de seu nome – disse Biralbo, sorrindo como um bêbado solitário e leal. Inquietou-o pensar que o outro cliente estivesse dizendo a mesma coisa ao outro garçom. Mas o maior mérito do gim puro e gelado é que ele derruba na hora. – *Burma*. Por que se chama assim?

– O senhor é jornalista? – o garçom desconfiava. Tinha um sorriso de vidro.

– Estou escrevendo um livro – Biralbo sentiu com felicidade que ao mentir não ocultava sua vida, que a ia inventando. – "A Lisboa noturna."

– Não é preciso contar tudo. Meus chefes não gostariam.

– Não pensava fazê-lo. Só generalidades, sabe como é... Há gente que chega a uma cidade e não encontra o que procura.

— Aceita mais um gim?

— Adivinhou meu pensamento — depois de tantos dias sem falar com ninguém, Biralbo notava um impudico desejo de conversa e de mentira. — Burma. Faz muito tempo que está aberto?

— Quase um ano. Antes era um armazém de café.

— Os donos quebraram, imagino. Já se chamava assim então?

— Não tinha nome, senhor. Aconteceu alguma coisa. Parece que o café não era o verdadeiro negócio. A polícia veio e cercou o bairro inteiro. Foram levados algemados. O julgamento saiu nos jornais.

— Eram contrabandistas?

— Conspiravam — o garçom apoiou-se no balcão em frente de Biralbo e aproximou-se bem de seu rosto, falando-lhe em voz baixa, com discrição teatral. — Coisa de política. *Burma* era uma sociedade secreta. Havia armas aqui...

Soou uma campainha e o garçom atravessou o salão, andando como que em contidos passos de dança para uma porta onde tinha se acendido a luz vermelha. O outro cliente se afastou lentamente do bar do fundo e avançou para a saída, seguindo uma suspeitosa linha reta. Em seu rosto sucediam-se como clarões os tons da luz e da penumbra. Era muito alto e sem dúvida estava bêbado, ia com as mãos enterradas nos bolsos de um casaco de ar militar. Não era português, tampouco espanhol, não parecia nem mesmo europeu. Tinha dentes grandes e uma barba recortada e avermelhada, o rosto um pouco amassado e a peculiar curvatura da testa faziam-no parecer-se remotamente com um lagarto. Parou diante de Biralbo, balançando sobre suas grandes botas de fivelas, sorrindo com letárgico estupor, com lento júbilo de bêbado. Diante do olhar daqueles olhos azuis, a memória de Biralbo retrocedeu aos melhores dias do

Lady Bird, aos mais antigos, à felicidade cândida e quase adolescente de ser amado por Lucrecia. "Não se lembra de mim?", disse-lhe o outro, e ele reconheceu seu riso, seu sotaque preguiçoso e nasalado. "Não se lembra mais do velho Bruce Malcolm?"

Capítulo XIV

— Ali estávamos — disse Biralbo, — um diante do outro, encarando-nos com desconfiança, com simpatia, como dois conhecidos que não chegaram a ter intimidade e que levam menos de cinco minutos sem saber o que se dizer. Mas ele me era simpático. Tantos anos a odiá-lo e afinal me agradava estar com ele, falando dos velhos tempos. Talvez a culpa de tudo fosse do gim. O caso é que, quando o vi, senti um aperto no coração. Lembrava-se de San Sebastián, de Floro Bloom, de tudo. Pensei que nada une mais dois homens do que ter amado a mesma mulher. E tê-la perdido. Ele também tinha perdido Lucrecia...

— Falaram dela?

— Creio que sim. Ao cabo de três ou quatro gins. Passeou os olhos pelo lugar e disse: "Lucrecia com certeza gostaria daqui."

Mas demoraram a dizer esse nome, sempre o roçavam, detinham-se quando estavam a ponto de pronunciá-lo, como diante de um círculo vazio que fingissem não ver, que se ocultavam mutuamente com álcool e palavras, com perguntas e mentiras sobre os últimos tempos e invocações de um passado cujos dias zenitais eram indivisíveis, porque o espaço vazio que tanto demoraram para se atrever a nomear os aliava como uma antiga conjura. Pediam mais gim, sempre o penúltimo, dizia Malcolm, que ainda se lembrava de algumas troças espanholas, remontavam a acontecimentos cada vez mais distantes, disputando-se pormenores salvos do esquecimento, vãs exatidões, a primeira vez que se encontraram, o primeiro concerto de Billy Swann no Lady Bird, os *dry* martinis de Floro Bloom, pura alquimia, disse Malcolm, os cafés com creme do Viena, aquela vida sossegada de San Sebastián; parecia mentira que só houvessem passado quatro anos; o que tinham feito desde então? Nada; decadência, sórdida maturidade, astúcia para evitar o infortúnio, para ganhar um pouco mais de dinheiro vendendo quadros ou sobreviver tocando piano em clubes de cidades demasiado frias, solidão, disse Malcolm, com os olhos turvos, *loneliness*, apertando o copo entre os dedos sombreados de penugem avermelhada, como se quisesse quebrá-lo. Então Biralbo sentiu medo, frio e um desconsolo como que de presságio de ressaca e pensou que talvez Malcolm carregasse uma pistola, aquela que Lucrecia tinha visto, a que certa vez fincou no peito de um homem que estava sendo estrangulado com um fio de náilon... Mas não, quem iria acreditar naquela história, quem pode imaginar que os assassinos existam fora dos romances ou dos noticiários, que sentem com alguém para tomar gim e perguntem por amigos comuns num porão de Lisboa: estavam igualmente sozinhos e igualmente bêbados, presos pela mesma covardia e nostalgia, a única diferença perceptível era que Malcolm não fumava, e até isso os tornava cúmplices, porque os dois se lembraram das balas medicinais que naquela época Malcolm sempre levava consigo; dava-as de presente a todo o mundo, também a Biralbo, que certa noite jogara fora e pisoteara uma delas na porta do Lady Bird, envenenado de rancor e de ciúme. De repente Malcolm ficou em silêncio diante de seu copo vazio e fitou Biralbo sem levantar a cabeça, erguendo apenas as pupilas.

— Mas eu sempre tive inveja de você — disse, em outro tom de voz, como se até então houvesse fingido que estava de porre. — Eu morria de inveja quando você tocava piano. Você acabava de tocar, aplaudíamos, você vinha até nossa mesa, sorrindo, com seu copo na mão, com aquele olhar de desprezo, sem fixá-lo em ninguém.

— Era só por medo. Tudo me assustava, tocar piano, até olhar para as pessoas. Temia que debochassem de mim.

— ... invejava o modo como as mulheres o olhavam — Malcolm continuava falando sem ouvi-lo. — Você não ligava para elas, nem mesmo as via.

— Nunca acreditei que elas me vissem — replicou Biralbo: suspeitou que Malcolm lhe mentisse, que estivesse falando de outro.

— Até Lucrecia. Sim, ela também — parou como que a ponto de revelar um enigma, bebeu um gole de gim, limpando a boca com a mão. — Você não se dava conta, mas não esqueci como ela o olhava. Você subia no estrado, tocava umas notas e não existia mais nada para ela além da sua música. Lembro-me de certa vez ter pensado: "É exatamente assim que um homem deseja que a mulher que ama olhe para ele." Ela me deixou, você sabe. Toda uma vida juntos e me largou em Berlim.

Está mentindo, pensou Biralbo, querendo se defender de uma cilada invisível, do desvario do álcool, finge que nunca soube de nada para averiguar algo que não sei o que é e que devo lhe ocultar, sempre mentiu porque não sabe não mentir, é mentira a nostalgia, a amizade, a dor, até o brilho desses olhos demasiado azuis, que não expressam mais que sua pura frieza, embora seja verdade que está sozinho e perdido em Lisboa, tal como eu, sozinho, perdido e lembrando-se de Lucrecia, e conversando comigo pela simples razão de que eu também a conheci. De modo que devia manter-se em guarda e não continuar bebendo, dizer-lhe que ia embora, fugir o quanto antes, agora mesmo. Mas pesava-lhe a cabeça, aturdiam-no a música e as mudanças de luz, esperaria mais uns minutos, o tempo de outra dose...

– Há uma pergunta que eu sempre quis lhe fazer – disse Malcolm, estava tão sério que parecia sóbrio, dotado talvez da gravidade de quem está a ponto de desabar no chão. – Uma pergunta pessoal – Biralbo ficou rígido, arrependeu-se de ter bebido tanto e de continuar ali. – Se não quiser, não precisa responder. Mas, se responder, prometa que vai me dizer a verdade.

– Prometido – falou Biralbo. Para se defender, pensou: "Agora vai dizer. Agora vai perguntar se fui para a cama com sua mulher."

– Você estava apaixonado por Lucrecia?

– Isso agora não tem importância. Faz muito tempo, Malcolm.

– Você me prometeu a verdade.

– Mas você disse antes que eu não prestava atenção nas mulheres, nem mesmo nela.

– Em Lucrecia, sim. Íamos ao Viena tomar o café da manhã e nos encontrávamos com você. E no Lady Bird, está lembrado? Você terminava de tocar e sentava conosco. Vocês conversavam muito, faziam isso para poderem se olhar nos olhos, vocês conheciam todos os livros, tinham visto todos os filmes, sabiam os nomes de todos os atores e de todos os músicos, está lembrado?

Eu os escutava e sempre me parecia que estavam falando num idioma que eu não podia entender. Por isso ela me deixou. Pelos filmes, pelos livros, pelas canções. Não negue, você estava apaixonado por ela. Sabe por que eu a levei embora de San Sebastián? Vou contar. Você tem razão, não tem mais importância. Eu a levei dali para que não se apaixonasse por você. Mesmo que vocês não se conhecessem, mesmo que nunca se tivessem visto, eu teria tido ciúme. Digo mais: ainda tenho.

Biralbo notava vagamente que não estavam sozinhos no grande porão do Burma. Mulheres louras e homens embuçados no gesto de fumar cigarro subiam ou desciam a escada metálica e as luzes vermelhas continuavam acendendo-se em cima de portas fechadas. Sentindo que atravessava um deserto, cruzou toda a distância do salão para chegar ao toalete. Com a cara bem perto dos azulejos gelados da parede, pensou que havia passado muito tempo desde que se afastara de Malcolm, que tardaria muito mais para voltar. Ia sair e não conseguiu abrir a porta, confundia-o o silêncio e a repetição das formas de porcelana branca, multiplicadas pelo brilho dos tubos fluorescentes. Inclinou-se para jogar água fria no rosto sobre uma pia tão grande quanto uma pia batismal. Havia mais alguém no espelho quando abriu os olhos; de repente, todos os rostos da sua memória regressavam, como se tivessem sido convocados pelo gim ou por Lisboa, todos os rostos esquecidos para sempre, os perdidos sem remédio, os que nunca imaginou que um dia tornaria a ver. De que adianta fugir das cidades, se nos perseguem até o fim do mundo. Estava em Lisboa, no toalete irreal do Burma Club, mas o rosto que tinha diante de si, às suas costas, porque ao ver a pistola demorou um pouco para se virar, também pertencia ao passado e ao Lady Bird: sorrindo com inextinguível felicidade, Toussaints Morton apontava-a para a sua nuca. Continuava falando como um negro de filme ou como um mau ator que imita no teatro o sotaque francês. Seus cabelos estavam mais grisalhos, estava mais gordo, mas ainda usava as mesmas camisas, as mesmas pulseiras douradas e uma tranqüila cortesia de ofídio.

— Amigo meu — disse. — Vire-se bem devagar, mas não levante as mãos, por favor, é uma vulgaridade, não a suporto nem no cinema. Basta que as mantenha afastadas do corpo. Assim. Permita-me que reviste seus bolsos. Nota um frio na nuca? É minha pistola. Nada no paletó. Perfeito. Agora só falta a calça. Entendo, não me olhe assim, para mim é tão desagradável quanto para o senhor. Já imaginou se alguém entrasse agora? Pensaria o pior ao me ver tão grudado no senhor, num toalete. Mas não se preocupe, o amigo Malcolm está vigiando a porta. Claro que ele não merece a nossa confiança, não, tampouco a do senhor, mas devo confessar que não me arrisquei a deixá-lo sozinho. Basta eu fazê-lo para que nos aconteça uma desgraça. De modo que a doce Daphne está com ele. Daphne, não está lembrado?, minha secretária. Ela tinha vontade de voltar a vê-lo. Nada nas calças. E nas meias? Há quem esconda aí uma faca. Não o senhor. Daphne me dizia: "Toussaints, Santiago Biralbo é um jovem excelente. Não me espanta que Lucrecia tenha deixado por ele o animal do Malcolm." Agora vamos sair. Não vá pensar em gritar. Nem em correr, como da última vez que nos vimos. O senhor vai acreditar se lhe disser que aquele empurrão ainda está doendo? Daphne tem razão. Caí de mau jeito. O senhor está pensando que, se pedir socorro, o garçom vai chamar a polícia. Um erro, amigo meu. Ninguém ouvirá nada. Notou quantas lojas de aparelho de surdez existem nesta cidade? Abra a porta. O senhor primeiro, por favor. Assim, as mãos afastadas, olhando para a frente, sorria. O senhor se despenteou. Está pálido. O gim lhe fez mal? Quem manda ir pelos bares com Malcolm. Sorria para Daphne. Ela o aprecia mais do que o senhor imagina. Em linha reta, por favor. Está vendo aquela luz do fundo?

Não estava com medo, só com uma náusea parada no estômago, o arrependimento por ter bebido tanto, um obstinado sentimento de que aquelas coisas não estavam acontecendo de verdade. Às suas costas, Toussaints Morton conversava jovialmente com Malcolm e Daphne, a mão direita no bolso da jaqueta marrom, o braço ligeiramente flexionado, como se imitasse o gesto econômico de um tanguista. Quando passaram sob o grande relógio suspenso do teto, seus rostos e suas mãos tingiram-se palidamente de verde. Biralbo ergueu os olhos e viu em torno do mostrador uma legenda circular: *Um Oriente ao oriente do Oriente.*

Toussaints Morton disse-lhe com suavidade que parasse diante de uma das portas fechadas. Todas eram metálicas e estavam pintadas de preto ou de um azul muito escuro, como as paredes e o soalho de madeira. Malcolm abriu e se pôs de lado para que os outros passassem, muito dócil, de cabeça baixa, como o mensageiro de um hotel.

O quarto era pequeno e estreito, recendia a sabonete ordinário e suor resfriado. Um divã, um abajur, uma trepadeira de plástico e um bidê o mobiliavam. A luz tinha tons rosados nos quais parecia diluir-se uma inútil música ambiental de guitarras e órgão. "Talvez me matem aqui", pensou Biralbo, com indiferença e desengano, examinando o papel das paredes, o forro salmão do divã, que tinha manchas compridas e queimaduras de cigarro. Os quatro mal podiam se mover num espaço tão reduzido, era quase como viajar de metrô sentindo na espinha aquela coisa dura e gelada, notando na nuca a pesada respiração de Toussaints Morton. Daphne examinou severamente o divã e sentou quase na beirada com os joelhos bem juntos. Com um vaivém afastou do rosto os cabelos platinados, depois ficou imóvel, de perfil diante de Biralbo, olhando para a porcelana cor-de-rosa do bidê.

— Sente-se você também — ordenou Malcolm. Agora era ele que empunhava a pistola.

— Amigo meu — disse Toussaints Morton —, será preciso que desculpe a rudeza de Malcolm, bebeu demais. Não é totalmente culpa dele. Viu o senhor, me chamou, eu lhe pedi que o entretivesse um pouco, não até este ponto, claro. Permita-me dizer-lhe que o senhor também está com hálito de gim?

— É tarde — falou Malcolm. — Não temos a noite toda.

— Detesto essa música — Toussaints Morton examinava os cantos do quarto, procurando os alto-falantes invisíveis em que se começava a ouvir brandamente uma fuga barroca. — Daphne, desligue-a.

Tudo ficou mais estranho quando se fez silêncio. A música de fora não passava através das paredes acolchoadas. Do bolso de cima de sua jaqueta, Toussaints Morton tirou um transistor e estendeu sua compridíssima antena até ela tocar o teto. Soaram entre assobios vozes portuguesas, italianas, espanholas, Toussaints Morton escutava e praguejava, manejando o transistor com seus dedos de hércules. Deteve-se e sorriu quando conseguiu captar algo que parecia uma abertura de ópera. "Agora vai me espancar", pensou Biralbo, incuravelmente viciado em cinema, "vai pôr a música bem alto para que ninguém ouça meus gritos."

— Adoro Rossini — disse Toussaints Morton. — Antídoto perfeito, tanto contra Verdi como contra Wagner.

Depôs o transistor junto das torneiras do bidê e sentou-se na beirada dele, repetindo a melodia de boca fechada. Incomodado, talvez sentindo-se um pouco culpado ou abatido pelo efeito do álcool, Malcolm se apoiava num pé, depois no outro, e apontava para Biralbo, procurando não o olhar nos olhos.

– Meu caro amigo. Meu caríssimo amigo – o rosto de Toussaints Morton se alargou num sorriso paternal. – Tudo isso é muito desagradável. Creia-me, também para nós. De modo que será melhor fazermos o quanto antes o que temos de fazer. Eu lhe faço três perguntas, o senhor me responde a qualquer uma delas e todos nós esquecemos o princípio. Número um, onde está a bela Lucrecia. Número dois, onde está o quadro. Número três, se já não há quadro, onde está o dinheiro. Por favor, não me olhe assim, não diga o que esteve prestes a me dizer. O senhor é um cavalheiro, soube disso desde a primeira vez que o vi, o senhor supõe que deve nos mentir, acreditando que protegerá Lucrecia, claro, pois não é próprio de um cavalheiro sair divulgando por aí os segredos de uma dama. Permita-me sugerir-lhe que já conhecemos esse jogo. Nós o jogamos faz tempo, em San Sebastián, está lembrado?

– Faz anos que não sei nada de Lucrecia – Biralbo começava a sentir o tédio de quem responde a um questionário oficial.

– Curioso então que certa noite o senhor saísse da casa dela de San Sebastián, com muitos maus modos, claro – Toussaints Morton tocou-se no ombro esquerdo, fazendo como se uma velha dor se reavivasse. – Que no dia seguinte empreendessem juntos uma longa viagem...

– Isso é verdade? – como se acordasse bruscamente, Malcolm levantou a pistola e pela primeira vez, desde que entraram no quarto, olhou Biralbo nos olhos. Os de Daphne, muito abertos e atentos, moviam-se de um lado para outro com ligeiros espasmos, como as pupilas de um passarinho.

– Malcolm – fez Toussaints Morton –, eu preferiria que depois de tantos anos você não escolhesse este momento para compreender que foi o último a saber. Acalme-se. Ouça Rossini. *La gazza ladra...*

Malcolm disse um insulto em inglês e aproximou um pouco mais a pistola do rosto de Biralbo. Encararam-se em silêncio, como se estivessem sozinhos no quarto ou não ouvissem as palavras do outro. Mas nos olhos de Malcolm havia menos ódio do que estupor ou medo e desejo de saber.

– Por isso me abandonou – ele disse, mas não estava falando de Biralbo, repetia em voz alta algo que nunca tinha se atrevido a pensar. – Para conseguir o quadro, vendê-lo e gastar com você todo o dinheiro...

– Um milhão e meio de dólares, talvez um pouco mais, como sem dúvida o senhor sabe – Toussaints Morton também se aproximava de Biralbo, baixando o tom da voz. – Mas há um pequeno problema, amigo meu. Esse dinheiro é nosso. E nós o queremos, entende? Agora.

– Não sei de que dinheiro nem de que quadro estão falando – Biralbo jogou-se para trás no divã para que o hálito de Morton não lhe batesse no rosto. Estava tranqüilo, ainda um pouco entorpecido pelo gim, quase totalmente alheio a si mesmo, àquele lugar, impaciente. – O que sei é que Lucrecia não tinha um centavo. Nada. Eu lhe dei meu dinheiro para que pudesse ir embora de San Sebastián.

– Para que pudesse vir para Lisboa, o senhor quer dizer. Estou enganado? Dois ex-amantes voltam a se encontrar e começam juntos uma longa viagem...

– Não lhe perguntei aonde ia.

– Não precisava – Toussaints Morton parou de sorrir. De repente parecia que nunca sorrira. – Sei que foram embora juntos. Inclusive que o senhor dirigia o automóvel. Quer que lhe diga a data exata? Daphne deve tê-la anotada em sua agenda.

— Lucrecia estava fugindo de vocês — fazia um momento que Biralbo desejava com urgência fumar. Tirou devagar o maço de cigarros e o isqueiro, sustentando o olhar vigilante de Malcolm, e acendeu um. — Também sei algumas coisas. Sei que temia que a matassem como mataram aquele homem, o Português.

Toussaints Morton ouvia-o, imitando sem pudor a expressão de quem espera avidamente o fim de uma piada para começar a rir, já esboçando um sorriso, erguendo um pouco os ombros. Por fim soltou uma gargalhada e bateu nas coxas com as largas palmas de suas mãos.

— Quer mesmo que acreditemos nisso? — e olhou gravemente para Biralbo e para Malcolm, como se devesse repartir entre eles toda a sua piedade. — Está me dizendo que Lucrecia não lhe explicou nada sobre o plano que nos roubou? Que não sabia nada sobre *Burma*...?

— Está mentindo — interveio Malcolm. — Deixe-o comigo. Vou fazer com que nos diga a verdade.

— Quieto, Malcolm — Toussaints Morton o fez afastar-se, agitando sonoramente a mão em que brilhavam as pulseiras douradas. — Temo que o amigo Biralbo seja menos bobo do que você... Pois diga-me, senhor — agora falava como um desses policiais carregados de paciência e bondade, quase de misericórdia. Lucrecia tinha medo de nós. De acordo. Lamento, mas posso entender. Tinha medo e fugiu porque nos tinha visto matar um homem. O gênero humano não perdeu grande coisa naquela noite, mas o senhor me dirá, com razão, que não é este o momento de estudar esses detalhes. Também de acordo. Só quero lhe perguntar uma coisa: por que a bela Lucrecia, tão espantada com o crime que não devia ter presenciado, não foi em seguida à polícia? Era fácil, tinha escapado de nós, sabia o lugar exato em que estava o cadáver. Mas não o fez... Não imagina por quê?

Biralbo não disse nada. Tinha sede e lhe ardiam os olhos, havia fumaça demais no ar. Daphne fitava-o com certo interesse, como se olha para alguém que viaja no assento ao lado. Ele devia manter-se firme, sem pestanejar sequer, fingir que sabia e escondia tudo. Lembrou-se de uma carta de Lucrecia, a última, um envelope que encontrou vazio vários meses depois de ir embora para sempre de San Sebastián. *Burma*, repetia em silêncio, *Burma*, como que dizendo um conjuro cujo sentido ignorasse, uma palavra indecifrável e sagrada.

– Burma – disse Toussaints Morton. – É doloroso que nada mais seja respeitável. Alguém aluga este local, usurpa este nome e transforma tudo num prostíbulo. Quando vimos o letreiro na rua eu disse a Daphne: "O que pensaria o falecido dom Bernardo Ulhman Ramires se levantasse a cabeça?" Mas noto que o senhor nem sequer sabe quem foi dom Bernardo. A juventude ignora tudo e quer passar por cima de tudo. O próprio dom Bernardo me disse isso uma vez, em Zurique, até parece que o estou vendo, como vejo o senhor. "Morton", me disse ele, "no que diz respeito aos homens da minha geração e da minha classe, o fim do mundo chegou. Não nos resta outro consolo senão colecionar belos quadros e livros e percorrer os balneários internacionais." O senhor devia ter ouvido sua voz, a majestade com que dizia, por exemplo, "Oswald Spengler", ou "Ásia", ou "Civilização". Possuía em Angola selvas inteiras e plantações de café maiores do que Portugal, e que palácio, amigo meu, numa ilha, no meio de um lago, eu nunca o vi, para minha desgraça, mas contavam que era todo de mármore, como o Taj Mahal. Dom Bernardo Ulhman Ramires não era um proprietário de terras, era o cabeça de um reino magnífico erguido na selva, suponho que agora esses sujeitos tenham transformado tudo numa comuna de esfarrapados roídos pela malária. Dom Bernardo amava o Oriente, amava a grande Arte, queria que suas coleções pudessem ser comparadas com as melhores da Europa. "Morton", ele me dizia, "quando vejo um quadro que me agrada, não me importa o dinheiro que deva pagar para tê-lo." Gostava sobretudo da pintura francesa e dos mapas antigos, era capaz de cruzar meio mundo para examinar um quadro, e eu os procurava para ele, não só eu, ele tinha uma dúzia de agentes correndo a Europa em busca de quadros e mapas. Diga o nome de qualquer grande mestre: dom Bernardo Ulhman Ramires tinha um quadro ou um desenho dele. Também gostava de ópio, para que esconder, isso não diminui sua grandeza. Durante a guerra tinha trabalhado para os ingleses no Sudeste da Ásia e dali trouxe o gosto pelo ópio e uma coleção de cachimbos que ninguém no mundo nunca igualará. Lembro que sempre me recitava um poema em português. Um verso dizia assim: "Um Oriente ao oriente do Oriente..." Estou aborrecendo o senhor? Sinto muito, sou um sentimental. Desprezo uma civilização em que homens como dom Bernardo Ulhman Ramires não têm lugar. Já sei: o senhor não aprova o imperialismo. Também nisso se parece com Malcolm. O senhor olha para a cor da minha pele e pensa: "Toussaints Morton deveria odiar os impérios coloniais." Um erro, amigo meu. Sabe onde eu estaria se não fosse pelo imperialismo, como diz Malcolm? Não aqui, é claro, coisa que o aliviaria. No alto de um coqueiro, na África, pulando como um macaco. Tocaria tantã, suponho, faria máscaras de casca de árvore... Não saberia nada de Rossini nem de Cézanne. E não me fale *du Bon Sauvage*, eu lhe suplico!

– Que nos fale de Cézanne – disse Malcolm. – Que nos diga o que ele e Lucrecia fizeram com o quadro.

— Meu caro Malcolm — Toussaints Morton sorria com sossego papal —, um dia sua impaciência ainda vai acarretar sua perdição. Tenho uma idéia: vamos recrutar o amigo Biralbo para nossa alegre sociedade. Vamos lhe propor um trato. Admitamos a possibilidade de que suas relações mercantis com a bela Lucrecia não tenham sido tão satisfatórias quanto as sentimentais... Esta é a minha oferta, amigo meu, a melhor e a última: o senhor nos ajuda a recuperar o que é nosso e nós o incluímos na divisão dos lucros. Está lembrada, Daphne? A mesma oferta que fizemos ao Português...

— Não há trato — disse Malcolm. — Não enquanto eu estiver aqui. Ele acha que pode nos enganar, Toussaints, estava rindo enquanto você falava com ele. Diga-nos onde está o quadro, onde está o dinheiro, Biralbo. Diga ou mato você. Agora mesmo.

Apertava tão forte a coronha da pistola, que tinha os nós dos dedos brancos e a mão lhe tremia. Daphne se afastou devagar de Biralbo, ficou de pé, deslizando as costas contra a parede. "Malcolm", dizia em voz baixa Toussaints Morton, "Malcolm", mas ele não o ouvia nem via, apenas fixava os olhos quietos de Biralbo como se lhe exigisse medo ou submissão, afirmando em silêncio, tão rigidamente quanto empunhava a pistola, a sobrevivência de um velho rancor, a raiva inútil, a raiva quase compartilhada de ter perdido o direito às recordações e à dignidade do fracasso.

— Levante-se — disse, e quando Biralbo ficou de pé fincou-lhe a pistola no meio do peito. De perto era tão grande e obscena quanto um pedaço de ferro. — Fale agora mesmo ou mato você.

Biralbo me contou depois que tinha falado sem saber o que dizia: que naquele instante o terror tornou-o invulnerável. Falou:

— Atire, Malcolm. Você me faria um favor.

— Onde ouvi isso antes? — falou Toussaints Morton, mas Biralbo teve a impressão de que sua voz soava em outro quarto, porque só via diante de si as pupilas de Malcolm.

— Em *Casablanca* — disse Daphne, com indiferença e precisão. — Bogart diz isso a Ingrid Bergman.

Ao ouvir isso, produziu-se uma transfiguração no rosto de Malcolm. Olhou para Daphne, esqueceu que estava com a pistola na mão, a verdadeira raiva e a verdadeira crueldade contraíram sua boca e tornaram menores seus olhos quando voltou a fixá-los em Biralbo e se lançou sobre ele.

— Filmes — falou, mas era muito difícil entender suas palavras. — Era a única coisa que tinha importância para vocês, não era? Vocês desprezavam quem não os conhecia, falavam deles, de seus livros, de suas canções mas eu sabia que estavam falando de vocês mesmos, ninguém nem nada tinha importância para vocês, a realidade era pobre demais para vocês, não é verdade...?

Biralbo viu que o corpo grande e alto de Malcolm se aproximava como se fosse cair sobre ele, viu seus olhos tão de perto que pareceram irreais; ao recuar, chocou-se contra o divã, e Malcolm continuava se aproximando como uma avalanche; Biralbo deu-lhe um chute no estômago, esquivou para o lado, a fim de se desviar de sua queda, e então teve diante de si a mão que ainda apertava a pistola, golpeou-a ou mordeu-a e o escuro se fez sobre ele, e, quando tornou a abrir os olhos, a pistola estava em sua mão direita. Pôs-se de pé, empunhando-a, mas Malcolm ainda continuava dobrado sobre o ventre, de joelhos, o rosto contra o divã, Daphne e Toussaints Morton encaravam-no e recuavam; "tranqüilo", murmurava Morton, "tranqüilo, amigo meu", mas não chegava a sorrir, fixo na pistola que agora estava apontada para ele, e Biralbo deu uns passos para trás, tateou a porta em busca do trinco, mas não o encontrava, Malcolm virou o rosto para ele e começou a se levantar muito lentamente; afinal a porta se abriu e Biralbo saiu de costas, lembrando-se de que era assim que saíam os mocinhos dos filmes, fechou, batendo-a com força, pôs-se a correr para a escada de ferro, e, só quando cruzava a penumbra rosada do bar onde bebiam as mulheres louras, se deu conta de que ainda levava a pistola na mão e de que muitos pares de olhos sucessivos o fitavam com surpresa e espanto.

Capítulo XV

Saiu à rua e, ao receber bruscamente no rosto o ar úmido da noite, soube por que não tinha medo: se havia perdido Lucrecia, nada mais importava. Guardou a pesada pistola num bolso do sobretudo e durante uns segundos não correu, acalmado por uma estranha preguiça semelhante à que algumas vezes nos imobiliza nos sonhos. Sobre sua cabeça apagava-se e acendia-se em breves intervalos o letreiro do *Burma Club*, clareando uma parede muito alta de terraços vazios. Começou a andar depressa, com as mãos nos bolsos, como se estivesse atrasado para ir a algum lugar; não podia correr, porque uma multidão como que de porto asiático ocupava a rua, rostos azuis e verdes sob os letreiros de neon, esfinges de mulheres sozinhas, grupos de negros que se moviam como que obedecendo a um ritmo que só eles escutassem, bandos de homens de pômulos cor de cobre e traços orientais que pareciam ali congregados por uma vaga nostalgia das cidades cujos nomes brilhavam acima da rua, *Shangai, Hong Kong, Goa, Jakarta*.

Notava a serenidade letal de quem sabe que está se afogando e virava-se para olhar o letreiro do *Burma*, ainda tão perto como se ele não tivesse saído do lugar. Percebia cada instante como um minuto longuíssimo e examinava os rostos incontáveis, procurando neles o de Malcolm, o de Toussaints Morton, o de Daphne, até o de Lucrecia, sabendo que era preciso correr e que não tinha vontade de fazê-lo, como quando alguém sabe que deve se levantar, se concede uma trégua e, quando volta a abrir os olhos, acredita que dormiu muito tempo e não passou nem um minuto, e outra vez decide que vai se levantar. A pistola pesava tanto, disse-me, havia tantos rostos e corpos, que abrir passagem entre eles era como avançar na multiplicada espessura de uma selva. Então se virou e viu Malcolm no mesmo instante em que seus olhos azuis e distantes o descobriam, mas Malcolm se aproximava com igual lentidão, como se nadasse contra uma poderosa correnteza entorpecida pelo mato que arrasta, mais alto que os outros, fixo em Biralbo como se fosse a margem que ansiasse por alcançar, e isso fazia os dois avançarem mais lentamente ainda, porque não paravam de se olhar e se chocavam contra corpos que não viam e que às vezes os envolviam, ocultando a cada um a visão do outro. Mas voltavam a se descobrir, e a rua não terminava nunca, ia se tornando mais escura, com menos rostos e luzes de clubes; de repente Biralbo viu Malcolm parado sozinho no meio de uma calçada em que não havia ninguém, parado diante de sua própria sombra, com as pernas abertas, e aí, sim, saiu correndo, e as vielas iam se abrindo diante dele como uma estrada aos faróis de um automóvel. Ouvia atrás de si as batidas dos passos de Malcolm, e até o arquejo de sua respiração, muito distante e muito próxima, como uma ameaça ou uma queixa no silêncio de praças resplandecentes e vazias, grandes praças com colunas, ruas de sucessivos janelões onde suas pisadas e as de Malcolm soavam em uníssono, e, à medida que o cansaço o asfixiava, sua consciência do espaço e do tempo ia se desagregando; estava em Lisboa e em San Sebastián, fugia de Malcolm como em outra noite igual fugira de Toussaints Morton, nunca cessara essa perseguição por uma cidade dupla que conjurava sua trama para se converter em labirinto e acossamento.

Também aqui as ruas tornavam-se de repente iguais e geométricas, parcialmente abandonadas à noite, perspectivas desertas de praças mais iluminadas, de onde vinha um fraco e preciso ruído de cidade habitada. Corria para essas luzes como para uma miragem que continua se distanciando. Ouviu às suas costas o barulho lento de um bonde que apagou os passos de Malcolm e viu-o passar junto dele, alto, amarelo e vazio como um navio à deriva e parar um pouco adiante; talvez conseguisse alcançá-lo; alguém desceu e o bonde demorou um pouco para se movimentar de novo. Biralbo estava quase chegando à sua altura quando se pôs em marcha muito devagar e oscilou ao se afastar. Como quem vê numa estação o trem que já perdeu, Biralbo ficou imóvel, com a boca e os olhos muito abertos, enxugando o suor do rosto e a saliva que lhe manchava os lábios, esquecido de Malcolm, da obrigação de fugir; e, embora virar a cabeça lhe demandasse um esforço impossível, girou-a lentamente e viu que Malcolm também estava parado a uns metros dele, na beira da outra calçada, como na marquise de um edifício do qual fosse despencar, ofegando e tossindo, afastando os cabelos avermelhados do rosto. Apalpou no bolso a coronha da pistola e uma rápida alucinação o fez ver-se mirando em Malcolm e quase ouvir o disparo e a surda queda do corpo nos trilhos, seria tão infinitamente fácil quanto fechar os olhos, não se mexer nunca mais e estar morto, mas Malcolm já caminhava em sua direção como que se afundando a cada passo numa rua de areia. Saiu correndo de novo, porém não agüentava mais, viu à sua esquerda uma ruela mais escura, uma escadaria, uma torre delgada e mais alta que os telhados das casas, absurdamente só e erguida entre elas, com janelas góticas e nervuras de ferro, correu para uma luz e uma porta entreaberta onde havia um homem, um cobrador que levava à cintura uma carteira cheia de moedas e lhe deu um bilhete. "Quinze escudos", disse-lhe, empurrou-o para dentro, fechou pausadamente uma espécie de grade enferrujada, girou uma manivela de cobre e aquele lugar que Biralbo ainda não havia examinado começou a estremecer e a ranger como as madeiras de um navio a vapor, a levantar-se; havia um rosto do outro lado da grade, duas mãos agarradas a ela que a sacudiam, Malcolm, que foi se afundando no subsolo, que desapareceu totalmente quando Biralbo ainda não havia entendido direito que estava num elevador e que não era mais preciso continuar correndo.

O cobrador, uma mulher de lenço na cabeça e um homem de costeletas brancas e severa gabardine fitavam-no com atenta reprovação. A mulher tinha um rosto bem largo e mastigava alguma coisa, examinando com lentidão metódica os sapatos sujos de barro, as abas da camisa, a cara congestionada e suada de Biralbo, sua mão direita sempre escondida no bolso do sobretudo. Do outro lado das janelas góticas, a cidade se alargava e se distanciava à medida que o elevador ia subindo: praças brancas como lagos de luz, tênues letreiros luminosos sobre os telhados, contra a adivinhada escuridão da foz do rio, edifícios encavalados sobre uma colina que culminava num castelo violentamente iluminado por refletores.

Perguntou onde estavam quando o elevador parou: na cidade alta, respondeu o cobrador. Saiu num corredor em que soprava o vento frio do mar, como na coberta de um navio. Escadarias e paredes de construções abandonadas desciam verticalmente para as fundas ruas por onde talvez Malcolm ainda caminhasse. Junto da torre de uma igreja em ruínas havia um táxi que lhe pareceu tão estranho e imóvel quanto esses insetos que surpreendemos ao acender a luz. Pediu ao taxista que o levasse para a estação. Olhava pela janela de trás buscando as luzes de outro carro, vigiando os rostos das esquinas em sombras. Logo o cansaço o derrubou contra o duro encosto de plástico e ele desejou que a viagem de táxi demorasse muito para terminar. Com os olhos semicerrados, mergulhava na cidade como numa paisagem submarina, reconhecendo lugares, estátuas, letreiros de antigas lojas ou armazéns, o vestíbulo do seu hotel, de onde parecia ter saído muito tempo atrás.

Lisboa toda, disse-me, até as estações, é um dédalo de escadarias que nunca terminam de chegar aos lugares mais altos; sempre resta acima de quem sobe uma cúpula, uma torre, uma fileira de casas amarelas que são inacessíveis. Por escadas rolantes e corredores de mictórios sórdidos subiu até as plataformas de onde partia o trem que tomava todas as manhãs para visitar Billy Swann.

Um par de vezes temeu que ainda o estivessem seguindo. Olhava para trás e qualquer olhar era o de um inimigo secreto. Na lanchonete da estação final, esperou que não restasse ninguém na plataforma e bebeu um copo de aguardente. Também temia os olhares dos fiscais e garçons, adivinhava neles e nas palavras que ouvia às suas costas e não podia entender os indícios de uma conspiração da qual talvez não soubesse escapar. Olhavam para ele, talvez o reconhecessem, suspeitavam da sua condição de fugitivo e estrangeiro. No espelho de um toalete seu rosto lhe deu medo: estava despenteado, muito pálido e a gravata solta pendia como uma corda de enforcado do seu pescoço, porém o mais temível era a estranheza daqueles olhos que já não fitavam como umas horas antes, que pareciam ao mesmo tempo ter dó dele e vaticinar sua condenação. "Sou eu", disse em voz alta, fixando os silenciosos lábios que se mexiam no espelho, "sou Santiago Biralbo".

No entanto, as coisas, os lugares escuros, as torres cônicas do palácio circundadas por telhados com colunas de fumaça, o caminho no bosque, mantinham uma misteriosa e quieta identidade confirmada pelo segredo da noite. Na entrada do sanatório, um homem carregava sacolas e malas num grande automóvel. Um táxi reluzente que não se parecia com os velhos táxis de Lisboa. "Oscar", disse Biralbo: o homem virou-se para ele, porque na escuridão não o havia reconhecido, apoiou delicadamente o contrabaixo no banco de trás; quando viu quem era sorriu, enxugando a testa com um lenço tão branco na penumbra quanto seu sorriso.

– Vamos embora – falou. – Esta noite. Billy decidiu que está melhor. Ia ligar para você em seu hotel. Você o conhece, quer que comecemos a ensaiar amanhã mesmo.

– Onde ele está?

– Lá dentro. Despedindo-se da freira. Temo que se empenhe em lhe dar de presente sua última garrafa de uísque.

– É verdade que não está mais bebendo?

– Suco de laranja. Diz que está morto. "Os mortos são abstêmios, Oscar." Foi o que me disse. Fuma muito e bebe suco de laranja.

Oscar deu-lhe as costas de uma maneira um tanto brusca e continuou acomodando o contrabaixo e as malas no táxi. Quando saiu dele, Biralbo se apoiava na porta aberta do carro, encarando-o.

— Oscar, preciso lhe perguntar uma coisa.
— Claro. Está com cara de policial.
— Quem pagou a conta do sanatório? Esta manhã eu vi uma fatura. É caríssimo.
— Pergunte a ele — sem olhar para Biralbo, Oscar se afastou da proximidade excessiva dele, enxugando com o lenço o suor das mãos. — Olhe, lá vem ele.
— Oscar — Biralbo se postou diante dele e obrigou-o a parar. — Ele mandou você mentir para mim, não é? Proibiu que você me dissesse que Lucrecia tinha vindo...
— Está acontecendo alguma coisa aqui? — alto e frágil, metido em seu sobretudo, com a aba do chapéu bem na altura dos óculos, com um cigarro nos lábios e o estojo do trompete na mão, Billy Swann caminhava na direção deles, dando as costas para a luz. — Oscar, vá dizer ao taxista que já podemos ir.
— Agora mesmo, Billy — Oscar agradeceu com o alívio de quem conseguiu evitar um castigo. Tratava Billy Swann com um respeito sagrado que às vezes não distinguia do temor.
— Billy — disse Biralbo, e notou que sua voz tremia como quando bebia demais ou depois de uma noite inteira sem dormir —, diga-me onde ela está.
— Está com uma cara péssima, rapaz — Billy Swann estava bem perto dele, mas Biralbo não via seus olhos, somente o brilho das lentes dos óculos. — Está com mais cara de morto do que eu. Não ficou contente em me ver? O velho Billy Swann está de volta ao reino dos vivos.
— Estou perguntando por Lucrecia, Billy. Diga-me onde posso encontrá-la. Ela está correndo perigo.

Billy Swann quis afastá-lo para entrar no táxi, mas Biralbo não se mexeu. Estava tão escuro que não podia ver a expressão do seu rosto, e isso a tornava mais hermética, um pálido vazio de penumbra sob a aba do chapéu. Billy Swann, sim, o enxergava: as luzes do vestíbulo clareavam seu rosto. Deixou no chão o estojo do trompete, jogou fora o cigarro, após uma curta tragada que tornou visível a dura linha de seus lábios, tirou as luvas bem devagar, flexionando os dedos, como se estivessem entorpecidos.

– Você devia ver agora mesmo a sua cara, rapaz. Você é que está correndo perigo.

– Não disponho da noite inteira, Billy. Tenho de encontrá-la antes deles. Querem matá-la. Estiveram a ponto de me matar.

Ouviu uma porta se fechando, depois vozes e passos sobre o cascalho do caminho. Oscar e o taxista vinham na direção deles.

– Venha conosco – disse Billy Swann. – Levamos você para seu hotel.

– Você sabe que não vou, Billy – o taxista já havia ligado o motor, mas Biralbo não largava a porta dianteira. Estava com frio e um pouco de febre, uma sensação de urgência e de vertigem. – Diga-me onde está Lucrecia.

– Quando você quiser, Billy – Oscar havia assomado sua cabeça grande e frisada à janela do carro e olhava com desconfiança para Biralbo.

– Essa mulher não é boa para você, rapaz – disse Billy Swann, afastando-o com um gesto terminante. Abriu a porta e deixou o estojo no banco dianteiro, ordenando secamente ao taxista que não tivesse tanta pressa. Falou em inglês, mas o motor parou. – Talvez não por culpa sua. Talvez por alguma coisa que há em você e que não tem nada a ver com ela e o leva à destruição. Uma coisa parecida com o uísque ou a heroína. Sei do que estou falando e você sabe que eu sei. Basta eu olhar agora mesmo nos seus olhos. Parecem os meus quando fico uma semana trancado com uma caixa de garrafas. Entre no táxi. Tranque-se em seu hotel. Tocamos dia doze, depois vamos embora daqui. Quando você entrar no avião será como se nunca tivesse estado em Lisboa.

– Você não está entendendo, Billy, não é por mim. É por ela. Vão matá-la se a encontrarem.

Sem tirar o chapéu, Billy Swann acomodou-se dentro do táxi, pondo no colo o estojo preto do trompete. Ainda não fechou. Como que para ganhar tempo, acendeu um cigarro e expeliu a fumaça na direção de Biralbo.

– Você acha que foi você que andou procurando por ela, que outro dia a viu por acaso naquele trem, mas ela o procurou outras vezes e eu nunca quis que você soubesse de nada. Proibi-a de vê-lo. Ela me obedeceu porque tem medo de mim, como Oscar. Lembra-se daquele teatro de Estocolmo onde estivemos tocando antes de ir para a América? Ela estava lá, no meio do público; tinha vindo de Lisboa para nos ver. Ver você, quero dizer. E um pouco depois, em Hamburgo, ela saiu do meu camarim cinco minutos antes de você chegar. Foi ela que me trouxe para cá e pagou adiantado os médicos. Agora tem muito dinheiro. Vive sozinha. Suponho que agora mesmo deva estar esperando por você. Explicou-me o modo de chegar à sua casa. Dessa estação aí embaixo, a cada vinte minutos, sai um trem para o litoral. Desça na última parada, quando avistar um farol. Deixe-o para trás e caminhe uma meia milha, mantendo sempre o mar à sua esquerda. Disse que a casa tem uma torre e um jardim cercado por um muro. Junto do portão há um nome em português. Não me pergunte por que não sou capaz de me lembrar de uma só palavra nesse idioma. Casa dos lobos, ou coisa do gênero.

– *Quinta dos Lobos* – disse Oscar na escuridão. – Eu lembro.

Billy Swann fechou a porta do táxi e continuou olhando impassivelmente para Biralbo enquanto levantava o vidro da janela. Por um momento, quando o motorista manobrava para pegar o caminho entre as árvores, a luz de um poste de iluminação bateu-lhe em cheio no rosto. Era um rosto magro, rígido e tão desconhecido como se o homem cujas feições Biralbo não vira enquanto o escutava fosse um impostor.

Capítulo XVI

Lembro-me dele conversando comigo muitas horas seguidas em seu quarto de hotel, na última noite, intoxicado de tabaco e palavras, interrompendo-se para acender os cigarros, para beber curtos goles de um copo em que mal restava um pouco de gelo, irremediavelmente possuído, já tarde demais, às três ou quatro da madrugada, pelos lugares e pelos nomes que tão friamente tinha começado a invocar, decidido a continuar falando até a noite acabar, não só a noite futura de Madri, que agora compartilhávamos, mas também a outra, aquela que havia regressado em suas palavras para apossar-se dele e de mim como um inimigo embuçado. Não me contava uma história, tinha sido traiçoeiramente capturado por ela como algumas vezes a música o capturava, sem lhe dar alento nem ocasião de calar ou decidir. Mas nada disso transparecia em sua lenta e serena voz nem em seus olhos, que haviam deixado de me fitar, que se mantinham fixos, enquanto falava, na brasa do cigarro, ou no gelo do copo, ou nas cortinas fechadas do balcão que de vez em quando eu entreabria para verificar sem alívio que ninguém estava nos espionando do outro lado da rua. Falava como que se referindo à vida de outro, no tom neutro e minucioso de quem faz uma declaração: se não quis deter-se até o fim, talvez tenha sido porque já sabia que nunca mais voltaríamos a nos ver.

– E então – disse-me –, quando soube onde estava Lucrecia, quando o táxi de Billy Swann partiu e fiquei sozinho no caminho do bosque, tudo foi como sempre, como quando estava em San Sebastián; tinha encontro marcado com ela e parecia que as horas ou os minutos que me faltavam para vê-la iam ser os mais longos da minha vida e que o bar ou o hotel em que ela me esperava estavam do outro lado do mundo. E o mesmo medo também, de que tivesse ido embora e eu não pudesse encontrá-la. No começo, em San Sebastián, quando eu ia à sua procura, olhava para todos os táxis que cruzavam com o meu, temendo que Lucrecia estivesse num deles...

Entendeu que era mentira o esquecimento e que a única verdade, desalojada por ele mesmo de sua consciência, desde que abandonara San Sebastián, tinha se refugiado nos sonhos, onde a vontade e o rancor não podiam alcançá-la, em sonhos que lhe apresentavam o antigo rosto e a invulnerável ternura de Lucrecia tal como os conhecera cinco ou seis anos atrás, quando nenhum dos dois havia perdido ainda a coragem e o direito ao desejo e à inocência. Em Estocolmo, em Nova York, em Paris, em hotéis estranhos em que acordava, ao cabo de semanas inteiras sem se lembrar de Lucrecia, exaltado ou comprazido pela presença de outras mulheres fugazes, tinha recordado e perdido sonhos em que uma leve dor iluminava a felicidade intacta dos melhores dias que vivera com ela e as cores esmaecidas que só então teve o mundo. Como naqueles sonhos, ele agora a procurava e a pressentia sem vê-la numa paisagem de árvores e colinas noturnas que velozmente o levava para o mar. Olhava para todas as luzes, temendo não ver a do farol a tempo de descer do trem. Era mais de meia-noite e não havia nenhum passageiro no vagão de Biralbo. O fiscal lhe disse que faltavam dez minutos para a penúltima estação. Por uma janela ovalada via moverem-se bem ao fundo as barras metálicas do vagão contíguo, em que igualmente não parecia viajar ninguém. Consultou o relógio mas não soube calcular quantos minutos tinham transcorrido desde que falara com o fiscal. Ia vestir o sobretudo quando viu o rosto de Malcolm na janela ovalada do fundo, encarando-o, grudado no vidro.

Levantou-se, estava com os músculos entorpecidos e os joelhos doloridos. O trem ia tão depressa que quase não podia manter-se em pé, tampouco Malcolm, que para conservar o equilíbrio permanecia imóvel, afastando as pernas enquanto a porta do vagão oscilava e batia diante dele empurrada por um vento súbito e frio que chegava até Biralbo, trazendo o barulho monocórdio das rodas do trem nos trilhos e um rangido de madeira e de articulações metálicas que pareciam desengatar nas curvas. Fugiu pelo corredor, agarrando-se com as mãos na beira dos encostos, quis abrir a outra porta do vagão mas era impossível, e Malcolm tinha se aproximado tanto dele que já podia distinguir o brilho azul de seus olhos. Absurdamente, obstinava-se a puxar a porta para dentro e por isso não conseguia abri-la; uma freada impulsionou-o contra ela e viu-se suspenso pelo espanto e a vertigem numa plataforma que se movia como que se abrindo sob seus pés, no vazio, no espaço entre dois vagões, sobre uma escuridão em que cintilavam e desapareciam os trilhos e soprava um vento que o traspassava, cortando-lhe a respiração, lançando-o contra uma barra de apoio que mal lhe chegava à cintura e na qual conseguiu se agarrar quando já sentia como num aviso de vômito que ia ser projetado nos trilhos.

Virou-se, Malcolm estava a um passo, do outro lado da porta; no relâmpago de um só gesto devia soltar-se da barra de apoio e alcançar o vagão contíguo, sem olhar para baixo, sem ver como se mexiam as pranchas metálicas sobre o vertiginoso e curvo caminho de cascalho que a escuridão engolia como um poço. Deu um pulo com os olhos fechados e a porta se abriu e voltou a fechar atrás dele com um só golpe hermético. Correu pelo vagão vazio na direção de outra porta e outra janela oval: era possível que a sucessão de fileiras de assentos sem ninguém, de luzes amarelas e abismos de sombra truncada pelo vento não terminasse nunca, como se o trem viajasse unicamente para que ele fosse em busca de Lucrecia, perseguido por Malcolm, que já não via, talvez ele também não conseguisse sair do outro vagão. Ouviu batidas, viu aparecer na oval de vidro o rosto de Malcolm, que dava chutes na porta, que já tinha conseguido abri-la e vinha para cima dele com os cabelos desgrenhados pelo vento; saiu de novo para a escuridão agarrando-se com ambas as mãos nas barras de apoio geladas, mas não havia além dali nenhuma porta, apenas uma parede cinzenta de metal; tinha chegado ao engate da locomotiva e Malcolm continuava aproximando-se lentamente dele, inclinado para a frente, como se caminhasse contra o vento.

Lembrou-se da pistola: ao procurá-la, percebeu que a tinha deixado no sobretudo. Se o trem reduzisse a marcha, talvez se atrevesse a pular. Mas o trem corria como que lançado numa ladeira, e Malcolm já estava abrindo a única porta que os separava. Apoiou as costas no metal ondulado e viu-o aproximar-se como se não fosse chegar nunca, como se a velocidade do trem os separasse.

Nas mãos abertas de Malcolm não estava a pistola. Mexia os lábios, talvez gritasse alguma coisa, mas o vento e o barulho da locomotiva faziam suas palavras se desvanecerem, a coragem inútil da ira. Com as pernas muito abertas e as mãos espalmadas projetou-se sobre Biralbo ou foi empurrado contra ele. Não lutavam, era como se estivessem se abraçando ou se apoiando desajeitadamente um no outro para não cair. Escorregavam na plataforma, caíam de joelhos e se levantavam, embolando-se para caírem de novo ou serem impulsionados ao mesmo tempo para o vazio. Biralbo escutava uma respiração que não sabia se era a sua ou a de Malcolm, palavrões em inglês que talvez ele próprio pronunciasse. Notava mãos, unhas, golpes, o peso de um corpo e a remota sensação de que sua cabeça era sacudida contra umas arestas metálicas. Pôs-se de pé, viu luzes, uma coisa quente e úmida que escorregava pela sua testa o cegou: limpou os olhos com a mão e viu Malcolm erguer-se junto dele tão devagar como se emergisse de um lago de lama, agarrando-se com ambas as mãos no pano da sua calça, no bolso rasgado de seu paletó. Mais alto e impreciso do que nunca, Malcolm oscilou sobre ele e estendeu na direção do seu pescoço as grandes mãos estáticas, e por um momento, quando Biralbo tirou o corpo fora, pareceu que se inclinava sobre a barra de apoio como para examinar a profundidade do barranco ou da noite. Biralbo viu as mãos se agitarem como asas de passarinho, viu um olhar de estupor e de súplica quando o trem saltou como se fosse tombar e ele caiu, derrubado contra as pranchas metálicas: ouviu um grito tão agudo e tão demorado como o chiado dos freios, e fechou então os olhos como se a escuridão voluntária o livrasse de continuar escutando-o.

Permaneceu comprimido contra o chão, porque tremia tanto que não teria sido capaz de se manter de pé.

Havia casas isoladas entre as árvores, barreiras de passagem de nível, atrás das quais esperavam automóveis. Agora o trem avançava um pouco mais devagar: Biralbo pôs-se de joelhos, tornou a enxugar a suja umidade da cara, ainda tremendo, procurando às apalpadelas um apoio para se levantar. Quando o trem já estava quase parado, viu atrás das árvores uma luz alta que desaparecia e voltava num ritmo tão demorado e exato quanto as oscilações de um pêndulo. Como se voltasse de um sonho ou de uma amnésia absoluta, surpreendeu-se ao lembrar onde tinha chegado e por que estava ali.

Pulou na via férrea para que ninguém o visse e se afastou das luzes da estação, caminhando entre vagões abandonados, tropeçando em trilhos ocultos sob o mato. Cruzou uma cerca de tábuas apodrecidas, escorregou e caiu ao subir um barranco; não via mais a estação nem a luz do farol. Morto de frio, continuou avançando sobre uma terra empapada e grumosa, entre árvores dispersas, evitando luzes de quintas onde latiam os cachorros e muros de jardins que lhe obstruíam a passagem. Ao rodear interminavelmente um deles, temeu ter se perdido: estava numa rua limpa e comum, com portões fechados, postes de luz nas esquinas e cestos de lixo de plástico. Pensou: "Estou com a roupa toda rasgada, a cara suja de sangue, se alguém me vir vai chamar a polícia." Mas não tinha cabeça nem vontade senão para continuar a linha reta da rua, procurando o som ou o cheiro do mar, a luz do farol entre os eucaliptos.

Sem dúvida a rua era tão reta e tão longa porque corria junto da rodovia da costa: às vezes Biralbo ouvia bem perto motores de automóvel e percebia levemente no rosto o sopro do mar. Os muros iguais das quintas terminaram por fim num descampado pantanoso onde se erguiam contra a rasa escuridão do céu os andaimes de um edifício em construção. De um lado estava a rodovia, em seguida o farol e os precipícios do mar. Para evitar as luzes dos automóveis, distanciou-se do acostamento e caminhou quase à beira do penhasco. Bem ao fundo erguia-se e fosforescia a espuma contra as pedras: não quis continuar olhando para ela porque lhe dava medo o influxo daquela profundidade que o imobilizava e parecia chamá-lo. O farol o iluminava com uma claridade semelhante à da grande lua amarela do verão, uma luz giratória e poliédrica que multiplicava sua sombra e o confundia ao se extinguir. Com a cabeça baixa e as mãos nos bolsos, caminhava com a obstinação dos vagabundos circulares das ruas, sem outra proteção contra o vento frio do mar além da gola erguida do paletó. Já estava muito longe do farol quando viu acima das copas dos pinheiros a casa que Billy Swann lhe tinha anunciado. Um muro compridíssimo que não se podia enxergar da rodovia, depois um portão encostado e um nome: *Quinta dos Lobos.*

Entrou, temendo ouvir latidos de cachorros. O portão se abriu silenciosamente quando o empurrou e só ouviu, ao atravessar o jardim o ruído de seus passos sobre o cascalho. Viu uma torre, um breve pórtico com colunas, uma janela iluminada. Parou diante da porta com a mesma sensação de vazio e de limite que experimentara na plataforma do trem e à beira dos penhascos. Apertou a campainha e nada aconteceu. Voltou a apertar: dessa vez, sim, ouviu-a, bem longe, no fundo da casa. Depois o silêncio, o vento entre as árvores, a certeza de ter escutado passos e de que havia alguém cautelosamente imóvel atrás da porta. "Lucrecia", disse, como se lhe falasse no ouvido para despertá-la, "Lucrecia".

Não sou capaz de imaginar o rosto que Biralbo viu então nem o modo como se deu entre eles o reconhecimento ou a ternura, nunca os vi nem fui capaz de imaginá-los juntos: o que os unia, o que talvez agora continue unindo-os, era um vínculo que em si mesmo continha a qualidade do segredo. Nunca houve testemunhas, nem sequer quando já não eram premidos pela obrigação de se esconder: se alguém que não conheço esteve com eles ou os surpreendeu alguma vez num daqueles bares e hotéis clandestinos onde marcavam encontro em San Sebastián, estou certo de que não pôde notar nada do que verdadeiramente possuíam: uma trama de palavras e gestos, de pudor e ânsia, porque nunca acreditaram que se mereciam e nunca desejaram nem tiveram nada que não estivesse unicamente neles mesmos, um mútuo reino invisível que quase nunca habitaram, mas que tampouco podiam renegar, porque suas fronteiras os circundavam tão irremediavelmente quanto a pele ou o cheiro delimita a forma de um corpo. Ao se olharem se pertenciam, como você sabe quem é quando se fita num espelho.

Ficaram um instante cada um de um lado do umbral, sem se abraçar, sem dizer nada, como se os dois se encontrassem diante de alguém que não era quem esperavam ver. Mais bonita ou mais alta, quase desconhecida, de cabelo bem curto, com uma blusa de seda, Lucrecia abriu totalmente a porta para fitá-lo em plena luz e disse-lhe para entrar. Talvez tenham falado a princípio com uma distância não atenuada pela memória comum, mas sim por aquela covarde e ávida cortesia que tantas vezes os tornou estranhos, quando uma só palavra ou carícia lhes teria bastado para se reconhecerem.

– O que aconteceu? – exclamou Lucrecia. – O que fizeram no seu rosto?

– Você tem de ir embora daqui – ao tocar a testa, Biralbo roçou a mão dela, que lhe afastava os cabelos para examinar o ferimento. – Essa gente está atrás de você. Se não fugir, vão encontrá-la.

— Está com um lábio cortado. — Lucrecia tocava-lhe o rosto mas ele não sentia as pontas de seus dedos. Sentia o cheiro de seus cabelos, via tão perto a cor exata de seus olhos, tudo chegava até ele como da lonjura do desvanecimento: se se mexesse, se desse um passo, iria cair. — Você está tremendo. Venha, apóie-se em mim.

— Dê-me alguma coisa para beber, e um cigarro. Estou morrendo de vontade de fumar. Deixei o maço no sobretudo. E a pistola também. Imagine só.

— Que pistola? Mas não fale. Apóie-se em mim.

— A de Malcolm. Ia me matar com ela e tomei-a dele. Da maneira mais idiota.

Notava as coisas de um modo intermitente, em rápidas alternâncias de lucidez e letargia. Se fechava os olhos estava de novo no trem e temia que a vertigem o derrubasse. Enquanto andava abraçado a Lucrecia viu-se num espelho e teve medo de sua cara manchada de sangue e do círculo avermelhado que havia em torno de suas pupilas. Ela o ajudou a deitar-se num sofá, num cômodo nu onde ardia o fogo. Abriu os olhos e Lucrecia já não estava. Viu-a voltar com uma garrafa e dois copos. Ajoelhada junto dele, limpou-lhe o rosto com uma toalha úmida e depois lhe colocou um cigarro nos lábios.

— Foi Malcolm que fez isso?

— Caí e bati em alguma coisa. Uma coisa metálica. Ou talvez ele tenha me empurrado. Estava muito escuro. Sabe como é. Eu caía e me levantava, e ele sempre querendo esmurrar-me. Pobre Malcolm. Tinha raiva de mim. Estava louco por você.

— Onde está agora?

— No outro mundo, acho. Entre os trilhos, se sobrar algo. Ouvi-o gritar. Ainda ouço.

— Você o matou?

— Para dizer a verdade, não sei. Acho que lhe dei um empurrão, mas não tenho certeza. Pode ser que já o tenham encontrado. Você tem de ir embora daqui.

– Alguém seguiu você?

– Toussaints Morton vai encontrá-la se você não for embora. Quando amanhã ler o jornal, vai saber onde procurá-la. Poderá levar uma semana ou um mês, mas a encontrará. Caia fora daqui, Lucrecia.

– Como vou embora agora que você veio?

– Qualquer um pode entrar. O portão nem estava fechado.

– Deixei aberto para você.

Biralbo tomou de um só gole seu copo de *bourbon* e apoiou-se nos ombros de Lucrecia para se levantar. Percebeu que ela achara que ia abraçá-la e que por isso sorrira daquele modo ao se inclinar para ele. O *bourbon* queimava-lhe os ferimentos dos lábios e o reavivava com uma quente e desejada lentidão. Pensou que tinham passado muitos anos desde a última vez que Lucrecia o olhara como agora o estava olhando: fixamente, atenta a cada um dos pormenores da sua presença, quase intimidada por seu próprio olhar, pelo medo de que um gesto qualquer fosse o sinal de que ele iria embora. Mas não estava recordando: estremeceu ao se dar conta de que via pela primeira vez nos olhos de Lucrecia uma expressão que unicamente Malcolm testemunhara. O que sua memória nunca soubera guardar lhe era restituído pelo ciúme de um morto.

Lavou o rosto com água fria num banheiro enorme a que o brilho da porcelana e das torneiras dava um ar de sala de cirurgia de antigamente. Tinha o lábio inferior inchado e uma ferida na testa. Penteou-se cuidadosamente e ajustou a gravata como se fosse a um encontro com Lucrecia. Enquanto voltava para a sala de estar onde ela o esperava, examinou pela primeira vez a casa: em cada cômodo os objetos pareciam ordenados para enaltecer o vazio, a forma pura do espaço e da solidão. Guiado por uma música muito suave pôde voltar para perto de Lucrecia sem se perder pelos corredores.

— Quem está tocando? — perguntou; a música lhe oferecia um consolo tão ameno quanto o ar de uma noite de maio, como a lembrança de um sonho.

— Você — disse Lucrecia. — Billy Swann e você. *Lisboa*. Não está se reconhecendo? Sempre me perguntei como você pôde compor essa canção sem nunca ter estado em Lisboa.

— Precisamente por isso. Agora é que eu não poderia escrevê-la.

Estava sentado num canto do sofá, em frente ao fogo, no meio de um aposento vazio. Somente uma estante com discos e livros, uma mesinha baixa, em cima da qual havia um abajur e uma máquina de escrever, um aparelho de som, no fundo, com pequenas luzes vermelhas e verdes atrás de vidros escuros. Não importam as coisas que possuam ou guardem, pensou, os verdadeiros solitários estabelecem o vazio nos lugares que habitam e nas ruas que atravessam. No outro extremo do sofá Lucrecia fumava, ouvindo a música de olhos semicerrados, abrindo-os às vezes totalmente para fitar Biralbo com imóvel ternura.

— Tenho de lhe contar uma história — disse-lhe.

— Não quero ouvir. Ouvi muitas esta noite.

— Precisa saber. Desta vez vou dizer toda a verdade.

— Já a imagino.

— Falaram do quadro, não foi? Do plano que lhes roubei.

— Você não está entendendo, Lucrecia. Não vim aqui para que você me conte o que quer que seja. Não quero saber por que a estão procurando nem por que você me mandou aquela planta de Lisboa. Vim avisar que você tem de fugir. Assim que acabar este copo vou embora.

— Não quero que vá.

— Amanhã tenho ensaio com Billy Swann. Tocamos dia doze.

Lucrecia aproximou-se mais dele. O hábito da coragem e da solidão tinha aumentado seus olhos. O cabelo tão curto devolvia a seus traços a nitidez e a verdade que talvez só tivessem na adolescência. Ia dizer algo, mas cerrou os lábios com aquele gesto seu de inutilidade ou renúncia e se levantou. Biralbo a viu afastar-se na direção da estante dos livros. Voltou com um nas mãos e abriu-o diante de si. Era um volume de grandes folhas acetinadas com reproduções de quadros. Lucrecia assinalou uma delas, apoiando o livro aberto no teclado da máquina de escrever. Biralbo disse-me que olhar aquele quadro era como ouvir uma música muito próxima do silêncio, como ser possuído bem lentamente pela melancolia e pela felicidade. Compreendeu num instante que era assim que deveria tocar piano, do mesmo modo que aquele homem tinha pintado: com gratidão e pudor, com sabedoria e inocência, como que sabendo de tudo e ignorando tudo, com a delicadeza e o medo com que alguém se atreve pela primeira vez a uma carícia, a uma necessária palavra. As cores, diluídas na água ou na lonjura, desenhavam sobre o espaço branco uma montanha violeta, uma planície de ligeiras manchas verdes que pareciam árvores ou sombras de árvores no lusco-fusco de uma tarde de verão, um caminho perdendo-se na direção das encostas, uma casa baixa e sozinha com uma janela esboçada, uma alameda de árvores que quase a ocultavam, como se alguém houvesse escolhido viver ali para se esconder, para contemplar apenas o cume da montanha violeta. *Paul Cézanne*, leu no rodapé, *La montaigne Sainte-Victoire, 1906, col. B.U. Ramires.*

— Eu tive esse quadro – disse Lucrecia, e fechou o livro de um golpe. – Vendo a fotografia você não pode imaginar como era. Tive e vendi. Nunca me resignarei a não voltar a vê-lo.

Capítulo XVII

Avivou o fogo, trouxe cigarros, encheu os copos com a serena lentidão de quem leva a cabo uma cerimônia íntima. Lá fora o vento batia nos vidros e se ouviam bem perto os estampidos do mar contra os rochedos. Biralbo pegou o livro e deixou-o aberto no colo para continuar apreciando o quadro, enquanto Lucrecia falava. Bruscamente a contemplação daquela paisagem havia transfigurado tudo: a noite, a fuga, o medo de morrer, de não encontrar Lucrecia. Como algumas vezes o amor e quase sempre a música, aquela pintura fazia-o entender a possibilidade moral de uma estranha e inflexível justiça, de uma ordem quase sempre secreta que modelava o acaso e tornava habitável o mundo mas que não era deste mundo. Algo sagrado, hermético, e ao mesmo tempo cotidiano e diluído no ar, como a música de Billy Swann, quando tocava trompete num volume tão baixo que seu som se perdia no silêncio, como a luz ocre, rosa e cinza do entardecer de Lisboa: a sensação não de decifrar o sentido da música, das manchas de cor ou do mistério imóvel da luz, mas de ser entendido e aceito por eles. Mas anos atrás ele já tinha sabido e esquecido essas coisas. Recuperava-as agora como as tivera então, com mais sabedoria e menos fervor, irremediavelmente vinculadas a Lucrecia, à sua tranqüila voz de sempre e ao modo como sorria, sem separar os lábios, àquele perfume dos velhos dias que de novo era como o cheiro do ar de uma pátria perdida.

Por isso lhe importava tão pouco a história que ela lhe estava contando: importava-lhe sua voz, não suas palavras, sua presença, não o motivo de a ter encontrado ali; agradecia como dádivas cada uma das coisas que haviam acontecido com ele desde que chegara a Lisboa. Afastou os olhos do livro para fitar Lucrecia e pensou que talvez já não a amasse, que nem sequer a desejasse. Mas aquela frieza sem desconfiança, que o limpava do passado e do desgaste da dor, era também o espaço em que voltava a vê-la, como a vira uns dias ou umas horas antes de se apaixonar por ela, no Lady Bird ou no Viena, em alguma rua esquecida de San Sebastián: tão propícia e futura, tão iluminada como as cidades em que estamos prestes a chegar pela primeira vez.

Ouvia de novo as palavras, os nomes que durante tanto tempo o perseguiram e cuja obscuridade permaneceu intacta, mesmo depois daquela noite, porque continuava sendo mais poderosa que a verdade ou a mentira que encerrava: Lisboa, Burma, Ulhman, Morton, Cézanne, nomes que se desagregavam na voz de Lucrecia para se reagrupar numa trama desconhecida que modificava e corrigia parcialmente as lembranças e as adivinhações de Biralbo. Mais uma vez ouviu a palavra Berlim, reconhecendo em seu som as sucessivas camadas da distância, da sordidez e da dor que o tempo tinha lhe agregado desde a remota era em que escrevia cartas a

Lucrecia e não esperava mais vê-la: quando havia acatado a mediocridade e a decência, dava aula num colégio de freiras e ia cedo para a cama enquanto ela via estrangularem um homem com fio de náilon e depois fugia na neve suja das ruas em busca de uma caixa de correio ou de alguém a quem pudesse confiar sua última carta a Biralbo, aquela planta de Lisboa, antes que Malcolm, Toussaints Morton e Daphne a pegassem...

– Menti para você – disse Lucrecia. – Você tinha o direito de saber a verdade mas não a contei. Ou não contei toda ela. Porque se tivesse contado teria vinculado você a mim, e eu queria estar sozinha, chegar sozinha a Lisboa; estava presa a Malcolm havia anos, e a você também, a suas lembranças e suas cartas; minha vida tinha sido jogada fora e eu tinha certeza de que só iria recuperá-la se ficasse sozinha, por isso menti para você e pedi para você partir quando estávamos naquele hotel; por isso tive coragem para tirar a planta e o revólver de Malcolm e fugir dele, pouco me importava que ele tivesse ajudado Toussaints a matar aquele bêbado, isso não me fazia ter mais desprezo ou mais nojo dele, não era mais sujo estrangular um homem do que deitar-se em cima de mim sem nunca me olhar nos olhos e depois correr para o banheiro de cabeça baixa... Queria que tivéssemos um filho. Desde que apareceu o Português só me falava disso, ia ganhar muito dinheiro, poderíamos nos aposentar e ter um filho, em vez de trabalhar o resto de nossas vidas; me dava náuseas pensar naquilo, uma casa com um jardim, um filho de Malcolm, Toussaints e Daphne vindo almoçar conosco todos os domingos. Lembro-me da noite em que trouxeram o Português, amparando-o entre os dois para que não caísse, grande como uma árvore, louro, vermelho, com os olhos tão turvos e cavos no rosto como os de um porco, repleto de cerveja, com aquelas tatuagens nos braços; largaram-no no sofá e ele ficou respirando muito forte e dizendo coisas com a língua travada. Toussaints trouxe do carro uma caixa de latas de cerveja e colocou-a ao lado dele, o Português as abria e bebia uma a uma, como um autômato; depois as amassava com a mão como se fossem de papel e jogava-as no chão. Eu o ouvia repetir uma palavra, Burma, que algumas vezes parecia um lugar, outras o nome de um exército ou de uma conspiração. Toussaints e Daphne não desgrudavam dele, tinham sempre pronta uma lata de cerveja, e Daphne ouvia-o e tomava notas, com sua pasta nos joelhos, "onde fica *Burma*"; Toussaints perguntava ao Português, "em que parte de Lisboa", e uma daquelas vezes o Português se ergueu como se de repente tivesse ficado sóbrio e disse: "Não vou falar, não vou quebrar a promessa que fiz a dom Bernardo Ulhman Ramires quando estava morrendo." Abriu muito os olhos e encarou-nos todos, tentou se levantar, mas tornou a cair no sofá e ficou dormindo como um boi.

"Vocês estão vendo o último soldado de um exército vencido", disse Toussaints Morton com a solenidade de quem pronuncia uma oração fúnebre. Lucrecia recordava que, falando-lhes de dom Bernardo Ulhman Ramires e de seu império fenecido, assoara ruidosamente o nariz com seu grande lenço xadrez e saltaram-lhe lágrimas: lágrimas de verdade, disse Lucrecia, grandes lágrimas brilhantes que escorriam por seu rosto como gotas de mercúrio. Enquanto o Português dormia, vigiado por Daphne, Toussaints Morton explicou o que era Burma e por que tinham uma oportunidade de se tornar ricos para sempre usando apenas um pouco de inteligência e de astúcia, "nada de força bruta, Malcolm", avisou, bastaria que tivessem paciência, que nunca deixassem o Português sozinho e que não faltassem na geladeira latas de cerveja, "toda a cerveja do mundo", disse, estendendo as mãos, "o que pensaria o pobre dom Bernardo Ulhman Ramires se visse em que se transformara aquele que fora o melhor de seus soldados".

— Um exército secreto — disse Lucrecia. — Aquele sujeito tinha perdido suas plantações de café, seu palácio no meio de um lago, quase todos os seus quadros e teve de fugir de Angola, depois da independência. Voltou clandestinamente para Portugal e comprou o maior armazém de Lisboa para estabelecer nele a sede de sua conspiração. Era o que o Português tinha contado a Morton: que dom Bernardo vendera os poucos quadros que lhe restavam para comprar armas e contratar mercenários e que depois de sua morte Burma fora se desagregando, já não restava quase nada além do armazém, por isso ele tinha partido de Lisboa, não porque tivesse medo da polícia. Disse algo mais, porém: que no escritório de dom Bernardo havia um velho calendário e um quadro muito pequeno que não devia valer nada quando lhe fora vendido.

— Amigos meus — Toussaints Morton assegurou-se de que o Português continuava dormindo no quarto contíguo. — Vocês acham que um *amateur* do talento de dom Bernardo Ulhman Ramires penduraria em seu escritório um quadro sem valor? Eu, que o conheci bem, digo que não. "É uma paisagem", disse este animal, "vê-se uma montanha e um caminho." Tremi ao ouvir isso! Com muita discrição perguntei-lhe se também havia uma casa entre árvores, embaixo, à direita. Eu já sabia que ia responder que sim... Conheço o quadro, faz quinze anos, em Zurique, dom Bernardo me mostrou. E agora está pendurado junto de um calendário, pegando poeira nesse armazém de Lisboa onde ninguém olha para ele. Foi pintado por Paul Cézanne em mil novecentos e seis. Cézanne, Malcolm! Já ouviu esse nome? Mas é inútil, vocês nem são capazes de imaginar quanto dinheiro vão nos dar por ele, se o encontrarmos...

— Mas não sabiam onde ficava Burma — disse Lucrecia. — Só que era um armazém de café e especiarias e, para descer no porão, era preciso dizer a palavra *Burma*, embebedavam o Português e não se atreviam quase nunca a lhe perguntar diretamente, com medo de que desconfiasse, mas devem ter se impacientado; suponho que Malcolm falou alguma coisa que o fez suspeitar, porque naquele dia, na cabana, quando se trancaram com ele, ouvi que gritava e vi-o sair guardando algo no bolso, um papel amarrotado, mas ia caindo, entrou no banheiro e ficou lá dentro um tempão, ao urinar fazia mais barulho que um cavalo... Toussaints chamou-o, muito nervoso, creio que temia que o Português tivesse jogado a planta na privada. "Saia daí", dizia-lhe, "damos a metade para você, você sozinho não saberia onde vendê-lo". Então eu o vi guardar no bolso aquele fio de náilon, olhou para mim e me disse: "Lucrecia, querida, estamos todos famintos, quer ajudar Daphne a preparar o almoço?"

Biralbo se levantou para atiçar o fogo. O livro continuava inclinado e aberto sobre a máquina de escrever. Pensou que aquela paisagem tinha a mesma delicadeza imutável do olhar e da voz de Lucrecia: imaginou-o oculto na penumbra, invisível para os que passavam junto dele e não o viam, esperando imóvel, com a lealdade das estátuas, tão alheio ao tempo quanto à cobiça e ao crime. Uma palavra tinha bastado para consegui-lo: mas só a pôde dizer quem merecia.

— Foi tão fácil... — disse Lucrecia. — Foi como atravessar uma rua ou tomar um ônibus. Cheguei ao armazém; estava quase vazio, havia homens carregando móveis velhos e sacos de café num caminhão. Entrei e ninguém me disse nada, era como se não me vissem... No fundo havia uma dessas escrivaninhas antigas e um homem de cabelos brancos, escrevendo num livro de registro enorme, como que anotando as coisas que os outros levavam. Fiquei parada diante dele, meu coração disparava e eu não sabia o que lhe dizer. Tirou os óculos para me olhar direito, deixou-os em cima do livro e pôs a pena no tinteiro, com muito cuidado, para não manchar o que tinha escrito. Vestia um guarda-pó cinza. Perguntou-me o que queria, muito educadamente, como esses velhos garçons dos cafés, sorrindo para mim. Eu disse: "Burma"; achei que ele não tinha entendido, porque sorria como se não conseguisse me enxergar direito. Mas meneou a cabeça e respondeu, baixando muito a voz: "Burma já não existe. Deixou de existir muito antes da polícia chegar"... Pôs de novo os óculos, pegou a pena e continuou escrevendo, aqueles homens subiam do porão carregando sacos de café e caixas cheias de coisas estranhas, lanternas de barco, cordas, objetos de cobre, coisas que pareciam aparelhos de navegação. Segui um deles por um corredor e depois por uma escada metálica. O quadro estava embaixo, num pequeno escritório. Havia livros e papéis jogados no chão. Fechei a porta e tirei-o da moldura. Guardei-o numa sacola de plástico. Saí dali como se não pisasse no chão. O homem de cabelos brancos já não estava na escrivaninha. Vi a pena, o livro aberto, os óculos. Um dos homens que carregavam o caminhão me disse uma coisa, e os outros puseram-se a rir, mas nem olhei para eles. Fiquei dois dias trancada num quarto de hotel, contemplando o quadro, tocando-o com as pontas dos dedos, como quando se acaricia.

— Vendeu-o em Lisboa?

— Em Genebra. Lá eu sabia aonde ir. Comprou-o um desses americanos do Texas que não fazem perguntas. Imagino que deve tê-lo guardado imediatamente depois numa caixa-forte. Pobre Cézanne.

— Mas eu podia ter perdido aquela carta — disse Biralbo depois de um demorado silêncio. — Ou jogado fora depois de lê-la.

– Você sabe que isso era impossível, então. Eu também sabia.

– Você pegou a planta naquela noite, no hotel da beira da estrada, não foi? Quando saí para esconder o carro de Floro.

– Era um motel. Lembra-se do nome?

– Eu estava meio perdido. Acho que nem tinha nome.

– Mas você não saiu para esconder o carro – Lucrecia se divertia, assediando a memória de Biralbo. – Disse que ia comprar sanduíches.

– Ouvimos um motor. Lembra? Você ficou pálida de medo. Achava que Toussaints Morton tinha nos encontrado.

– Você é que estava com medo, e não de que Toussaints nos encontrasse. Medo de mim. Quando ficamos sozinhos no quarto, você sugeriu que descêssemos para tomar um drinque. Mas havia um frigobar cheio de bebidas. Você teve então a idéia de ir buscar sanduíches. Estava morto de medo. Dava para notar em seus olhos, nos gestos que você fazia.

– Não era medo. Era só desejo.

– Suas mãos tremiam quando você se deitou a meu lado. As mãos e os lábios. Você tinha apagado a luz.

– Não, foi você que apagou. Claro que eu estava tremendo. Você nunca sentiu a respiração falhar de tanto desejar alguém?

– Já.

– Não me diga quem.

– Você.

– Mas isso foi no começo. Na primeira noite que você veio comigo. Nós dois tremíamos então. Nem no escuro ousávamos nos tocar. Mas não era por medo. Era porque não acreditávamos merecer o que estava acontecendo conosco.

— E não merecíamos mesmo — Lucrecia sublinhou suas palavras com o gesto de acender um cigarro. Mas não o fez: com ele já nos lábios, ofereceu o isqueiro a Biralbo na palma da mão, para que ele o pegasse e o acendesse: aquele simples gesto negava a nostalgia e enaltecia o presente. — Não éramos melhores do que agora. Éramos jovens demais. E vis demais. O que estávamos fazendo não nos parecia ilícito. Achávamos que o acaso nos desculpava. Lembre-se daqueles encontros nos hotéis, do medo de que Malcolm nos descobrisse ou de que seus amigos nos vissem juntos.

Biralbo negou: não queria se lembrar do medo nem das horas sórdidas, disse, ao cabo de dois anos tinha apagado da sua consciência tudo o que pudesse difamar ou desmentir as duas ou três noites máximas da sua vida, porque não lhe importava recordar, mas sim escolher o que já lhe pertencia para sempre: a noite indelével em que saíra do Lady Bird com Lucrecia e com Floro, parara um táxi e tomara-o, exasperado pelo ciúme e pela covardia, e Lucrecia abrira a porta, sentara-se a seu lado e dissera: "Malcolm está em Paris. Vou com você." Na calçada, Floro Bloom, gordo e sorridente, abrigado do frio por seu casaco de arpoador, dava-lhes adeus com a mão.

— Você também usava um casaco de gola grande — disse Biralbo. — Preto, de uma pele bem macia. Quase cobria seu rosto.

— Deixei-o em Berlim — agora Lucrecia estava tão perto como dentro daquele táxi. — Não era pele de verdade. Foi um presente de Malcolm.

— Pobre Malcolm — Biralbo recordou fugazmente as duas mãos abertas que procuravam no ar um apoio impossível em que pudessem se agarrar. — Ele também falsificava casacos de pele?

— Queria ser pintor. Gostava tanto da pintura como você pode gostar da música. Mas a pintura não gostava dele.

— Fazia muito frio naquela noite. Você estava com as mãos geladas.

— Mas não era de frio — agora também Lucrecia procurou suas mãos enquanto olhava para ele: notou nelas o mesmo frio que sentia nas dele quando ia tocar e as pousava pela primeira vez no teclado. — Tocar você me amedrontava. Eu tocava seu corpo inteiro e o meu nas suas mãos. Sabe quando me lembrei desse momento? Quando saí daquele armazém com o quadro de Cézanne numa sacola de plástico. Tudo era ao mesmo tempo impossível e infinitamente fácil. Como me levantar da cama, tirar a planta e o revólver de Malcolm e partir para sempre...

— Por isso não éramos vis — disse Biralbo: agora a vertigem não mitigada da velocidade do trem se confundia com a daquele táxi que os havia conduzido até o fim da noite pelas distantes ruas de San Sebastián. — Porque só procurávamos coisas impossíveis. Tínhamos asco da mediocridade e da felicidade dos outros. Desde a primeira vez que nos vimos, eu notava em seus olhos que você morria de vontade de me beijar.

— Não tanto como agora.

— Está mentindo. Nunca haverá nada que seja melhor do que aquilo que vivemos então.

— Será melhor porque é impossível.

— Quero que minta para mim — disse Biralbo. — Que nunca me diga a verdade. — Mas ao dizer isso já estava roçando os lábios de Lucrecia.

Capítulo XVIII

Ao abrir os olhos pensou que só tinha dormido uns minutos. Lembrava-se do abstrato azul da janela, da fria claridade acinzentada que ia atenuando a luz do abajur e devolvendo lentamente sua forma às coisas, mas não as cores, igualadas ou dissolvidas no azul pálido da penumbra, na brancura dos lençóis, no brilho cansado e morno da pele de Lucrecia. Tivera ou sonhara ter a sensação de que seus corpos cresciam e ocupavam avarentamente a integridade do espaço e removiam ao estremecer as sombras coladas neles: no limite do desejado e do mútuo desvanecimento reavivava-os uma tranqüila gratidão de cúmplices. Talvez nada lhes tenha sido restituído naquela noite: talvez naquela estranha luz que não parecia vinda de lugar nenhum tenham obtido, ao ver algo que ignoravam, que nem sequer haviam sabido desejar até então, o fulgor com que lhes era possível se descobrir no tempo após a absolvição da memória.

Mas não tinha dormido poucos minutos: a claridade do sol refletia-se nas cortinas translúcidas. Tampouco estava recordando um sonho, porque era Lucrecia que dormia tranqüilamente a seu lado, nua sob o lençol que suas coxas aprisionavam, despenteada, com a boca entreaberta, quase sorrindo, seu perfil agudo contra o travesseiro, tão perto de Biralbo como se houvesse adormecido quando ia beijá-lo.

Ainda sem se mexer, por medo de acordá-la, correu os olhos pelo quarto, reconhecendo vagamente as coisas, adquirindo em cada uma delas pormenores dispersos do que não recordava: suas calças, jogadas no chão, sua camisa, manchada de pequenas gotas escuras, os saltos altos de Lucrecia, as passagens de trem, em cima da mesa de cabeceira, junto do cinzeiro, indícios de uma noite bruscamente distante, apenas irreal, não temível ou propícia. Com lentidão e cautela começou a se erguer: Lucrecia respirou mais fundo e disse algo no sono enquanto lhe abraçava a cintura. Pensou que era muito tarde, que Billy Swann já devia estar telefonando para seu hotel. Imaginou peremptoriamente o modo de se levantar sem que ela percebesse. Girou bem devagar: a mão de Lucrecia roçou-lhe levemente as virilhas enquanto ele se afastava e depois ficou quase imóvel, tateando às cegas nos lençóis. Aconchegada em si mesma, sorriu como se ainda estivesse abraçando-o e afundou o rosto no travesseiro, fugindo do despertar e da luz.

Biralbo entreabriu a janela. Demorou para perceber que a sensação de leveza que tornava tão discretos seus movimentos ele não a devia agradecer às horas de sono, mas à pura ausência do passado. Pela primeira vez em muitos anos não acordava premido pela suspeita de um pesadelo ou de um rosto que lhe fosse necessário recuperar. Não pediu contas da noite anterior ao espelho do banheiro. Continuava tendo o lábio inferior inchado e uma fina cicatriz lhe cruzava a testa, mas nem mesmo o ar malvado de seu rosto com a barba por fazer lhe pareceu totalmente reprovável. Pela janela via o mar: o sol brilhava nas tênues cristas das ondas com reflexos metálicos. Apenas uma coisa banal o comoveu: no toalheiro estava o penhoar vermelho de Lucrecia, que recendia levemente à sua pele e a sais de banho.

Em outros tempos teria procurado com ciumento rancor sinais de uma presença masculina: agora, ao sair do chuveiro, contrariava-o a possibilidade de não encontrar com que fazer a barba. Distraía-se examinando os potes de cosméticos, cheirando estojos de pós rosados, sabonetes, perfumes. Barbeou-se a duras penas com uma pequena e afiada lâmina que lhe recordou a vileza de um revólver de trapaceiro. A água quente quase sumiu com as manchas de sangue na camisa. Pôs a gravata: ao ajustá-la, notou uma dor intensa no pescoço e lembrou-se fugazmente de Malcolm: sem arrependimento, com o persistente desejo de esquecer e de fugir, de quem se lembra ao acordar que bebeu demais na noite anterior.

Na sala de estar, sobre a máquina de escrever, ainda estava aberto o livro de Cézanne, junto de dois copos com um pouco de água e uma garrafa vazia. Contemplou o caminho, a montanha violeta, a casa entre as árvores; pareceram-lhe imunes ao leve descrédito que contaminava tudo, até a luz brumosa do mar. Era como se houvesse demorado tempo demais para voltar à pátria a que pertencia: contra sua vontade, ia tomando conta dele uma agradável sensação de estranheza e mentira, de liberdade, de alívio.

Procurando a cozinha, porque tinha vontade de fazer café, chegou a uma peça que tinha três janelas que davam para os penhascos. Havia uma mesa cheia de livros e folhas manuscritas e outra máquina de escrever com uma folha em branco. Cinzeiros, mais livros no chão, maços de cigarro vazios, uma passagem de avião de vários meses atrás: *Lisboa-Estocolmo-Lisboa*. As folhas, escritas com tinta verde, estavam cheias de rasuras. Na parede viu a foto de um desconhecido: ele mesmo, três ou quatro anos atrás, os olhos muito fixos em algo que não estava naquele quarto nem em nenhum outro lugar, as mãos estendidas sobre o teclado de um piano que era o do Lady Bird. A sombra ocultava a metade daquele rosto; na outra, no olhar e na expressão dos lábios, havia medo, ternura e um despojado instinto de adivinhação. Perguntou-se o que teria pensado e sentido Lucrecia, fitando todas as noites aquelas pupilas que pareciam ao mesmo tempo sorrir para a pessoa que tinham diante de si e renegá-la, e não vê-la.

A casa não era tão grande quanto lhe parecera ao chegar: dilatavam-na o espaço vazio e o horizonte do mar a partir das janelas. Procurava nela inutilmente indícios da vida de Lucrecia: o silêncio, as paredes brancas, os livros, eram a única resposta a sua interrogação. No fundo de um corredor encontrou a cozinha, tão limpa e anacrônica como se há muitos anos ninguém a usasse. Do outro lado da janela, acima das árvores, viu a torre cônica do farol. Que estivesse tão perto surpreendeu-o tanto quanto descobrir a desmentida amplidão de um lugar da infância. Fez café: agradeceu seu cheiro como uma lealdade recuperada. Quando voltou à sala para pegar um cigarro, Lucrecia o estava observando. Sem dúvida escutara seus passos no corredor e parara, esperando que ele aparecesse no umbral. Ao vê-lo desligou o rádio: fitava-o como se, ao acordar, houvesse temido não o encontrar. À luz do dia não era tão imperiosa sua figura, e sim mais hospitaleira ou mais frágil, grave de repente, dócil à suspeita do perigo, erguida contra ela.

– Encontraram o corpo de Malcolm – disse. – Estão procurando você. Acabo de ouvir no rádio.

– Falaram meu nome?

— Nome, sobrenome e o hotel em que estava hospedado. Um fiscal declarou que viu vocês brigando na plataforma do trem.

— Devem ter encontrado meu sobretudo – disse Biralbo. – Ia vesti-lo quando Malcolm apareceu.

— Deixou seu passaporte nele?

Biralbo procurou nos bolsos: o passaporte estava no paletó. Então lembrou.

— O recibo do hotel – disse. – Estava no sobretudo, por isso sabem meu nome.

— Pelo menos não têm um retrato seu.

— Disseram que eu o matei?

— Só que estavam procurando você. O fiscal se lembrava muito bem de Malcolm e de você. Parece que não ia mais ninguém no trem.

— Ele também foi identificado?

— Disseram até a profissão que punha no passaporte. Restaurador de quadros.

— Temos de sair daqui hoje mesmo, Lucrecia. Toussaints Morton já sabe onde procurá-la.

— Ninguém poderá nos encontrar se não sairmos desta casa.

— Ele sabe o nome da estação. Fará indagações. Não levará dois dias para chegar aqui.

— Mas vão dar seu nome à polícia do aeroporto. Você não pode voltar ao hotel nem sair de Portugal.

— Tomo um trem.

— Também há polícia nos trens.

— Eu me escondo uns dias no hotel de Billy Swann.

— Espere. Conheço alguém que pode nos ajudar. Um espanhol que tem um clube perto do Burma. Ele vai lhe arranjar um passaporte falso. Ajudou-me a falsificar a documentação do quadro.

— Diga onde ele mora que vou até lá falar com ele.

— Ele pode vir até aqui. Vou telefonar para ele.

– Não dá tempo, Lucrecia. Você tem de sair daqui.
– Iremos embora juntos.
– Ligue para esse cara e diga que vou procurá-lo. Eu sozinho.
– Você não conhece ninguém em Lisboa. Está sem dinheiro. Dentro de alguns dias poderemos partir sem nenhum perigo.

Mas ele quase não tinha sensação de ameaça: tudo, até a suspeita de que os automóveis da polícia estivessem rondando as ruas sombreadas das quintas, parecia-lhe distante, sem relação com ele, tão indiferente à sua vida quanto a paisagem do mar e o jardim abandonado que circundavam a casa, como a própria casa e o distante fervor da noite passada, limpo de toda cinza, como um fogo de diamantes. Não queria mais, como outras vezes, apressar o tempo para que não lhe fosse roubada a proximidade de Lucrecia, esgotar até o último minuto não apenas a delícia mas também a dor, como quando estava tocando e eludia as notas finais com medo de que o silêncio abolisse para sempre em sua imaginação e em suas mãos o poder da música. Talvez o que lhe fora proporcionado sob a luz imóvel do amanhecer não admitisse duração, nem comemoração, nem regresso: seria sempre seu se se negasse a virar os olhos.

Sem que dissessem nada, Lucrecia soube o que ele estava pensando e entendeu a ilimitada ternura de sua despedida em silêncio. Beijou-o levemente nos lábios, deu meia-volta e foi para o quarto. Biralbo ouviu-a digitar um número de telefone. Enquanto ela indagava por alguém em português, levou-lhe uma xícara de café e um cigarro. Com uma espécie de clarividência futura, soube que naqueles gestos estava a felicidade. Com o rosto inclinado para segurar o fone sobre seu ombro me dizia palavras muito velozes que ele não conseguiu entender e anotava alguma coisa num bloco sobre os joelhos.

Vestia apenas uma camisa grande e um pouco masculina que não havia acabado de abotoar. Estava com o cabelo molhado e algumas gotas de água ainda lhe brilhavam nas coxas. Desligou, deixou o bloco e o lápis em cima da mesa de cabeceira, tomou devagar o café, observando Biralbo através da fumaça.

— Estará esperando você esta tarde, às quatro — disse, mas seu olhar era totalmente alheio às suas palavras. — Neste endereço.

— Ligue já para o aeroporto — Biralbo colocou-lhe o cigarro nos lábios. Tinha sentado junto dela. — Reserve uma passagem para o primeiro avião que saia de Portugal.

Lucrecia dobrou o travesseiro e se encostou nele, expelindo a fumaça com os lábios muito pouco separados, em lentos fios cinzentos e azuis, listrados como a penumbra e a luz. Dobrou as pernas e apoiou os pés unidos e descalços na beira da cama.

— Tem certeza de que não quer vir comigo?

Biralbo acariciava-lhe os tornozelos: mas não era tanto uma carícia quanto um delicado reconhecimento. Abriu-lhe um pouco a camisa, sentindo ainda nos dedos a umidade da pele. Voltaram a se fitar: parecia que o que suas mãos fizessem ou suas vozes dissessem envolvia a intensidade de suas pupilas tão inutilmente quanto a fumaça dos cigarros.

— Lembre-se de Morton, Lucrecia. É a ele, não à polícia, que devemos temer.

— Essa é a única razão? — Lucrecia tirou o cigarro dele e puxou-o para si, tocando-lhe com a ponta dos dedos os lábios e o ferimento da testa.

— Há outra.

— Eu já sabia. Diga qual é.

— Billy Swann. Dia doze tenho de tocar com ele.

— Mas será muito perigoso. Alguém pode reconhecer você.

– Não, se eu usar outro nome. Darei um jeito para que as luzes não me batam na cara.

– Não toque em Lisboa – Lucrecia o havia empurrado bem devagar até deitá-lo junto dela e pegou-lhe o rosto entre as mãos para que ele não pudesse fitá-la. – Billy Swann vai entender. Não vai ser o último concerto dele.

– Pode ser que seja – disse Biralbo. Fechou os olhos, beijou-lhe as comissuras dos lábios, os pômulos, o início dos cabelos, numa escuridão mais desejada do que a música e mais doce do que o esquecimento.

Capítulo XIX

— Não a viu mais desde então? — perguntei-lhe. — Nem sequer a procurou?
— Como poderia procurá-la? — Biralbo olhou para mim, quase me desafiando a lhe responder. — Onde?
— Em Lisboa, suponho, passados uns meses. A casa era dela, não? Voltaria a ela.
— Telefonei uma vez. Ninguém atendeu.
— Podia lhe escrever. Ela sabe que você está vivendo em Madri?
— Mandei lhe um postal poucos dias depois de encontrar você no Metropolitano e o devolveram. "Endereço incompleto."
— Com certeza está procurando você.
— Não a mim, mas Santiago Biralbo — procurou o passaporte na mesa de cabeceira e estendeu-o a mim, aberto na primeira página. — Não Giacomo Dolphin.
O cabelo crespo e muito curto, os óculos escuros, uma dispersa sombra de vários dias sem se barbear nas

faces, alongando-lhe o rosto vertical e muito pálido, que já era de outro homem, ele mesmo, o que passou vários dias escondido num lugar que não era exatamente um hotel, esperando que lhe crescesse a barba para ficar igual ao homem da fotografia, porque aquele espanhol, Maraña, antes de tirá-la, havia sombreado com um lápis de maquiagem e um pincelzinho untado de pó cinza o queixo e os pômulos, esfregando-lhe o rosto com seus dedos úmidos, diante do espelho, como se ele fosse um ator inábil, e tinha lhe erguido os cabelos, molhando-os com fixador, dizendo-lhe depois, satisfeito com sua obra, cuidando de corrigir detalhes menores enquanto preparava a máquina fotográfica, "nem sua mãe o reconheceria; nem Lucrecia".

Por três dias, encerrado naquele quarto com uma só janela, da qual via uma cúpula branca, telhados avermelhados e uma palmeira, esperando sempre que Maraña voltasse com o passaporte falso, foi se transformando no outro com a lentidão de uma metamorfose invisível, tão lentamente quanto a barba crescia e lhe sujava o rosto, fumando diante da lâmpada do teto, diante da cúpula em que a luz primeiro era amarela, depois branca e terminava sendo cinzenta e azul, fitando-se no espelho do banheiro, onde uma torneira gotejava com a regularidade de um relógio, trazendo-lhe quando a abria toda um hálito de esgoto. Passava as mãos pelas bochechas ásperas, como que procurando indícios de uma tran. guração que ainda não era visível, contava as horas e o gotejo da água, murmurava canções, imitando o som do trompete e do contrabaixo enquanto da rua chegavam-lhe vozes de moças chinesas que chamavam os homens e riam como passarinhos, e cheiros de carne assada em brasas de carvão e de guisados temperados com muitas especiarias. Uma das chinesas, diminuta e pintada, dotada de uma obscena cortesia infantil, subia-lhe, com pontualidade de enfermeira, café, pratos de arroz com peixe, vinho verde, chá, aguardente e cigarros americanos de contrabando, porque o senhor Maraña havia assim ordenado antes de ir embora, e até uma vez se deitou a seu lado e começou a beijá-lo como um passarinho que bica a água, rindo-se depois com os olhos baixos quando Biralbo lhe fez entender que preferia ficar sozinho. O espanhol, Maraña, voltou no terceiro dia com o passaporte metido numa sacola de plástico que estava úmida quando Biralbo a tocou, porque suavam muito as mãos e o pescoço de Maraña, que subia a escada vindo da rua, arquejando como um cetáceo, com seu terno que parecia de linho colonial, seus óculos de lentes verdes que ocultavam olhos de albino e sua pesada hospitalidade de sátrapa. Pediu café e aguardente, afugentou com palmadas as moças chinesas, não tirou os óculos para falar com Biralbo: apenas ergueu um pouco as lentes e limpou os olhos com a ponta de um lenço.

– Giacomo Dolphin – disse, agitando o passaporte, para que Biralbo percebesse o mérito de sua flexibilidade. – Nascido em Orã, em mil novecentos e cinqüenta e um, de pai brasileiro, embora nascido na Irlanda, e mãe italiana. Desde hoje este é você, companheiro. Viu o jornal? Já não falam daquele ianque que você liquidou outro dia. Trabalho limpo; pena que você tenha deixado o sobretudo no trem. Lucrecia me explicou tudo. Um empurrão e, zás, na linha férrea, não foi?

– Não lembro. Na realidade nem sei se não caiu sozinho.

– Pode ficar sossegado, homem. Somos compatriotas ou não? – Maraña tomou um gole de aguardente, e o suor cobriu-lhe o rosto. – Eu me sinto uma espécie de cônsul dos espanhóis em Lisboa. Ou vão à embaixada ou vêm a mim. Quanto a esse mulato da Martinica que andava atrás de você, eu já disse a Lucrecia: tranqüilidade. Vou cuidar pessoalmente de você até que vá embora de Lisboa. Vou levá-lo a esse teatro onde vai tocar. No meu próprio carro. Anda armado, o mulato?

– Acho que sim.

– Eu também – Maraña, ofegante, tirou de sua inchada cintura o revólver mais comprido que Biralbo já tinha visto, até mesmo no cinema. – Trezentos e cinqüenta e sete. Ele que apareça na minha frente.

– Costuma aparecer por trás. Com um fio de náilon.

– Pois que não me deixe virar – Maraña pôs-se de pé e guardou o revólver. – Tenho de ir embora. Quer que o leve a algum lugar?

– Ao teatro, se puder. Preciso ensaiar.

– À sua disposição. Por Lucrecia sou capaz de virar falsificador, guarda-costas e chofer. Assim são os negócios: hoje por você, amanhã por mim. Ah, se precisar de dinheiro é só pedir. Sorte a sua, companheiro. Isso é que é viver à custa das mulheres...

Todas as noites Maraña ia pegá-lo, enquistado num carro incrível que subia pelas ruelas como uma barata, um desses Morris que foram raivosamente esportivos havia uns vinte anos e em que Biralbo sempre se perguntou como Maraña conseguia entrar e se mover. Enquanto dirigia, como que esmagado pelo teto, bufava sob um bigode de animal marinho, que lhe tapava a boca e manipulava o volante com bruscas e arbitrárias guinadas; às vezes era um exilado político dos velhos tempos; outras, o fugitivo de uma injusta acusação de desfalque. Não lhe restavam saudades da Espanha, a terra de ingratidão e de inveja, que condenava ao desterro quem se revoltasse contra a mediocridade: acaso ele, Biralbo, também não era um desterrado, não tivera de ir para o exterior para triunfar na música? Durante os ensaios, sentado na primeira fila como um Buda de sebo, Maraña sorria e ficava dormindo sossegadamente, e, quando o rufo da bateria ou a irrupção do silêncio o acordavam, fazia o rápido gesto de pegar o revólver e escrutava a penumbra do teatro vazio, as cortinas vermelhas entreabertas. Biralbo nunca se atreveu a perguntar quanto Lucrecia lhe pagara, nem que dívida estava saldando ao protegê-lo. "No exílio, nós, espanhóis, devemos nos ajudar uns aos outros", dizia Maraña, "veja o povo judeu..."

Mas, na tarde do concerto, Biralbo não esperou ouvir a buzina do carro de Maraña nem o barulho de catástrofe com que rodava sobre os paralelepípedos e parava na porta da casa, junto da janela em que se debruçavam às vezes as moças chinesas. Levantou-se da cama como um doente movido pela obrigação da coragem, bebeu um gole de aguardente, olhou-se no espelho, as pupilas excessivamente dilatadas e a barba de oito dias lhe davam um ar de devassidão e noites sem dormir; guardou o passaporte como quem esconde uma arma, pôs os óculos escuros e desceu por uma escada estreita que tinha degraus forrados de linóleo sujo e terminava na ruela. Uma das moças deu-lhe adeus da janela. Ouviu atrás de si breves risos agudos e não quis se virar. De uma taverna próxima saía uma fumaça densa de cheiros de gordura, resina e comidas asiáticas. Detrás das lentes dos óculos o mundo tinha uma opacidade de anoitecer ou de eclipse. Ao descer rumo à cidade baixa, sentia a mesma leveza quase involuntária de quando perdia o medo da música, lá pela metade do concerto, naquele instante em que suas mãos paravam de suar e obedeciam a um instinto de velocidade e de orgulho tão alheio à consciência quanto às batidas de seu coração. Ao virar uma esquina, viu a cidade inteira e a baía, os navios distantes e os guindastes do porto, a ponte vermelha e apagada sobre as águas por uma bruma opalina. Somente o instinto da música o guiava e o impedia de perder-se, levando-o a reconhecer lugares que vira quando procurava Lucrecia, empurrando-o por corredores úmidos e ruelas com muros de adobe em direção às vastas praças de Lisboa e às colunas com estátuas, àquele teatro um pouco sórdido onde resplandeceram as luzes e sombras sincopadas dos primeiros filmes no final do outro século, do qual só em Lisboa era possível descobrirem-se vestígios: disse-me que o local do concerto tinha na fachada um letreiro com alegorias, ninfas e letras sinuosas que traçavam uma estranha palavra, *Animatógrafo*, e que, antes de chegar às ruas retas e iguais da cidade baixa, começou a ver os cartazes em que seu novo nome estava escrito sob o de Billy Swann em grandes letras vermelhas, *Giacomo Dolphin, piano.*

Viu sobre as colinas as encavaladas casas amarelas, a frieza da luz de dezembro, a escadaria, a delgada torre de metal e o elevador da noite distante que o havia salvado temporariamente da perseguição de Malcolm, viu os portais escuros dos armazéns e as janelas já iluminadas dos escritórios, a multidão barulhenta e imóvel, congregada ao anoitecer sob os luminosos azuis, como que esperando ou presenciando algo, talvez a invisibilidade ou o destino secreto daquele homem de óculos escuros e gestos furtivos que não se chamava mais Santiago Biralbo, que tinha nascido do nada em Lisboa.

Chegou ao teatro e já havia gente em torno da bilheteria, disse-me que em Lisboa sempre há gente em toda parte, até nos mictórios públicos e nas portas dos cinemas indecentes, nos lugares mais duramente condenados à solidão; nas esquinas próximas das estações, sempre homens sozinhos, vestidos de cor escura, homens sozinhos e mal barbeados, como se recém-saídos de um expresso noturno, brancos de pele cobreada e olhar oblíquo, silenciosos negros ou asiáticos que carregam com infinita melancolia e desterro o futuro que os trouxe àquela cidade do outro lado do mundo. Mas ali, à porta daquele cinema ou teatro que se chamava animatógrafo, viu as mesmas caras pálidas que já conhecera no Norte da Europa, as mesmas expressões de culta paciência e astúcia, e pensou que nem ele nem Billy Swann jamais haviam tocado para aquela gente, que se tratava de um erro, porque, apesar de estarem ali e terem comprado docilmente seus ingressos, a música que iam ouvir nunca poderia comovê-los.

Mas isso era uma coisa que Billy Swann sempre soubera e que talvez não lhe importasse, porque quando saía para tocar era como se estivesse sozinho, defendido e isolado pelos refletores que faziam o público sumir na escuridão e assinalavam uma fronteira irrevogável no limite do palco. Billy Swann estava no camarim, indiferente às luzes do espelho e à suja umidade das paredes, com um cigarro nos lábios, o trompete no colo, uma garrafa de refresco ao alcance da mão, alheio e sozinho, dócil, como na sala de espera de um médico. Parecia que não reconhecia mais Biralbo nem ninguém, nem mesmo Oscar, que lhe trazia duvidosas cápsulas medicinais e copos de água, e tratava de assegurar que nunca se rompesse em torno dele um círculo de solidão e de silêncio.

– Billy – disse Biralbo. – Estou aqui.

– Eu não – Billy Swann levou o cigarro aos lábios, de uma maneira estranha, com a mão rígida, como quem finge que fuma. Sua voz era mais lenta e escura, e mais indecifrável que nunca. – O que consegue ver com esses óculos?

– Quase nada – Biralbo tirou-os. A luz da lâmpada elétrica feriu seus olhos e o camarim se fez menor. – Aquele sujeito me deu os que sempre usou.

– Eu vejo tudo em preto-e-branco – Billy Swann falava com a parede. – Cinza e cinza. Mais escuro e mais claro. Não como nos filmes. Como os insetos vêem as coisas. Li um livro sobre isso. Não vêem as cores. Quando era rapaz, eu as via. Quando puxava fumo via uma luz verde em torno das coisas. Com o uísque era diferente: mais amarelo e mais vermelho, mais azul, como quando esses refletores se acendem.

– Eu lhes disse para não os focarem na sua cara – falou Oscar.

– Será que ela vem esta noite? – Billy Swann virou-se com lentidão e cansaço para Biralbo, tal como falava: em cada palavra que dizia estava contida uma história.

– Foi embora – respondeu Biralbo.

– Para onde? – Billy Swann bebeu um gole de refresco com ar de nojo e obediência, quase de nostalgia.

– Sei lá – disse Biralbo. – Eu quis que partisse.

– Vai voltar. – Billy Swann estendeu-lhe a mão e Biralbo ajudou-o a levantar-se. Sentiu que não pesava.

– Nove horas – disse Oscar. – Hora de sair – bem perto, além do palco, ouvia-se o barulho das pessoas. Metia tanto medo em Biralbo quanto ouvir o mar no escuro.

– Faz quarenta anos que ganho a vida assim – Billy Swann andava pelo braço de Biralbo, segurando o trompete contra o peito, como se tivesse medo de perdê-lo. – Mas ainda não entendo por que vêm nos ouvir nem por que tocamos para eles.

– Não tocamos para eles, Billy – disse Oscar. Estavam os quatro, também o baterista louro e francês, Buby, agrupados no fim de um corredor de cortinas, as luzes do palco já lhes iluminava o rosto.

Biralbo tinha a boca seca e suas mãos suavam. Do outro lado das cortinas, escutava vozes e assobios dispersos. "Nesses teatros é como no circo", disse-me certa vez, "agradecemos que outro vá primeiro ser comido pelos leões." Buby, o baterista, entrou primeiro, de cabeça baixa, sorrindo, movendo-se com a rápida discrição de certos animais noturnos, batendo ritmadamente nos lados da calça *jeans*. Um breve aplauso o recebeu; Oscar apareceu atrás dele, gordo e oscilante, com uma expressão de desprezo impassível. O contrabaixo e a bateria já estavam soando quando Biralbo entrou. Cegaram-lhe as luzes, redondos fogos amarelos atrás dos vidros de seus óculos, mas ele só via a listrada brancura e o comprimento do teclado: pousar nele as mãos foi como agarrar-se à única tábua de um naufrágio. Com covardia e mau jeito, iniciou uma canção muito antiga, fixando suas mãos tensas e brancas, que se moviam como que fugindo. Buby rufou os tambores com uma violência de altos muros ruindo, depois esfregou circularmente os pratos e estabeleceu o silêncio. Biralbo viu Billy Swann passar junto dele e parar na beira do palco, erguendo muito pouco os pés do estrado, como se avançasse tateando ou temesse acordar alguém.

Ergueu o trompete e pôs a boquilha nos lábios. Fechou os olhos: o rosto estava vermelho e contraído, ainda não começou a tocar. Parecia estar se preparando para receber um golpe. De costas para eles, fez um sinal com a mão, como quem acaricia um animal. Biralbo estremeceu com uma sagrada sensação de iminência. Olhou para Oscar, que tinha os olhos fechados e estava curvado para a frente, a mão esquerda aberta sobre o braço do contrabaixo, avidamente esperando e sabendo. Pareceu-lhe então ouvir o sussurro de uma voz impossível, que via de novo a absorta paisagem da montanha violeta, do caminho e da casa oculta entre as árvores. Disse-me que naquela noite Billy Swann não tocou nem sequer para eles, suas testemunhas ou cúmplices: tocou para si mesmo, para o escuro e o silêncio, para as cabeças sombrias e sem traços que se agitavam quase imóveis do outro lado da cortina das luzes, olhos, ouvidos e rítmicos corações de ninguém, perfis alinhados de um sereno abismo onde unicamente Billy Swann, armado de seu trompete, e nem mesmo dele, porque o manejava como se não existisse, se atrevia a aparecer. Ele, Biralbo, quis segui-lo, conduzindo os outros, avançar até ele, que estava sozinho, muito longe e lhes dava as costas, envolvendo-o numa cálida e poderosa corrente que Billy Swann parecia por um momento acatar como que detido pelo cansaço, de que depois fugia como da mentira ou da resignação, porque talvez fosse mentira e covardia o que tocavam: como um animal que sabe que os que o perseguem não o poderão alcançar, mudava subitamente a direção da sua fuga ou fingia que se atrasava e parava, farejando o ar, estabelecendo como que uma redoma de vidro, um tempo unicamente seu no interior do tempo disciplinado pelos outros.

Quando Biralbo erguia os olhos do piano, via seu perfil avermelhado e contraído e suas pálpebras cerradas como uma cicatriz dupla. Já não podiam segui-lo e se dispersavam, cada um dos três atribuladamente perdidos em sua perseguição; somente Oscar pulsava as cordas do contrabaixo com uma tenacidade alheia a qualquer ritmo, sem se render ao silêncio e à distância de Billy Swann. Ao cabo de uns minutos, também as mãos de Oscar deixaram de se mover. Então Billy Swann tirou o trompete da boca e Biralbo pensou que várias horas já haviam passado e que o concerto ia terminar, mas ninguém aplaudiu, não se ouviu um só ruído no escuro intimidado, em que a última nota aguda do trompete ainda não se havia extinguido. Billy Swann, tão perto do microfone que se podia ouvir como uma ressonância pesada sua respiração, estava cantando. Eu sei como cantava, ouvi-o nos discos, mas Biralbo me disse que nunca poderei imaginar o modo como soou sua voz naquela noite: era um murmúrio despojado de música, uma lenta salmodia, uma estranha oração de aspereza e doçura, selvagem, funda e amortecida como se para escutá-la fosse preciso aplicar o ouvido à terra. Ele levantou as mãos, acariciou o teclado como que procurando uma fissura no silêncio; começou a tocar, guiado pela voz como um cego, aceito por ela, imaginando de repente que Lucrecia o escutava na sombra e podia julgá-lo, mas nem mesmo isso lhe importava, só a tênue hipnose da voz, que lhe mostrava por fim seu destino e a serena e única justificação de sua vida, a explicação de tudo, do que nunca entenderia, a inutilidade do medo e o direito ao orgulho, a obscura certeza de algo que não era o sofrimento nem a felicidade e que os continha indecifravelmente, e também seu antigo amor por Lucrecia, sua solidão de três anos, o mútuo reconhecimento ao amanhecer na casa dos penhascos. Agora enxergava tudo sob uma impassível e exaltada luz, como de uma manhã fria de inverno numa rua de Lisboa ou de San Sebastián. Como se acordasse, deu-se conta de que já não ouvia a voz de Billy Swann: estava tocando sozinho, e Oscar e o baterista olhavam para ele. Junto do piano, à sua frente, Billy Swann limpava as lentes dos óculos, batendo devagar no chão com o pé e mexendo a cabeça, como se assentisse a algo que ouvia de muito longe.

– Voltou a beber?

– Nem uma gota – Biralbo levantou-se da cama e foi abrir a sacada: já havia um reflexo de sol nos telhados dos edifícios, nas janelas mais altas da Telefônica. Depois virou-se para mim, mostrando-me uma garrafa vazia. Porque não tinha renunciado ao álcool e à música. Terminaram em Lisboa, para ele. Como esta garrafa. Por isso dava no mesmo, para ele, estar vivo ou morto.

Abriu totalmente as cortinas e jogou a garrafa vazia num cesto de lixo. Era como se à luz da manhã não nos conhecêssemos mais. Fitei-o pensando que eu devia ir embora, sem saber o que lhe dizer. Mas eu nunca soube dizer adeus.

Capítulo XX

Nos dias seguintes fiz uma breve viagem a uma cidade não muito distante de Madri. Ao voltar pensei que já era tempo de escrever a Floro Bloom, de quem nada sabia desde que eu partira de San Sebastián. Ignorava seu endereço: decidi pedi-lo a Biralbo. Liguei para o seu hotel e me disseram que não estava. Por um motivo que agora não lembro, demorei uns dias para ir procurá-lo no Metropolitano. Voltar a lugares onde estive há dez ou vinte anos não costuma comover-me, mas, se vou a um bar que freqüentei habitualmente ao cabo de apenas duas semanas ou um mês, sinto um intolerável vazio no tempo, que continuou passando sobre as coisas em minha ausência e as submeteu sem meu conhecimento a mudanças invisíveis, como quem deixa sua casa uma temporada para inquilinos desleais.

Na porta do Metropolitano já não estava o cartaz do *Giacomo Dolphin Trio*. Ainda era cedo: um garçom que eu não conhecia disse-me que Mónica começava seu turno às oito. Não perguntei por Biralbo e seus músicos: lembrara-me de que aquele era o dia da semana em que não tocavam. Pedi uma cerveja e fui bebendo-a devagar numa mesa do fundo. Mónica chegou uns minutos antes das oito. Não me viu a princípio: olhou para mim quando o garçom lhe disse alguma coisa no bar. Vinha despenteada e tinha se maquiado muito apressadamente. Mas ela sempre parecia chegar em todos os lugares no fim do último minuto. Sem tirar o casaco, sentou-se à minha frente: por sua maneira de me encarar, soube que me perguntaria por Biralbo. Em sua voz não me soava estranho que se chamasse Giacomo.

– Desapareceu faz dez dias – foi o que me disse. Nunca tínhamos falado a sós. Notei pela primeira vez que havia tonalidades de roxo na cor de seus olhos. – Sem me dizer nada. Mas Buby e Oscar sabiam que ele ia embora. Eles também foram.

– Foi sozinho?

– Achei que você soubesse – olhou fixamente para mim, e a cor das suas pupilas se tornou mais intensa. Não confiava em mim.

– Ele não me contava seus planos.

– Parecia não ter – Mónica sorriu-me de uma maneira rígida, como sorri uma pessoa perdida. – Mas eu sabia que ia embora. É verdade que esteve doente?

Respondi que sim: urdi mentiras parciais que ela fingiu aceitar, inventei pormenores aproximadamente falsos, não totalmente piedosos. Talvez inúteis, como os que se contam a um enfermo cuja dor não nos importa. Com desconfiança e desdém perguntou-me por fim se havia outra mulher. Disse que não, procurando olhá-la nos olhos; assegurei-lhe que ia continuar procurando, que voltaria; anotei meu telefone num guardanapo e ela o guardou na bolsa. Ao lhe dizer adeus, percebi sem melancolia que ela não estava me vendo.

Tinha começado a chuviscar quando saí do Metropolitano. Vendo os altos letreiros luminosos, quis imaginar como seria nesse mesmo instante a noite de Lisboa: pensei que talvez Biralbo tivesse voltado para lá. Fui andando até seu hotel. Na calçada em frente, sob os vidros da Telefônica, já começavam a se reunir as mulheres imóveis, de cigarro nos lábios, com fornidos casacos de golas levantadas até o queixo, porque soprava um vento gelado pelas calçadas escuras. Distingui sobre a marquise, junto do letreiro vertical ainda apagado, a janela do quarto de Biralbo: não havia luz nele. Atravessei a rua e parei diante da entrada do hotel. Dois homens muito parecidos, de jaqueta preta, óculos escuros e bigodes idênticos, estavam falando com o recepcionista. Não dei o passo que teria feito as portas automáticas do vestíbulo se abrirem. O recepcionista olhou para mim: continuava explicando alguma coisa aos homens de jaqueta preta, e seu olhar neutro se afastou de mim, estudou com indiferença as portas de vidro, voltou a eles. Estava mostrando o livro de registro, e ao passar cada página olhava de soslaio para a placa que um dos homens tinha deixado aberta sobre o balcão. Entrei no vestíbulo e fingi consultar o quadro onde estavam assinalados os preços dos quartos. De costas, os dois homens eram exatamente iguais: no meio deles o olhar do recepcionista voltou a pousar em mim, mas ninguém senão eu teria podido percebê-lo. Ouvi que um deles dizia, enquanto guardava a placa num bolso traseiro da calça *jeans*, sobre a qual brilhava a corrente de umas algemas: "Avise-nos se esse homem voltar a aparecer."

O recepcionista fechou de um golpe as largas páginas do livro. Os dois homens de jaqueta preta fizeram ao mesmo tempo um gesto exagerado de apertar-lhe a mão. Depois saíram à rua: o automóvel estacionado obliquamente na calçada do hotel pôs-se em movimento, antes de eles subirem. Eu estava fumando e fazia como se esperasse o elevador. O recepcionista me chamou por meu nome, apontando para a porta com um gesto de alívio: "finalmente foram embora", disse, entregando-me uma chave que não tirou do seu compartimento. Trezentos e sete. Como se desculpando por uma bobagem que nunca devia ter cometido, explicou-me que Toussaints Morton – "aquele homem de cor" – e a mulher loura que o acompanhava tinham revistado o quarto do senhor Dolphin e, quando ele chamou a polícia, já era tarde demais: puderam escapar pela saída de emergência.

– Se tivessem subido dez minutos antes teriam dado com ele – disse. – Devem ter se cruzado nos elevadores.

– Mas o senhor Dolphin não tinha ido embora?

– Não veio a semana toda – o recepcionista tinha certo orgulho em me manifestar sua cumplicidade com Biralbo. – Mas eu guardei seu quarto, não levou nem sequer a bagagem. Voltou esta tarde. Estava com muita pressa. Disse-me antes de subir que chamasse um táxi para ele.

– Não sabe aonde ia?

– Não muito longe. Só levou uma sacola. Pediu-me que se o senhor viesse lhe entregasse a chave do quarto.

– Disse mais alguma coisa?

– O senhor conhece o senhor Dolphin – o recepcionista sorriu, ligeiramente ereto. – Não é homem de muitas palavras.

Subi até o quarto: o fato de o recepcionista ter me dado a chave era simples sinal de cortesia, porque a fechadura estava arrebentada. A cama estava desfeita e as gavetas do armário viradas no chão. Havia no ar um perfume como que de lenha úmida queimada, um cheiro delicado e preciso que instantaneamente me fez voltar à noite de San Sebastián em que vi Daphne. No carpete, entre as roupas e papéis, a ponta de um cigarro esmagado tinha ardido, deixando ao seu redor um círculo escuro como uma mancha. Encontrei uma foto em preto-e-branco de Lucrecia, um livro em inglês que falava de Billy Swann, velhas partituras com as bordas gastas, romances baratos de mistério, uma garrafa intacta de *bourbon*.

Abri a sacada. A garoa e o frio fustigaram bruscamente meu rosto. Fechei a janela e as cortinas e acendi um cigarro. Na prateleira da pia do banheiro, encontrei um copo de plástico, tão opaco que parecia sujo. Procurei esquecer que tinha aquela sordidez dos copos em que se deixam imersas dentaduras postiças e enchi-o de *bourbon*. Obedecendo a uma velha superstição, enchia-o de novo antes que ficasse vazio. Ouvia amortecido o ruído dos automóveis, do elevador, que às vezes parava bem perto, passos e vozes nos corredores do hotel. Bebi sem pressa, sem convicção, sem propósito, como se olha para uma rua de uma cidade desconhecida. Sentado na cama, segurava o copo entre os joelhos. O vermelho *bourbon* refletia na garrafa a luz da mesa de cabeceira. Tinha bebido a metade quando soaram cautelosas batidas na porta. Não me mexi: se alguém entrasse me veria de costas, eu não ia me virar. Bateram de novo: três vezes, como uma vaga senha. Entorpecido pelo *bourbon* e pela imobilidade levantei-me e fui abrir, sem me dar conta de que levava a garrafa na mão. Foi a primeira coisa para a qual Lucrecia olhou ao entrar, não para o meu rosto, que talvez só tenha reconhecido um pouco depois, quando falou meu nome.

O álcool atenuava a surpresa de vê-la. Já não era como eu a tinha conhecido, nem sequer como a imaginei; a partir das palavras de Biralbo. Tinha o ar de ávida solidão e de urgência de quem acaba de descer de um trem. Vestia uma gabardine branca e aberta, com os ombros molhados, e trazia consigo o frio e a umidade da rua. Olhou antes de entrar para o quarto vazio, a desordem, a garrafa que eu levava na mão. Disse-lhe para entrar. Com um absurdo desejo de hospitalidade, levantei um pouco a garrafa e lhe ofereci um copo. Mas não havia onde sentar. De pé no meio do quarto, diante de mim, sem tirar as mãos dos bolsos da gabardine, perguntou-me por Biralbo. Como que me desculpando pela ausência dele, disse-lhe que tinha ido embora, que eu estava ali para pegar suas coisas. Assentiu, vendo as gavetas abertas, a luz turva da mesa de cabeceira. Iluminada por ela, pelo fervor vazio do *bourbon*, o rosto de Lucrecia tinha a qualidade de perfeição e distância que têm as mulheres nos anúncios das revistas chiques. Parecia mais alta e mais sozinha do que as mulheres da realidade e não olhava do jeito delas.

– Você também tem de ir embora – disse-lhe. – Toussaints Morton esteve aqui.

– Você não sabe aonde foi Santiago?

Pareceu-me que esse nome não aludia a Biralbo: nunca tinha ouvido ninguém chamá-lo assim, nem mesmo Floro Bloom.

– Seus músicos também foram – falei. Senti que uma só palavra bastaria para reter um instante Lucrecia, e que eu a ignorava: era como estar movendo em silêncio os lábios diante dela. Sem dizer mais nada, deu meia-volta e eu ouvi o roçar da sua gabardine contra o ar, depois o barulho lento do elevador.

Fechei a porta e tornei a encher o copo de *bourbon*. Atrás dos vidros da sacada vi-a aparecer na calçada, de costas, um pouco inclinada, com a gabardine branca aberta pelo vento frio de dezembro, reluzente de chuva sob as luzes azuis do hotel. Reconheci sua maneira de andar enquanto atravessava a rua, já transformada numa distante mancha branca entre a multidão, perdida nela, invisível, subitamente apagada atrás dos guarda-chuvas abertos e dos automóveis, como se nunca houvesse existido.

Impressão e acabamento
CROMOSET
GRÁFICA E EDITORA LTDA.

Rua Uhland, 307 - Vila Ema
C E P : 0 3 2 8 3 - 0 0 0 - S P
Tel/Fax: (011) 271.0149 - 271.0324
271.8196 - 216.3325